U0544105

独坐羊狮慕

安然 著

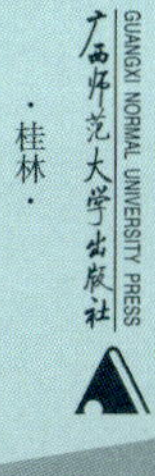

一生要爱一座山

我要写下我的爱和安宁
把你引向大自然

自序　想把我唱给你听

你是否和我一样，曾经无数次坐在老屋的门槛上，除了星空、河流，还会把高山之巅拿来想象？

很多年前，正值豆蔻年华的我行走在故园的土地上，一边想象星空河流与高山，一边为自己的未来抓阄。显然，我无法赋予自己占卜的能力。彼时，我不知自己能够走出故园多远，同样，也不知会以什么样的方式返回故园。直到最近两三年，我的脚步同时奔赴着两个相反的方向：一方面，我离故园越来越远，远到走出国门去往了更远；另一方面，我又加快了回家的频率，深怀缱绻，一回一回，依依徘徊于故园的羊狮慕大峡谷。

赣中西部，罗霄山脉北支，有武功山系，山中有大峡谷，名“羊狮慕”。其海拔最高处达 1766 米，全域 37.5 平方公里，全长近 5 公里，因深度大于宽度而得名。无涯光阴深处，此域系湘赣深海，历 32 亿年岁月造化，四五亿年前因地壳运动露出水面，200 万年前山体基本成形。

谷中洞壑深幽，峰奇石怪，古翠照岚。常有白云冉冉，烟雾杳然。时见落英缤纷，常闻流泉淙淙。有一山鸟语，有千壑松风。正所谓沧海桑田，宇宙灵迹。

或许是天机玄深，万古风流的大峡谷历两百万载春秋而未曾名动于世，人类的脚步和目光少有抵达。如此，大峡谷得幸，葆有洪荒山野之远古深沉的太初魅力。

我迷醉其间，常常把自己幻化为羊狮慕的一粒苔藓，或者是一朵白云，一缕清风。

美国人约翰·缪尔在《夏日走过山间》一书中，写到加州牧羊人的糟糕生活和心态时说：“他找不到生命中能与苍茫宇宙相抗衡的东西。”

此言读来深为惊动。

可不是吗，一个人无由被抛掷于茫茫天地间，他究其一生，都是在寻找一种让自己安妥身心的事物。有些人找到了，有些人没找到，另有一些人，则从来不曾起过寻找的念头。其实，有血有肉的生命，是无法抗衡宇宙的，能够在这无垠的置身之处，找到安妥灵魂的“事物”，让生命有所依托有所寄存，那就是为人者之大幸了。

几乎找不到理由，我变得越来越淡出人群。如果在人群里找不到类似于“神明”的指引和光照，那日月山川是否能给予更高的引领和更深的恩泽？

—— 这是一个听起来近似发疯的念头。它很奇妙。但显然，写下这句话时，我很清醒，没有疯。置身于散发着红心杉木暖香的木舍二楼，北窗外，一脉山泉正潺潺作响；西窗外，农历九月十四的月光正和彩云捉迷藏。没有人迹，两个小时前，我追着月光走了两里山路！山下，城里有讯：冷空气扫来，满城秋雨纷作。

山夜寂寂如归于洪荒。星子和明月在彩云里明明灭灭。置身于无常的流变中，匍匐于青山恩赐的无字经卷，我静默久久……一声打问，却不知寄与谁同——

“呃，你是否听到我心中的精灵在唱歌？”

就是这样的时刻，我提起了笔：没有网络，没有电脑，没有电视，只有一本铺开来的宽大笔记本。

——这样揣着体温的书写，奢侈又朴素。而我知道，这个宽大的笔记本，足以承接一场盛大而虔诚的书写。

无法预料，这场书写将止于何时。很好的是，从这个彩云追月的夜晚开始，我的双脚，我的双眼，我的双耳，我年华尚好的肉体，以及我温热宁静的灵魂，将相伴相依，回到我古老的家园。

有缘打开这本书，看到这些文字的人们，请相信，此刻，独坐深山的我，对于未知而终将完成的书写，同样充满期待。

愿羊狮慕的神明赐予我文字之光。

2015年10月26日21点26分　于羊狮慕祥云阁

目录

第一章 雅歌

第二章 合唱

第三章 私语

第四章 神谕

后记

第一章 雅歌

隱隱天邊有頌歌響起

我在山巔之上

置身于大自然诗一般的美妙风景里，摆脱了在人群中起承转合的无奈，这实在是一桩『像黎明一样美好』的事情。

有美一人，独倚青山

I

梭罗在谈到一些至极的美好时，多次这样形容："像黎明一样美好。"

150年之后，在羊狮慕大峡谷，一个春雨之夜，听闻此言，我心尖儿起了颤动。

心灵和心灵的相契之好，莫过于越过漫漫时空，有人于无言的交谈之后，冲着对方莞尔作笑。

是的，梭罗，我听懂了他。

在远古，羊狮慕曾经是一片海域。大峡谷的存在，向世人诠释着，何谓"沧海桑田"。

近两年，因为一个好的机缘，我得有长时间漫步高山之巅，日日朝圣于大峡谷。置身于大自然诗一般的美妙风景里，摆脱了在人群中起承转合的无奈，这实在是一桩"像黎明一样美好"的事情。

2

一些事情总是受着另一些事情导引才会发生。

前些年，我还没有邂逅大峡谷；前些年，我更不知自己正在走向大峡谷；前些年，没有来由地，我常常把自己化生成另外一些事物。

我想做一朵闲散的云，一棵婀娜的树，一枝妩媚的野花；或者深山小溪里的一条鱼，或者飞鸟口中落下的一粒麦种……

一个阳春日，我默立在闹市广场，对着一架紫藤说了一堆废话，好像我和它前生有个共同的秘密。

一个浅秋清晨，峨眉山巅，我于深庙的放生池里相认了一只乌龟，当时它正从睡梦中醒来。

秋更深了，在内蒙古响沙湾，一头老骆驼和它背上的那只长尾巴喜鹊让我挂念至今。

忘不掉的还有：夏日拂晓，我化生为额尔古纳河右岸的一朵牵牛花，又蓝又紫，在清凉的晨雾里微颤；初冬时节在江南丘陵，我进入一株乌桕，籽白如玉，一树红叶灼灼如火，像要把原野点燃……

“不可思议”（语出《金刚经》）。我是谁？我从哪来？我到哪去？也曾一路寻寻觅觅，执意要从生命的迷障中去找回纯一如圣婴的自己。不知不觉间，却不再执着于“我相”“人相”“物相”，而是谦卑地藏身在万物怀抱，自由地出入万物之中。

这些不可思议的“物我同一”经历，深藏着一份隐秘而久不自知的情怀：我似乎寄望于，与寄身的环境融为一体，从而确立一个新的自我。

这个嬗变来得神秘。我看得见心灵在嬗变中蓬勃生长，却缄默不言，不外道，怕一道就破。

一个人，一旦内心辽阔起来，她必得把眼睛和脚步从日常挪开，投向更辽阔的事物。她正在出走，在去往远方。

比人类世界和日常文化更大的世界是什么呢?

“自我”成长到此境，答案不言自明：“自然”。

唯有自然，才能提供一个没有边界的精神王国。唯有自然，才有可能抗衡当代文化中的群体意识，而让“出走者”葆有个性，挖掘她生命质地里更深沉更丰满的自我。

嬗变至此，一枝花、一朵云、一条鱼、一粒种子已经远远不够。

当逢此时，一座山的出现就具备了里程碑式的意义。

对于羊狮慕大峡谷，初时，我一见钟情倾慕万分；未几，这种肤浅的情感令我惭愧莫名。

这片原古深沉，集壮美和秀雅于一体的风景，它永久的威仪和无价的宁静，它亘古的寂寥和永恒的稳泰，不就是一座天造地设独一无二的庙宇吗？对于我，在大峡谷中，万物皆神明，芥子藏须弥。一粒苔藓，一只毛毛虫，一声鸟鸣，几抹祥云，都给予了我足够的沉静和安宁。

原来，爱一个人的方式是亲密，爱一座山，比亲密更浓烈更神圣，它是信仰。

3

“现代艺术之父”，法国画家保罗·塞尚，爱上了家乡的圣维克多山。费 20 多年光阴，他从不同的季节和角度画山，最后倒在了山前。

圣维克多山，借助于塞尚的画笔长了脚，走向了世界。

我的爱一座山，是一种深沉广博的移情。听微信中有人诉说，“情书是多美的字眼啊”，我洒然一笑。

她不会明白，情书已然不是一个人跋山涉水后的最爱了。

人类个体和个体的两两相爱甚至多角相爱，远远不能填补生命中巨大的茫然惶惑。一个人在另一个人身上寻找最深的归属地几乎没有可能。实现生命皈依的途径有二：信仰宗教和寻找自然造化。两者的目标所向，皆是让心灵安定、沉静，像群山、大地、沙漠、海洋那样稳泰。

圣维克多山给予塞尚的，远不止那些呈现于世人面前的画作。纸上的圣维克多山和塞尚心里的圣维克多山吻合度有多高，取决于塞尚的笔力有多强。然而，为一座山生为一座山死的生命行为，已经让我确信：圣维克多山，就是塞尚的信仰。

一生爱上一座山是有福的。

缪斯赐我之笔力，并不足以描述一段人和山之间深沉相依的情感浓度和深度。但是，羊狮慕已经给足了神明般的恩宠，我在大峡谷度过的每一个片刻，都是光明神圣的，这是一个朝圣者十足的荣耀。

塞尚去世后5年，1911年，比塞尚大1岁、11岁就移民美国的苏格兰人约翰·缪尔，也为他心爱的一座山，写下了经典名著《夏日走过山间》。书中记载的，是其31岁初次走过优美圣地内华达山时的经历。

这时，他已经73岁。

42年，一座山在缪尔的心里持续生长，那蓬勃的爱意和敬意经历光阴的冲洗，愈发深沉浓厚。

很难想象，放在人和人之间，那追慕迷恋的情怀可以沉淀在光阴深处而久久不置一语。

爱一座山，就可以在时光的河流中细细揣摩品味，慢慢表白。

因为，人心易变，肉身易坏，山却可以长生，它可以抵达时间的无涯之处，与地老共天荒。

白云苍狗世事变幻，黄沙漫起处，惊回首，那些记录一个人对另一个人情感的文字已然黯淡失色，难以动人，而一个人写给一座山、一汪湖，或一片沙漠的文字，却穿过岁月风沙，携带着安详安定的魅力，唤转越来越多的、走得越来越远的现代都市人。

这是因为，在一座山的怀抱里，生长着许多人们血脉基因里同根同源的东西，更容易唤起情感共鸣吧？

从前我认为最不辜负人生的事情是，有一个人值得相爱一生。如今我最想祝福的，是每一个人都能邂逅一座山。

世人装修新家，多爱悬挂山水画。白话讲这是讲究风水，往深来论，每个人心中都有一座山吧？那象征着我们需要找到一个恒常的事物，用以对抗生命中无所不在的流变：爱恨情仇，悲欢离合，环境污染，天灾人祸……

而在我看来，纵使人力巧夺天工，那纸上的一脉江山，终究少了天地所赋的真气、元气和灵气，很难令自己动心注情。人可以描摹一切，却恰恰不能把八方天地中的玉华精魂注于纸墨之中，世间锦绣，本自天地间的无边风月织就。

好的是，自古往今，人类从来没有放弃充当江山风月搬运工的努力，文字、绘画、摄影等等无不尽其能。这既源于人类向往美追求美的本能，也源于人类蹈美之心的小小“贪婪”。

现在再来看，我们努力着把八方好天地浓缩于方寸之间带回家的行为，真是有着孩子般的纯一可爱。我小时候，见着一块小小的石头子儿，只因喜其光滑，也要拾进口袋带回家中好好藏了呢。

也亏得人类世世代代，在大美小美面前始终如一，有着最纯真的欢喜崇拜，所以才发育成了一部丰厚的文明史吧。

从崇山峻岭中出走逐水而居的人类，谁也逃不脱无形之山的束缚。每个人的心底，都蕴藏着一种原始的气质。当远祖们从莽莽山野里走出来，大地上的崇山峻岭就注定会成为人类共有的心灵家园。

4

独步高山之巅，不想尘世。

在这里，生活的重担暂时得以放下，大自然对每一个懂得并敬惜她的人，都会慷慨地施以爱手。她的慈悲之力，作用于芸芸众生，令万物和谐共荣。而人类，更是仰仗于大自然的恩泽，得以一次次校正在世事无尽的角逐中出了偏差的身心，回归生命本有的和谐之道。

多年以来，我养成了定期投奔山水的节奏，这种节奏已然成为生命自身的韵律，不可中断，不可延时，否则心里定生一片荒芜。

在我的内心，早已把每一程山水行旅归位于“朝圣”之举。

亏得我们的双脚，还拥有奔赴自然的动力和自由。

进峡谷前有友人相约：“卡上有钱一万多，到南方的海边，找个好地方享受享受。”

我笑了，你自个儿玩吧。

人生行至此境，花花世界已然了无诱惑，唯有亘古至今的山水风流，令我迷醉不已。

一个人降生于天地之间，在虚幻的繁华和享乐之中，总得适时抽身，细细打量一番同在此间的自然万物，并致以无尽的感恩之意，感谢它们的存在，令我们有可能穿越短短的人生局限，而去接通生命携带的远古的感受和记忆。

正是有幸伫立于自然中央，借鉴于山水的万古风貌和气息，我们才有可能，望见生命的来处和去处，从而也有可能部分解除人生短暂的伤感和叹惜。

是的，大自然恢宏澎湃，天遥地阔间，人如浮蚁，渺小得不值一提。

朋友小雪转来一张图片，是一张羊狮慕的雨后秋景图。

峭壁万仞，植物万紫千红，薄岚湿润饱满，天幕若灰似白。这些层次丰满的景致里，却有一个小小人儿，紫红的伞，翠蓝的衣裳，眉眼全无，她是我。

这是现代版的“宋人山水图”。

无论是谁，在这张图片里，都只能占据那一丁点儿位置，这就是我们在自然界的真实位置——小，小到可以不计！

然而，正是亿万个小“我”的出现，才凸显出山水的价值和意义。是“我”的看见，“我”的称美，“我”的听见，“我”的陶醉，让亿万年生生不息的风景，让云朵，让霞光，让朝暾夕月，让鸟鸣，让山花的气息，让山色，让一切的一切，因为人类血脉情感的介入，而变得有了体温，有了意蕴，有了美的意义……

从这个意义上，自然对“我”的接纳慰藉，以及“我”对自然的缱绻依靠，正是造物主想要看到的“天人合一”图吧。

峭壁万仞，植物万紫千红，薄岚湿润饱满，天幕若灰似白。这些层次丰满的景致里，却有一个小小人儿，紫红的伞，翠蓝的衣裳，眉眼全无，她是我。

5

家住丘陵。从小，大山对我就是一种十足的引诱：那高山之巅，会有什么?

多年以来，我足迹所至的大山不少，无一例外的是，它们皆已开发成熟，人造景物甚多。

有没有一座山，人类活动的影响尽可能小，而远古的风韵保留最多?

唯有这样一座山，才能对我的日久存疑给出接近完美的解答。唯有这样一座山，才有可能充满淋漓神性，令人“朝圣”情怀浓厚。

大地辽阔，山外有山，山路蜿蜒无尽，行走没有终点。我登上一座山，又告别一座山。

直到有一天，我登上了羊狮慕，从此不再说告别。

哦，命定的那座山，终于与卑微的我相逢了。

高山之巅有什么呢?

时光深处，一个小女孩在好奇发问。无疑，到了今天，羊狮慕大峡谷，给了她最为精彩的答案。

黎明时分，森林低处滴滴答答的露珠；

画眉、斑鸠、红嘴相思鸟、雨燕、栗耳凤鹛、灰眶雀鹛、百灵鸟、黑眉柳莺、白鹇、乌鸦等等的清晨音乐会；

求爱的野山羊，会酿酒的猴子，树林中倒挂下来一百多条“开会”的竹叶青蛇；

东方的启明星呼应西山的素月；

山谷中冉冉升起的红日以及捧日而出的朝霞；

峡谷中不断抬升的牛奶白的晨雾；

春天岭上的烂漫山花；

夏天山谷里的满天繁星；

秋天的猎猎山风、萧萧落叶；

冬天的白雪、冰凌、雾凇、雨凇；

沐浴着阳光雨露而缓慢生长的万物；

群峦作屏云海为幕，不知天尽何处地始何方；

一只松鼠在摇落树叶；

一粒苔藓在侵蚀古岩；

一庭云彩在舒舒卷卷；

一股山泉在潺潺而下；

一只孤鸦在遥遥作喊；

两只鸟儿在夕照中归巢；

三朵杜鹃在小风中飘落；

辉煌的夕阳在眼际徐徐沉落；

…………

天籁渐渐响起，山野开始低吟，长风如琴，任亘古的音律催眠长夜中的万物……

这就是羊狮慕。

无以相告，这是我眼里的羊狮慕，还是我心里的羊狮慕？

大峡谷如此美丽神奇。可是，“我知道什么呢？”蒙田这一问，问得我无语作答。

6

山间日久，幸遇美景缤纷，各有其韵，又各具其妙。

常常地，我的灵肉洁净如洗，在美的滋养中越发静定清慧。像那古老的睡莲，布满一湖宁静。

这深深的宁静，无时无刻不在把我带往一个神奇之境：我竟然，一回又一回地，听到了自我开花的声音。

终有一天，这个自我会经由丰满抵达丰美，长成一树优美繁花吧。

常闻“人生如白驹过隙”。其实，只有虔诚抵达高山流水的怀抱，才能深切了悟“世间过客”的含意所指。

有时候，我呆驻于大峡谷的凌云岸上，止息妄念纷飞，忍不住伸出手，温存又敬畏地，抚摸那岩石的肌理和质地。一个坚硬的事实就是，羊狮慕大峡谷，在天地间已经活了亿万岁。

一朝知闻，身心巨震。一堵心墙迸裂开来，一点一点崩塌沉陷。爱恨离合，执着不舍，从此可以挥挥手——云淡了，风轻了。

亿万年的无形岁月，就凝固在一面又一面巨崖里，凝固在满山满谷的乱石岩里。在这里，光阴变得有了质感，具化为有形又有情的事物。在这里，过去现在将来融于一体，它们不可分割也不能分割。

毫无疑问，我触摸到的，既是“沧海桑田”，也是“地老天荒”。

我既不自惭肉身渺小，也不叹惋人生易逝。在这样庄严的时空里，一切为人者的忧愁怅惘都是不合时宜的。

相反，我的内心，荡漾起不可言述的隐秘欢乐：那是真正的永恒之物才能唤起的情感，是被引领着，一寸一寸溯往生命源头所激发的，血脉基因中的古老记忆。

大峡谷，令人透过世间纷纭，撇开光阴河流上的浮华，看见了“永恒”，相信了“永远”。

这个亿万岁的大峡谷，它冷峻和庄严的存在，无时不在以其神圣和永恒，启示着每一个闯进其怀抱的人：这里有一个比我们熟知的日常世界更伟大、更古老、更深沉的世界。文明和自然，我们缺一不可。两个家园，我们各有倚仗各有依赖。文明世界或许会有尽头，而自然家园，必将循着自身生死繁衍的至高法则，与天地同在。

7

暮秋即尽，初冬将来，大山里却异常地温暖，无比宁静。我坐在青山白云间，太阳照耀着群山，也照耀着我。有 10 来天了，我不问尘世，无挂无碍地徜徉于山间。清晨黄昏，上午下午，天晴下雨……

太阳再高些，风也大了些，风入松林的声音远远传来，似一曲深沉的古乐在天地间奏响。和人间音乐不同的是，对于这样一支乐曲，我从来没有听厌，也没有听厌的可能性：它没有音符，也辨不出音律，它从远古来，还将往未来去。任何以人间音制捕捉记录它的努力都是徒劳。它的自由是造化的意志和禀赋，就如我日日在山间的行走，也是造化的吸引。

试想，你置身于这片静谧空寂的山野中，身心全然被这种宁静拥抱消融，天地间再也无“我”。

你归于山间万物，你与万物同在。你看见落叶你就是落叶，你闻到黄山松针冷冽的清香你就是这清香，你盯着云朵你就变成云朵，你走向一树璀璨你就是一树红叶，你听见鸟鸣你就是那声歌唱。如果运气好，你遇见了崖树林里的一只长尾白鹇，你就会变成它身边的一只玩伴。

有时我独步山间，会碰上三五成群的游人。他们操着人类的语言，彼此兴奋地赞美着山景。那一刻，我竟有些陌生，恍如是从梦境里穿越到了一个嘈嘈杂杂的坏世界。

某个时候，有人独行于山中某一处，大概是激动于峡谷中的美景，他不知怎样安置内心奔涌的激情，就会忍不住发出野兽般的号叫。我遥遥听到，总会想象一下他的样子。但这样的号叫，应该与他的外表无关，绅士和莽汉的内心，同样沉睡着野性的基因吧。我作为一个女人，也屡屡有过在大美山水中放声号叫的冲动和作为呢。

还能怎么样？

美的杀伤力太大，人心的承受力有限，偶尔的放任狂野，倒更像是对造化唱颂的一首无字赞美诗，其情感的真挚和浓烈不容置疑。人的一生，能有几回这样元气饱满淋漓充沛作野兽嚎？凭借这罕有的号叫声，我们才可以在内心搭起一座通往远祖的桥梁，看见自己真实的来处和去处吧？如果恰好，在这动人心魄的号叫里，有人灵性所至有所得悟，是否有可能，他从此的人生画风大转，一派见素抱朴清风在野的姿态？

独行大峡谷，我静默如山，脚步轻轻，恭肃如仪，这是一个朝圣者应有的神色形容。不止于爱慕，不止于迷恋，更有崇仰和敬畏在其中，这是一场无数劫轮回里预定下来的朝圣，是我独自在世间兜兜转转、起伏转承之后，积聚了足够的勇气和悟性，才敢来才能来，接受一座山的恩泽和洗礼。

在大峡谷，我看见自己分成了两个我：一个与万物同游，一个旁观她同万物游；一个安静无言，一个对着大山说着万语千言；一个内心奔涌着无尽的情感，一个极为冷静，打量她如何归置好这些情感；一个我要寻找新世界，一个我稳当地把守着旧时光……

最好玩的一件事，有一天风和日丽，我端坐于青山白云间惬意读书，不知不觉间午饭点到了，一个说要下山吃饭，另一个很不高兴，觉得她真是俗物——一个吃饭的念想就生生扫了雅兴。

每天有两个不同的“我”同步山间，无言执手，看山光山色，云卷云舒，日出日落。生命的和谐圆融，大概就是依赖于这两重人格的互为补充、互为渗透、互为照耀。

8

一直觉得这是一个好听的故事。文字有一种节韵，内容的神妙也非笔墨能尽。

——起初，神创造天地。地是空虚混沌，渊面黑暗；神的灵运行在水面上。神说，“要有光”。就有了光。神看光是好的，就把光暗分开了。神称光为昼，称暗为夜。

…………

西方人懂得省力气，凡事走轻巧便捷之道，神的威力真是巨大到不可思议：他轻言几声，就万物备齐，世界创立。

比较起来，东方人的勤劳勇敢、敢于牺牲，似乎自盘古而来，代代相继。同样一个开天辟地，盘古的故事，听来就要悲壮得多，那舍我其谁的勇烈无畏，铮铮我心久不能平。

可惜的是，这个从前在祖母们怀抱中代代相传的启蒙神话，如今还有几个娃娃听闻？只恐上帝创世记的传说更有听者。文化的传承和失落，一个神话即可明鉴几分。科学昌明时代，神话的远去似乎是一种必然，一个民族的精神发育史似乎已经横盘停滞……

独步羊狮慕，面对着太古造化而来的大峡谷，自然而然地，我执着于追问它的起源和演化，追问天长地久。信仰无类的我，记忆摇晃于“上帝之光”和“盘古开天”。

我在这两个故事中的摇摆，正如这个时代的价值摇摆。

好的是，无论如何，存世已久的大峡谷，惯看宇宙沧海桑田，白云苍狗。它完全没有在意一个独行者的遐思 —— 江山风月本就依傍着地老天荒，徜徉于其中的人只是过客一枚，浮游一粒，她杞人式的妄念种种，除了佐证其自大自负，别无意义。

倒不如，踏踏实实无所作为地单纯看风景，莫问，莫问天何以长地何能久？老子早有言：天地所以能长且久者，以其不自生，故能长生。

9

其实，对于美丽的自然物象和美好的自我生长，语言总是无力的。

我常常传递不了所见所感的万分之一，这令我愿意分享的善念无有落处。

或许很多时候，美就是这样无言的存在，美是安静的，美不喜欢多嘴，她需要的是个体生命全然的沉醉，而不是从他者的转述中得来廉价的二手分享。

只是，如此一来，我总是有些不好意思，觉得比之世间他人，自己从造物主手中领取太多。

神明的确恩赐了我特权。

在羊狮慕大峡谷，一切事物都按着它们的本质来，不掺假，不打折扣。晴是晴，雨是雨，雾是雾，风是风，日月星辰就是纯粹的日月星辰。人类生活未及染指它们，当大地的水流未能幸免于污染，庆幸的是，还有一些山川完好地耸立于大地之上，这是否意味着，山川是地球上唯一可以对抗现代异化生活的存在？

在羊狮慕大峡谷，飞鸟繁花，日月星辰，流云飞瀑，春光秋色，我只管任性地去爱我所爱就好。在这里，可以欣慰地领略自我的圆满进程。

一个初夏的黎明，我独伫于凌云栈道，无语端看一树雪白清雅的云锦杜鹃。它们安详纯洁的神态，令我心中有神圣安宁的情感慢慢生长。

是时，一朵两朵三朵花儿在我的眼际飘落，它们坠如玉响，划开了大峡谷的万古宁静，更惊动了我。

我克制着，不去想它们的命运，也不想自己的命运。面对落花，我记起了佛家的“往生”。

“往生”，一个慰藉人心的好词，充满生生不息的强大力量。明明是去那寂灭死境，却说是去往勃勃“生”地。“死”之后就是“生”，死生演替，绝望孕育希望，悲哀连着欢喜。

的确，在悉心倾听万物的过程中，总有一些草木花朵，飞禽动物，可以让我们恍惚间有如相知三生，在我们凝视一朵花、一棵树、一拨新芽之时，总会意外体会到，人和物之间发生着暖融亲切的能量互动，存在彼此间磁石般的相互吸引。这种体验，令人忘记生命界别的阻隔。“我们不是同类，却是知音。”一时，心里有百合盛开，翠色初染；有新月静照，星光飞泻；有黄鹂婉转，蝴蝶翩翩……而这些都不够，这些都不及黎明来临时的美好。

我想说，这就是爱情驾临了。

我想说，这样的对面含春，无语倾动，心意翻腾如自远古来，往万古去，在同类身上，几乎无望知遇。人海苍茫，最深的信赖和最契合的理解，只能是浪漫者们的奢求。但是，造物主以仁慈之手，缔结了人和自然的知遇之美，令孤单的人类，获得了透过自然女神面纱窥见天人合一大美的特权。

毫无疑问，我们敏感的身心由此获得了最深切最圆满的安抚和慰藉。

IO

天气晴好的黄昏，我总是要在凌云台上静守太阳落山。

日本作家德富芦花把日落比喻成“圣贤辞世”，那意味着，我已经幸运地有过很多次“送别圣贤”的经历。三千大千世界，红尘滚滚，无奇不有，唯有圣贤音容，众生难有目睹。而我，却不知因了哪一世的修行之功，可以在万古羊狮慕，独自领受着造化的恩宠。

一个立夏前夕，黄昏5时左右，空山无人，我照旧恭立于凌云台上，面西而立，虔敬地开始又一回送行。

突然，如接神谕，我一个转身，背对落日，目光越过山谷，望向东面的座座崖峰，有了前所未有的“看见”。

我看见，明亮而温暖的夕光打在一面一面直立巨崖上，其岩石的肌理沐光而现，隔着远远的山谷，竟然丝丝缕缕，毕毫分明，每一丝石肌都在述说着沧桑情怀……

万古寂静！落日止远！我在寂静中央，隔空注目着这一切。奇迹发生，一种前所未有的情感排山倒海而来，受这种力量驱使，我的眼里饱含热泪，忽忽长出翅膀向崖峰飞去……

“咣啷”一下，如神锤破法，我不仅看见了大山的骨骼，更知遇了大山的灵魂。我的心中，汹涌着滔滔巨浪，更缠绵着万千柔情。我知道，这是一种无以言说、无可复制的神性之爱。那是我经亿万年光阴流转，握着一个特定密码、千转百回后的蓦然回首。

呵，那一刻，我体验到了至高无上的情感况味：完美，圆融，饱满，庄严，纯洁，光芒四射……

这是信仰之爱，比光阴长，比天地宽，比世界上所有的诗篇更美。

就这样，生命的情路蜿蜒到了羊狮慕，从此，有一份爱叫海枯石烂地老天荒。从此，一个渺小的女子迷失在大山深处，不知她是走向了苍

茫远古，还是去往了无垠将来。可以肯定的一点是，幸运的她，冲出无常，不畏流变，邂逅了无以言说的永恒之美……

2017 年 2 月 18 日—3 月 2 日

你的天空充满云彩

I

有一日，天气忽晦忽明，忽阴忽晴。羊狮慕的千百条壑谷里，山风劲猛含情，也不知是出于爱，还是怀着恨，在群山峻岭里疯狂追逐云雾，令它们奔跑、起伏，消消长长。或与山同高，或与山比高，或从虚空跌落，倒伏在山脚下。

大峡谷就像一个特殊的大战场，云雾和山风在这里交战、厮杀甚至温柔讲和。

这场与岁月同长的战争，没有起点，也不会有终点。这个诞生于开天辟地的远古战场，其实不曾有过胜败，也不曾有过死亡。风从亿万万年前吹来，云雾也是永生的云雾。它们不是在打仗，而是在玩一个永远不散场的巨型游戏。

一个看游戏的人，反倒成了可有可无的多余之物。

抱定这样的认知，以过客身份，我在高高的东山棱线上，且走且停，目接四方，内心悄无声息，然而同样激荡着风和云。

山棱线起起凹凹，高高低低。经两座山岭相接的低凹段，正是一条西低东高的气流通道。我正要走过此间时，毫无防备地，一股庞大粗壮、难以计量宽高体积的云轴，从西边山谷里起身，沿着虚空爬上东山来。它横在我的身前，距离不过两三米，直接挡住了我的去路。

“啊？过山龙！”一个激灵，记起某本气象书上描述过的名字。

这条世人罕见的“白龙”，紧贴山面植被匀速移动，不疾不徐，像贵人迟步，悠悠踱往东山另一侧。对的，“龙”之风范，就该这样有万年的从容。我大气不敢出——眼前既是一条云龙，又是一座云山。站在“山”脚下的我，本想更贴近“龙”几步，想伸手去触摸“龙”的身体，却不自觉地，往后退了几步。是怕“龙”伸出手来，把我牵入它的怀抱——

啊！它会不会把我卷进怀里，摔到山的那一边去？

或者，突然又腾空而起，让我直接乘龙飞天而去？

…………

眼前白茫茫一片，我忽而妄念纷飞，忽而大脑空白，就这样，惊了，呆了，傻了，痴了。然而，面对着一条挡道“巨龙”，谁又能做得比我更好呢？

奇迹把时间无尽拉长，拉长。那一刻，遇见奇迹的人长驱直入，到了一个短暂的“永恒”里。

终于，云龙过山而去。寂寥的山坳里，青林万物迅速恢复原貌，唯有我，七魂六魄给激散了，一时归不了位。

今天，每每走过原地忆念起这一幕，我总会有些诧异：真实无虚地，一条“白龙”在羊狮慕来访过我的人生；然而，这桩事情，又缥缈得就像我和青山曾经相共的一场梦。

2

当我第一次仰望天空，就爱上了看云的感觉。

那时我三四岁，祖母把我放在池塘的青石码头上，码头有好几阶，又长又宽，容得下五六个人。她一边忙着捣衣，一边和邻舍打闲岔。我记得，其中还有两个特别清爽好看的“地主婆”。是初夏，那时池塘的水很清，天很蓝，一朵一朵白云倒映在塘水里。没人注意到，在一片捣衣声里，我溜到天上去和云朵们玩了好久。

这个经历很神秘：那天的云朵里，有老牛、公鸡、小狗、马儿……各种各样的动物，它们在云朵里变戏法，像村里的小伙伴们在捉迷藏。那天一个小人儿的魂，不知被谁搭起长梯牵领她在云朵里跑。她那么小，生命中第一回抬头看天，就被这个世界迷惑了。她的记忆史，大概也是起笔于迷失在这一天的云朵里。她自然不会知道，从此，命运和看云结下缘分，不可思议。

那天辞别朵朵白云，我从天庭悄悄回到青石码头。祖母一手挽了衣篮子，一手牵我回家。我没有跟祖母说起到云端玩耍的事。我的人世头一回起了惊动，不知道怎么把来说与大人听。

从此，生命里长出了第一个秘密。

这个特别的时空截面，镌刻在了光阴长河里。如今，捣衣的老妪们一个不见，祖母和她们结伴去了云朵里。青石码头上的小女崽，则流转于大地山河，时时漫步于云彩之间，或在飞机上、火车上、汽车上，或在草原深处、高山之巅、长河岸边、乡村旷野、异国他乡。甚至于城市的水泥森林里，结二三伴逛街，我从密不透风的话林子里分神，一个抬头，手指西边，“看天上的云，真好看呀。”那时斜阳藏在一团云身后，云色灰暗中发红，云际镀着金光。

她们略微一望，自是不屑：“这么平常不过，你激动什么？”

我不再出言。读云就像读情书，是一桩很私人化的事情，不宜分享讨论。

云是大自然自由书写在天空的诗篇，只要愿意，所有人一个抬首都能读到。人世匆匆，红尘滚滚，几人如我，这样容易被云卷云舒带着魂儿跑？

3

我一般不和人谈论羊狮慕的云。

就像踏在人世的开端上时，我不曾和祖母说去过天上和云玩。我长熟了，已然明白，语言实在难以触及灵性，真正倾动灵魂的事物，根本无力相告于人，只宜自家珍藏。

直到有一天，接我的范师傅相告：5月里的某一天，“这里的山山岭岭之间，都荡着一朵一朵洁白的云，就好像有神仙，往每一个山旮旯里丢下了一朵又一朵棉花。”

他散文一样的语言惊动了我。一问，当过语文老师。

这样，我才知道，在云山羊狮慕，我并不是唯一的孤独的漫步者。还有另一双看云的目光，深切投向了山谷四季的云卷云舒。

云是梦想者的最爱。有多少人的梦想在云朵里开了花？

青石码头看云之后，我悠悠长大，朝着命定的轨道一步一步前行。

路途中，我不断抬头看云，也看云里长出各种各样的动物。奇怪的是，它们全不是那一天的云朵，更不是那云朵里变来变去的小狗老牛。那些事物，就像一纸命运的诏书，宣读过，就被神明收走了。再后来，不知为什么，看到的云只是云本身，眼里的云，再也长不出可爱的动物了。

奇迹发生在10年前的夏末。

那一天，呼伦贝尔草原上飘荡着朵朵白云，我站在草原深处，忽忽一下回到青石码头上方的云里，看见那些久别的鸡儿、马儿，一一跑出来和我叙旧……

草原的骄阳之下，我假装平静，合起双目，内眼角滚出两滴泪花。

原来，云朵里不生长动物不是我的眼力变差，而是我的天空变得动物不愿来玩了。一个事实就是，我的村子，清亮的池塘早填埋了垃圾，青石码头从此只垒砌在乡愁里，而天上，确实很难荡起纯洁的白云了。

呼伦贝尔的云朵，和故园青石码头上的云朵相连相通画了一个圆。这个圆，很大。对我，是真正的白云苍狗。

彼时，我还没有遇见羊狮慕。我望不见未来，不知道4年以后，在羊狮慕看云，成为我一回又一回逃离红尘喧嚣的秘密通道。

4

重重山脉，山向各异，由阔至窄夹一个山谷，名“羊狮慕”。西南阔处接一大湖名武功湖。特殊地形，造就了源源不断的水汽，沿山谷由西南往东北角输送。气流由西南进来，到东北角被封路。由是，水汽凝结在山谷上下左右，终年缠绕着山体，随山形而变幻无穷。如此，一年中的大半日子，羊狮慕成为一座名副其实的云山。1700多米的海拔，又使得羊狮慕云外有云，天外有天。

春天，云气很重，雾裹山谷，山体神秘缥缈沉浮不定。此时，云是沿山势抬升的雾，雾是放下身段来到山间游玩的云。人行山雾中，实质上就是藏身在云的怀抱里。地球行星很大，而人的脚力有限，对于我，这里是唯一能体会云间漫步滋味的所在。无有挂碍，安置身心在云的怀抱里，这是一种尘世间难以获得的生命经验，独到，意味无穷。

独步云山，不会有兴高采烈的感觉，而是有一种奇异的迷失感。云色忽明忽暗，雾幔忽薄忽厚。大山沉寂，一声鸟鸣也无。人也沉寂，雾缠云绕的响动一一入耳。大山在沉寂中回到万古，人在沉寂中生出畏惧：

好几回，我小心翼翼独步茫茫云山，在一处两峰交角的山坳口，又黑又浓的云雾爬升上来，直扑胸襟，惊得手心冒汗，腿脚发软，以为是童话里镇在魔瓶里的妖怪来找玩伴了。赶紧把自己变成孙悟空，一顿棒杀走到雾色稍亮处，一个转身，见身后的黑雾早已一缕不留在空中阵亡，突然得趣，出一口长气，抚心一笑，莫名兴奋言不能述。

云雾制造出朦胧而迷茫的氛围，开阔了想象空间，令人不安又兴奋。春天的云山，取之自然，以零成本满足了世人云中漫步的好奇。遗憾的是，少有人和我一样，能够在云的环抱之下，去经历一场又一场迷失和战栗。

然而，对云雾的迷醉世人与共。在遥远的瑞典，有“一团世界上最贵的云”，它是2002年瑞典国家博览会的主场馆。这是一座以云为原材料的奇异建筑，它无形无状，建造的初心，就是要让人们体验云中漫步的美妙感觉。这是一个疯狂而特别的建筑，据瑞士《星期日报》说：“这团云使全国人民都沉迷、陶醉。”

瑞典人真该来羊狮慕看看，他们会知道，真正的云中漫步，是大自然奖赏的厚礼，而不是用不菲巨资去制造一团云雾。

5

幼年青石码头的一幕，荡开了地上的人和天上的云之间最神秘的一笔：我17岁当上女气象员，以看云为生。以为会看一辈子，然而10年后，看云生涯结束了。

我一直认定，那是到云朵里接了一张未来的职业诏书：毕竟，这个世界以看云活命的人极为稀少。此间有神意。

有一次生龙卷风，天风挟雷暴，电光如火，乌云压顶，触手可及，状如末日。恰逢定点观测时间到，我不得不出至户外，打着战，瑟瑟立于天地之间，记录气象数据。

那一刻，天地苍莽如奔流，我用洪荒之力扛起乌压压的巨大天幕，霹雳雷电就像是助威的仪仗队。天威浩荡之下，觉得自己是被神明遗弃的一只蝼蚁。

回到办公室，编好一张天气密码电报要往外报送，“啪啪”两声巨响，手中的老式黑话机一劈两半摔在地上。

一秒两秒，一分两分，桌上的闹钟嘀嘀嗒嗒。回过神来，哈，真好，慈悲的雷神今天放过了我。

那时真年轻，有对职业的无尽忠诚。更似有一身正气护体，这摧枯拉朽的大灾之天并没奈我何。

除此，10 年职业化看云，其实没有什么更多倾动心弦的故事可资一讲。世人都在颂赞彩虹之美，而牛顿却认真解释，说这是光波穿过水滴散射而成。惹得梭罗和济慈反感，讥笑这种解释没有灵魂没有情感。从事物的审美而言，要的是浪漫的想象和足够的空白。当知道每个小时仰头看到的云，不过是一些水分子在做不同运动，理性的知识伤害了我的艺术想象，千姿百态的云之美，终于不再成其为美。

那 10 年，云彩变成了我笔下的字母和数据，数据变成了密电码，密电码变成了军用机场参考的天气情报。这全部，则变成了我活命的薪水。唯独，云彩没能变成大自然的神奇诗行，让我能够从看云中得到诗意的满足和安顿。

这是生命的另一种迷失。

回归发生在谋生之道改变之后。

走出职业化桎梏，再也不必用密码去束缚变幻无穷的云象，我就如同一朵云儿得到解放。云是天空的灵魂，一串呆板的密码如何能够承载大自然的奥妙？唯有人类的目光和心灵，才能对云彩之美辅以有血有肉的多样解读。

后来，习惯性抬头仰望天空，不时对天上的云发出惊叹赞美，是我有别于人群的特征之一。

有一回台风过后，我在山中拍下很多云图发微圈：这是浓积云、积雨云，这是荚状层积云……未几，潜水已久的徒弟留话：

“师傅，也只有你还认得这些云了吧。现在的年轻气象员，他们怕是一种云也识不得了。”

“这是为什么呢？”我吃了一惊。

“因为现在全自动化了。”

呵，我沉默了。

天上的云多姿多彩，无形无状，看似充满戏剧性。然而云的本质却最是古老而柔软，在我眼里，云看似无常随性，却是这颗行星上少有的永恒之物，云与天地同在。而时代，倒是风云流变令人措手不及。永恒与流变，呈现于云彩和时代之间，令我肃然。

转而高兴起来，原来，在看云这件事上，我因专业性已经成为遗老。我得珍贵自己才是。

6

夏天，山谷里总是白云朵朵。

最常见的，是黎明时分空无一物的天空，慢慢地会从无到有，生出云朵。太阳出山不久，爬过东岭，斜照在更低处的群峰之上，山谷之间。太阳也照亮了云朵。

我走上东山山脊，倚着一处苍岩青松，默不出声，俯瞰大朵大朵白云，在群山之上投下巨大的云影。晨风不大不小，云的影子追着阳光悠悠移动，恰有日月万古的无限静好。有一回，太阳正好走到了几朵云中间，于是，莽莽苍绿的群山上，几块云影的合围中心，出现一团圆圆的大光圈。云移光动，像在一张巨大的幕布上打着追光灯。也或许，云中天使今天高兴，给我演了一出皮影戏。

从地质结构上看，这座云山，也是一个凝固的海洋。无法想象，这片曾名“湘赣海域”的地方，它和外界的哪个海域曾经相通相连？如今的地图上，它是远离外海的内陆之山，然而，当海洋上台风生起，大气气旋活动同样能够深入此地，这时，山间云系丰富多变，最高的卷云，中间的高积云，更低些的层积云、荚状云、积云，大峡谷风云际会，美不胜收。

有一回台风过后，早上9点多，对面金顶山峦上，一朵如同杏仁的云，盘在山腰一动不动。这是难得一见的荚状云，在这天千姿百态的云象里以独到的气质成为主角。我在这边山岸上，于一棵青松下，一边看书一边关顾着它。一个半小时后，我失去耐心，合卷离去。

台风总是带来奇特的云，比如云帽。同样是金顶山群，有一天，一顶云帽子稳稳扣在最高的山巅之上，任由四周风云变幻，岿然不动。

如果没有台风，相比其他季节，夏天的云朵，是一群优雅的芭蕾仙子，在山顶上缓缓起舞，令看云的人心旷神怡。

云朵会唱歌吗？来自云端的音乐到底是怎样的？我希望白云的歌

声，像小羊叫咩咩滚过一匹蓝丝绸。

听说在加拿大有一把“云竖琴”，只要天上云彩出现，就会触发竖琴自动为路人演奏云的音乐。其原理，是运用了激光雷达测定云彩变化。2004 年至今，这把琴已经在世界 6 个城市弹奏过云之音乐。如果在山谷里竖起这样一张琴，我当倚琴而躺，在月满之夜，在灿烂黎明，在暮色熔金之时，在重峦叠嶂之间，倾听云的呢喃低语。

这当是人世间最高级别的浪漫音乐会了。

7

秋天和初冬，是羊狮慕看云的好时节，尤以日出和日落时分最为绚烂辉煌。这是因为空气乱流少，相对稳定。低角度的阳光在走过很长的路之后，短波被云散射殆尽，而最长的红光，则留在云中使之绚丽多姿并被我们的肉眼看见。

无论什么样的云，哪怕资质颜值平庸无奇，在日出日落的光辉中，也能散发短暂而夺目的美丽。很难说，是云彩赐予了日出日落之美，还是日出日落赐予了云彩之美。它们遵循天道，共成大美杰作，是互惠互成的典范。稍有区别的是，朝云暮彩在秋天多为紫红深红，而冬天，则还能见到浅橙、金黄以及粉红云系。

秋冬也是云海高发季节。雨霁雪融之后，就多有云海任性地在山谷里汹涌澎湃。云涛拍山岸，卷起千堆雪的出尘景象，令人兴奋着迷而思绪翻飞不已。

有时，山谷里出云海，头顶生云朵，山在两层云天之中。我在山中独步，就如在一间没有围墙的云房子里漫步。脚下，重重青山为岸，镶着几张茫茫白云毯。头顶，是一卷悠远宁静的云的诗篇。

丁酉鸡年小雪日，无雪。无风。无雾。天上出白云，青青岫谷中也出白云。两层白云，接连又独立，互惠成趣。成画卷，成诗篇，成世人的心头向往。

我倚在高崖一堆鲜有人达的岩石上，就如藏身于一个通向天际的密室。密室四向通透，尽览青山白云到眼底，到心底。气温正好，不冻手脚。阳光远远地照耀远远的云山，照得白云泛出蚕丝光泽。还有几处，衍彩若霞。倚着苍石的人，就这样在万古寂寥中，也无言语，也不倾动，像块石头一样沉静在风月里，有无尽舒泰。

8

在羊狮慕看云，从云中同样看到各种动物。

全然不同的，它们不再是乡村见惯的鸡狗牛马。而是佛手、凤凰、巨龙、大鹏、飞鱼。如此奇幻，不可思议。有友习《周易》，看了图片，总要意味深长送来解读：“大吉之象啊。”每回她都这样说。

对比幼年的云中动物，我也悄然诧异：是格局决定了想象力，还是境界升华了意识？

立冬前二日，一个黄昏，满天层积云欲雨不能，天空有些无趣。我在崖岸下蜿蜒，似有细细呼喊之声，侧目往山谷上空一望，呀，灰白苍茫的云幕之中，冲出一只黑色大鹏，双翅大张，有长风万里之势。我不敢相信，稳稳神，一看再看三看，没错，真的是一只云做的大鹏鸟，正在穹谷中为我翱翔。

白露又七日。山中秋意初露，气温宜人，这天没有云雾妖娆，天地愈发宁静如好梦。白天认了不少草药，傍晚照常去恭送落日。风静暮云稀。正想着平常也是福，只见西南方向一团积云，慢慢凌虚盘起来，不过 20 分钟，就在我的眼际盘成了一朵彤红的蘑菇，在淡青色明净的天空里格外美艳惊人。莫是哪位山神今晚没菜，兴起种一朵红菇佐酒？

秋天到来，“凤凰”就飞到云中来了。我所亲见，最早的出现于 8 月底，以每年 11 月中下旬常见。这是因为初冬天气静稳，总是以波状卷积云和毛卷云为主。这两种云，在视觉上正是鸟羽的好材料。凤凰总是在傍晚日落时分现于天庭，或作振振起飞状，或从西南飞来，一个扭头，把优雅的体姿展现得完美动人，甚至分辨得出两只眼睛特别作亮，让人看得双目含泪，无语相颂。卷积云由冰晶组成，是高云的一种。日头在长凤的下方徐徐下沉，夕光斜照在冰晶上，使得凤体有一种夺目圣洁之光。

关于“凤凰”，羊狮慕发生过一个真实的事件。

2014 年 7 月的一个暴雨天，中午，15 个外地民工误食蘑菇中毒，先是癫狂兴奋，后是昏迷不醒奄奄一息。所幸另有 3 个本地人没吃毒蘑。山高路险，官民各方紧急合作之下，中毒民工被集体送往山下医院救治，全部安全脱险。现场目击者任芳相告：“我都吓得哭起来了。以为他们全死了。哇哇喊人救命呢。”她再相告，当民工们被救援车子送下山时，大雨停，西边天庭现“不死鸟”火凤凰一只。“火红火红的云，像一只大鸟，我们都说是凤凰耶。”

火红火红的云，按大贤老子的说法，此乃“祥云之瑞”，是特别吉祥的征兆。古人还相信，祭天时，如果神灵接受祭品，彩云就会从天而降。有此代代相传的心理基因，把民工们的起死回生，和凤凰云相应和就不奇怪了。

今天，曾经的新闻已然演变成神奇的传说。而我，不知怎样的机缘，一再地在山中见到云彩里飞出金凤凰。

有凤就会有龙。2017年11月23日，晴朗。朝时晨光安详，一道道七彩光，呼应着自然朝圣者内心的光芒。午后至暮时，彩云聚散，吉象纷呈：或若长凤在天，或若金龙戏日，一只只起舞的精灵，犹如天使现身。又某日黄昏，一朵云正荡在日月峰顶，一道遥遥夕光，把云朵的中心打亮，其形，恰似一条金龙盘踞于巅峰之上，令人暗自赞叹这奇幻的云之世界。

梭罗曾说："自然界最美的事物，莫过于阳光反射自一朵泪盈欲泣的云。"梭罗大约不曾见识过我在山中所见，否则，他的描述大概不止于"泪盈欲泣"。他若来，会怎样写这些云中凤，天上龙?

还是11月的一个黎明，我去迎接日出。半道上见紧邻明月山的某道山梁上，有瀑布云正在顺山坡缓缓流淌。不同往日的是，这帘云瀑在山梁高处往下倾落时，由平阔陡然分出长短不同的五股云来，其中两股稍短的，又在末端处相会捏合。天哪，这分明是一只兰花大手，顺势搭在了黎明的山梁上，而我，是现场的唯一观众。图片发在微圈，有朋友秒赞："佛手"。我有了同盟，她证实了我的眼光。

我如此乐于充当讲述者，不厌其烦地描述着这些奇幻之云。这使我讶异。事实上，这些幻象，作为唯一的目击者，我找不到旁证。不可思议。故而，这种叙述是要有相当勇气的，如果没有对大自然的绝对忠诚，以及对于文字的深情恳切，我不知道有什么理由来记录这些。我只是一个喜欢看云的人。从三四岁时被领到天上和云玩了一阵到如今，大自然的诏书，总是每每宣示于我。我总觉得，我的双目，我的心灵，我的书写，皆负有神意。

我只是一个喜欢看云的人，
如果没有对大自然的绝对忠诚，
以及对于文字的深情恳切，
我不知道有什么理由来记录这些。

9

德国中部哈茨山脉，有最高峰名“布罗肯”。此山一年有300天以上云雾弥漫，故而有一种神秘光学现象频繁出现：阳光透过云雾反射，并由水滴发生衍射与干涉，最后形成一圈彩虹。在光环中，经常包括观察者本人的阴影。此现象曾被称为“布罗肯的妖怪”“布罗肯的幽灵”。这些名字太不讨喜！简直黑暗。在中国，则称其为“宝光”“佛光”“观音轮”。东西方的命名，善恶吉凶如此分明。最初看见神秘光环的德国人，到底是抱有怎样的恐惧？而在东方，人们是怎样坦然欣喜于眼前所见，才给出了庄严吉祥令人安宁的命名？一个光环，道尽了向善向美祈求吉祥的世道人心。

佛光的神奇在于，无论有多少观察者在场，每个人都只能在光环中看见自己的影子。也因此，佛光被赋予了大吉祥大美好的丰富内涵，世人皆把被佛光加持当作一己的莫大恩典和幸遇。

与“峨眉宝光”为世人广知不同，羊狮慕的高频率佛光，至今未能名动于世，人少有闻。我在大山，幸遇佛光很多回。

一般来说，凡生云海，佛光多来相伴，那令世人惊赞迷醉的七彩光环，现于云海海面之上。逢此时，我会沿东山山脊，攀到最高的苍岩上，倚着一棵张开大伞的青松，背着日头，面西而坐。遥遥眺望，斜阳携佛光远在西天，二者互为辉映，如同一生一世难觅的知音。云海壮阔，群山庄严，天宇澄明，万物禅定如入一个古老的梦境。

这样的时候，凝神倾听，一种超凡入圣的力量在细细呼喊，令身心积染的尘埃，齐齐自动脱落。

这样的时候，看云的人周身沐浴着圣洁天光，放空所有，在高山之巅柔软如圣婴，如仙子，如梦如幻如羽化于世外，不问魏晋，不问生死，不问生命的今昔来往。当下，此刻，就是至高的存在，至妙的同在。

这样的时候，从幽微森细的身心倾动，到寂静平和的坐忘所有，全然不是语言和文字所能述及。不能说，一说就破。咣咣唧唧的破法而出，是此刻最不希望发生的。林深不知处，偶有一声鸟啼传来，却不是为了破法，而是为着带你去往更深的玄境，你沉入，消融，与环境合而为一。似乎这排场浩大的云海佛光，就是为了恩典你，让你也变成云海中的一朵浪花，佛光中的一道颜色……

人生若有几回这样的与天地往来无隙，就能深刻体证“天人合一”的无上妙解。

云海也不尽然为佛光现瑞的必要条件。多数时候，只要雨后或雪后高天放晴，山谷中水汽充沛，佛光便似会呼之而出。

好几回，雨后放晴，我在山里独步，见壑谷中云雾蒸腾，消消长长，高度却皆低于山顶（这很重要，高过山顶就目力难及了）。心即动念：该有佛光吧？由是驻足，面向常现佛光的地点，等上三两分钟，那彩色的一轮光环，果然就在眼皮底下渐渐圆成。更不可思议的是，有时候，人在前头走，后头似有无声的呼唤：等一等，马上有佛光。逢此时，应声而转，面向山谷，十之八九，佛光为我独自呈祥。如此私有佛光，记不得有几次了。

有意思的是，但凡佛光出现，曲折蜿蜒的十里山谷，至少有四处是能同时看见稀奇美景的：凌云台前，日月峰下，蝙蝠峰下，石云峰下。有一回，早上9点多，又是空山无人，我独行于十里崖下，走一段一团佛光，走一段又一团佛光，一路吉祥做伴，私自受此大福，简直惶恐到不敢领受。

除了云海、云雾，彩虹也是佛光的知己。多数时候，彩虹只是在谷底护佑佛光而来。虹弧不是很大，有时小到恰好罩住佛光环圈。如果风力、水汽、晴朗度非常理想，则彩虹会飞架在群山之上，护佑着整个武功山系，其壮美恢宏，震撼人心久不能平。2018 年 11 月 2 日，羊狮慕出现了这样一幕：雨霁，巨虹倒映在山体上，在天空和山体之间形成一个罕见的圆形彩虹。像是要呼应这样一幅罕见大美，虹体之上，又有霓锦上添花相伴而生。其颜色排列与虹相反，红色在内，紫色在外。此一幕稀世大美，经新华社播发后，见者莫不倾心。

如同大青山里其他稀世美景，彩虹的美以及带来的心灵起舞同样难以描述。在我看来，一切无以言述的美都是有神性的，就如云中彩虹，不正是被西方人视为神的应许保护之约的记号吗？“我把虹放在云彩中，这就可作我与地立约的记号了。我使云彩盖地的时候，必有虹现在云彩中……”

在大山里，“曙暮辉”也是常见的景致，非常壮观动人。

曙暮辉出现于水汽饱满的早晚，它们从云层后面散发出道道光芒，长长地斜卧在群山之上。

一个 5 月的黄昏，将雨却微晴，云色浓稠如油画。我拐过一个山弯，陡然看见道道光芒在群山上烁动。一时，以为是有一位天神在为我拔亮晚灯，氛围神圣到令我轻战而生小惊：在那天界深处，是怎样一位神仙在将我凝视呵护？

有我如此一问，曙暮辉就似有了精神内涵。由此，其又被称为“圣

如同大青山里其他稀世美景，彩虹的美以及带来的心灵起舞同样难以描述。

光”就不奇怪了。

云海、佛光、虹霓、曙暮辉，还有幻日，这种种，就是大自然造就的另一轴恢宏诗境。这轴无字之诗，以美为核心，把阅读者引领进入一个神性的王国，有着超然世外的气概和梦幻色彩。多好！

领受造物的恩典，我屡屡有幸置身于这个神秘王国。我依偎青山，是以为青山里藏着宇宙的答案。生存本身是一次巨大的谬误和虚妄，如果生命必然要走入巨大的黑暗之中，至少，在逾越生存障碍的韧性过程中，我曾经靠近过自然女神，一次次看见她揭开面纱，得到过她温情的抚慰。我卑微的生命，因为这种靠近，而具有了别样的意义。

乙亥猪年腊月十八，三九时节，小寒已过大寒将来。这是寒流冷雨过后第三天，新阳高挂之时，对面明月还不肯下山，日月同辉的景象持续了一个多小时。涨满武功山系四面山谷的云海，起伏了一天一夜。上午，出佛光。太阳落山之际，云海之上又出幻日。云色比之中午的光滑如绸重了些许，平日视线里很远的各座山头，因为有了白云铺路，距离一下拉近，似乎乘着小小云涛，几分钟就能抵达。西边一众山峰，被云潮淹没得只余山头。背着斜阳，这些大小山头在云海之上，朝东面投下长长的影子，极为罕见。哦，云海不仅令人看见太阳的幻影，也令人看见大山的幻影。佛说诸相皆空，作为一个赏云者，分辨虚实并没有那么重要。重要的是，这虚实不辨的同在，以无以言述的美，再一次令我迷醉忘归。

这一刻，我照旧在山梁苍岩上，痴读着这一切。眼皮之下，从东往西，气流竟把厚厚云海犁出一道深深云沟，云沟往下现出一道蓝天。更远处，随着夕阳徐徐下山，幻日也从云彩里渐渐消失，像个躲迷藏的孩子被光影抓去了地球深处。也或许，是后羿张弓拉箭将它射落？

太阳下山的刹那，西天飞起几道红绸般的彩云，一道巨长的红光遥卧在地平线上。这红艳艳的宝石光从地平线漫射上来，辉映着云海泛起粼粼金波，像在进行一场昼与夜的交接仪式。此时万籁俱寂，众生肃立，仿佛天边有颂歌响起！

我在山巅之上，倾听这宁静的歌声，很想汇入其中，去那云彩深处，采一朵梦想盛开的花……

2020 年 1 月 10—17 日

奔月记

满月依然是宇宙至关重要的盛事。

——（美）奥尔森

I

我只知道有人登上过月球，却不知更多详细的信息。和大多数呼吁脚踏实地的人一样，偶尔，我也会认为宏大之事不必细考，那些离日常太高。

神话已远，嫦娥、吴刚渐渐被人遗忘。现实则是，人类迄今共有12人登上过月球，这事发生在1969年至1972年。此后，人类放弃了热情和好奇不再登月，原因不明。

白云苍狗，地球愈加躁动喧哗。而月亮，回归了应有的安宁。

2

8 月中旬的一个夜晚，清凉的大山里，我沿着一条轰轰作响的溪水顺流而下，目光透过溪岸上高大的杉树林，急切地投向对面那条横亘东西的绵延山川。

这是夜间七点半，按照风俗，昨夜我闭门不出，任由农历七月十五的明月，独自在大山里升起又落下。

现在，七月十六的月亮要出山了，我再也浪费不起了。隔了宽宽的溪谷，远远看向东边，逶迤的山川黛蓝如一条长丝带，山棱线上已经折透出一片月辉。可惜，杉树林却很不解风情地遮住了我期盼的目光。

从月辉浓度判断，月亮此刻尚在山的那一边，必须顺流急跑，奔到一块没有杉树的开阔地，才有可能赶得上以庄严之态迎接明月出山。

于是，长长的坡路上，投下了一个女人撒腿狂奔的身影……

我这么努力地在深山追月，气喘吁吁间，突然就想起那 12 位上过月球的人，他们若是看见这一幕，是理解赞许呢还是诧异哂笑呢?

这些真正见过“大世面”的人，他们回归地球后，是以怎样的世界观重新归置、看待人间万事？这是我心中一个大大的谜。

据说，登月第一人阿姆斯特朗，回地球后变了一个人，他选择隐退，离群索居。别人劝他出门散心，他答了一句令所有地球人词穷的话：“我连月球都去过了，地球上还有什么地方吸引我呢？”

阿姆斯特朗在月球上看到了什么？如果吴刚真的在那儿，肯定万分感谢他的到来——从此，东方人再也不会在口口相传里，令他砍树不止了。而那棵可怜的桂树，也可以休养将息从此再不受那斤斧之苦了。

阿姆斯特朗当然没有看见这些，但月球上也远不止那些令地球人扫兴的坑坑洼洼吧？据说，他所“看见”的，是美国五角大楼拼命要保守的机密。

好在我没有去过月球。好在，我也没有可能去月球。所以，地球上的一切，都对我有足够的吸引力。

沉醉于顺水追月，表面上看是受着浪漫好奇的梦想和情感驱使，细思起来，置身于大自然的人，和月亮之间存在有一种神性的应和，人们对月亮的崇拜始自远古。如我，根本无力抵挡明月出山时的刹那诱惑。从某种意义上看，我的下意识奔月，与嫦娥奔月无有分别。嫦娥的诞生和长生，正是得益于每个人的心中都有一个嫦娥。可以这样说，一代一代地球智人的奔月冲动，最终导致了登月壮举的成功。

那天我终于追上了月亮出山。

怦怦怦怦，心头一只小鹿跳起老高。我伫立在溪岸这边，担纲着山月大舞台上唯一的人类主角。按住胸口，深呼吸。安静，再安静。凝神远眺对面山岭上徐徐升起的圆月，期待着有超越日常的看见和照耀……

“哗啦”一下，一轮超级大圆月跳上了山棱，其形之大，其光之亮，平素难见。迅即，暗昧的夜晚亮如白昼，满世界铺洒开月光：山棱上是月光，山谷里是月光，眉眼发梢是月光，心头身上是月光。岩崖草木是月光，那“哗哗”作响的溪水上，跳跃的也是月光。

这是我平生没有过的“看见”。原来，如同阳光，月光也是可以刹那之间光耀一方天地。她竟然可以，把一座座青山点亮成一座座白色的山。而我，周身同样被月光染白。这一幕，把我深深震慑，我像个傻子，不知该做出什么样的反应。我一动不动，杵在雪亮动人的月光里，影子在身后拉得老长，有三五米长，而泪水，也在月光的召唤之下汩汩而出……

这是傲秀于日常的正大月光，清灵灵地，在巍峨群山里，雪亮无声，汩汩崭露绝世风华。一个偶然，我遇见了它的庄重稀世之美。几年过去，内心之铃依旧持久摇响：如果可以描画它，它一定会是人世间最美丽的一幅画。可惜，我无能，做不到。台湾学者蒋勋和一群朋友去到一个大峡谷，也遇到过同样的月光。他用了 30 年，屡试不成。最后，在放弃所有技巧之后，他画出了那一晚惊心动魄的秋月之光。

大自然有着宏大的善意，他会选择一些人，让他们有机会领略觉察天地间最好的东西。我深信，蒋勋的画笔，复活的不仅仅是他和一群人相共的月光，同样也是我的私家月光，更是天地乾坤的至善之光。

好的东西，就该得永生。

3

好运之人才能看得见美和善。我亦有好运，领了天地恩典，故而生着随喜心意，要把深山的月亮拿来努力言说，以答谢月神仁慈于我的美和善。

那天是农历九月十四。夜凉如水。空山无人，唯我独共。

山路在隐约的月光下泛出浅光，山野静谧，无虫鸣，无人语，无市声，万物静默，唯有溪水潺潺浼浼。我独行在彩云遮掩的月光下，听得见内心的说话。

似乎说了很多，又似乎不着一言。

人和月亮的对话，似乎正在发生，又似乎早已结束。

无法相信，自己竟是独个拥有了一轮深山的月亮。

山中情况陌生，完全不知路有多长，只是向东向东，以微微的喜悦去迎接东升的月亮。

时值深秋，席卷全国的冷空气正横扫南下，夜空满布薄云，若明若暗，月亮时而躲入云层，时而又破开云层，把清辉展示于独步深山的我。每回她从云朵中搏杀出来，那圆圆的模样毫发无损。看见倾慕着的女神征战凯旋，真是心花怒放，忍不住叫好。甚至于，听见了云朵退让的声音，月神亮相的声音，当然，还有我内心欢呼的声音。

我独行在海拔1700多米的高山之巅，在威仪而美丽的月光底下，无怖无恐，无畏无惧。稍有可惜的，是我终于没敢攀上最高的石云峰，看不见月亮冲破云层，高耸于天庭光洒群峦的辉煌壮举。

在那里，白鹇松鸡会在月光下起舞吗？金花鼠会不会在树梢上追逐撒欢儿？大灵猫、小灵猫会结伴在灌木丛里散步吗？清风呢，任是它怎样用力，也是割不断那无垠的如水月光吧？

顺着月光，往更低的山谷望去，起雾了，早先遥遥望见的三两盏灯火模糊起来，高高的天庭上，月亮和彩云的搏杀游戏没有停止。今夜一颗星星也无。万物安详，我也安详。

突然，我看见了自己长长的身影。月亮在上，我并不抬头相望，而是东挪挪西闪闪，喜悦又好奇，兴奋又冷静。

我挪闪，我的身影也挪闪。我收脚，我的身影也立定。

一时，薄薄的伤感细细作来：红尘经年，偶尔也见新月如弦，偶尔也见满月堂皇，但是无一例外的，在满城灯光的污染下，我很久不曾见过自身的月影。记忆里月光照拂我是在童年。那久违的小小的影子，今夜再见已经变得很长。没有月光的忠诚做伴，一个女子的长大，总显得有些突兀奇崛，像一颗来历不明的种子，自作主张就生根发芽，开了花结了果。

迷恋月光的人清安洒然，自有一种好情怀，但在人海中，她其实是孤独的。

一个显而易见的事实就是，在世人络绎不绝扑向大自然的行旅之中，很少听到有人详尽描述月亮唤起的冲动和感受。人们津津乐道最多的是，云海、日出、山花，以及绝壁秋色；有些人会说起落日，甚或是一只松鼠、一只苍鹰；还有难得的一人，详尽描述了邂逅林中万丈霞光的微妙感受；另有一人，则讲了山溪侧畔的一团团萤火虫……

但是，没有一个人，对我提说过城外的月光！

与此同时，“明月”二字，却在当代文字中高频使用，人们醉心于纸上的月亮，却忽略了去追奔天宇中最真实的月光……

这么想着，夜已很深，云层突然增厚，月亮不见了，怏怏复怏怏，转身回向木舍。今夜月光下的漫游画上句号了，对明晚月亮的期待就已经生起。从前丢失的月光已然无从回照，这深山月影下的独行，却充满了卸下红尘负累的轻松。

一个转念，心满意足。

归程中，像是听闻谁在耳语，忍不住转身向后，竟见满天的云不知其踪，唯有一根切面整齐的云条托着一轮圆月，天幕如洗，群山万壑臣服于明月的威仪之下，万物缄默，任我猜谜。一时，我冲动不已，惊动欢颤于突如而至的崇高大美，一颗心柔软再柔软下去，软到如水一般承接不起。

“啊——”“啊——”我迎着圆月，伸展双臂，放肆地在山路上旋转、欢叫，像远古山洞里的女祖 ，语言尚未成形，只能用简单发声，来倾诉对于一团圆月的敬畏和爱慕。步子慢下来，一步三回头，月光下，看着自己的影子，惬意又自得。

如果每一个人，都能有这样一回遁离红尘独对月亮的片刻逍遥，该有多么好。唯一要记得的是，除了带上自己的影子，你并不需要多余的陪伴。要知道，就连嫦娥，也不过只有一只娇弱的玉兔做伴。

月亮爬得很高了。明亮的月光铺满山谷。晚来风急，踩着山溪流泉的节拍，告别这世外哭不出的美丽与安详，我踏月归去……

无论红尘内外，总有一样事物让人无比安宁。举头望明月，心头有一亿朵莲花徐徐打开。是否有人相信，今夜我投向月亮的目光，其实可以共地老、齐天荒！

4

这是一个好春。

下午在山谷中读书，晒太阳。听风声鸟语，发呆，看云观雾，回到木舍已近 5 点。猛然记起这天是农历三月十五——月亮该圆了。

一念既出，眼随心动。举目东面山川，巧得令人啧叹：一轮圆圆的皓月，这一刻正爬过山棱线，一半在山下，一半在山上，跃入眼帘。下意识读了时间：17 点 55 分，春季的月亮竟是这么早，像是我的意念将她唤出天宫。

我端然迎对东方，目光专注，一心一意守候明月升起。世人习惯了去拥抱日出东方的磅礴热烈，而疏忽了“月出东方”的巨大静谧和吉祥止止。对比之下，比之日光的激情昂扬，月光的谦逊内敛同样令人心中布满圣洁之感。

细作分辨，同样是月光，在家门口和在旅途上，它如雪的光芒带来的感受是不同的。屋外的月光，铺陈在平常环境里，其意义也变得平常。旅途上的月光，却能持久地唤起旅人心中的神性情感，原因大概在于：摆脱了日常纠葛，不再费心俗世的起承转合，身心可以专注于接纳破译自然的密码。

所谓“与天地精神往来”，就应该是与俗尘毫不相干的一件美好之事！

现在，羊狮慕的春月，在我谦卑的迎候中缓缓跃出山棱，升上天空。月色清华，我连一个赞美的词也吟诵不出。

春夜的天宫，不似秋夜蓝得通透澄明。它的蓝，是颇有分寸和厚度的灰蓝。如果说，秋夜之蓝带给人无边的遐想和自由，那春夜的蓝却是教会人收敛和自制。共同的一点好在于，无论春秋寒暑，月亮的光芒总是那么宜人。遥遥的月光，总是呼应着一代一代人类内心的光芒，与太阳星辰一起，启迪和照耀着我们尊贵又卑微的生命。

蒋勋在《舍得，舍不得》中，写到《月光的死亡》，文中悲惋高度工业化的时代，过度的人工照明，使得一月一期的圆圆月光，不再是人类的共同记忆，他呼吁要找回“光的圆满”。

我在深山春夜里读到，心生戚戚。

半夜时分，推开木舍里大大的木格窗，惊喜不备中，月光和我撞了一个满怀。

随即，安住于饱满的喜悦中，我进入了一个宁静的梦。

5

我最近一次在深山奔月，是8月的一个黎明。

这天是农历七月二十——我不太清楚，该不该把这轮月亮算到七月十九。不可思议，在大山里才突然意识到，月出月落是跨了两个日子的。更无知的是，此前我一直以为月亮从来都是东升西落的。

不到5点，踏上凌云栈道。一路看见，星月皆隐没于满庭薄云中，曙辉未亮，天地一统于将明未明的昏暗里，所谓黎明前的黑暗即如是。秋虫在山径两旁呢呢哝哝。想象着大峡谷里万物即将苏醒的样子，确知自己正在独拥一个世人睡梦中错失的美妙黎明，我安宁肃穆的外表下，深藏着浩大的喜乐——真正的幸运和富足，就是私有世人用钱买不来的一段曼妙时光，或者一幅绝好风景吧。

栈道迂回曲折，凸向山谷处光线勉强，内凹处则被树木岩石遮住薄亮，一片黑暗。我承认，喜乐的背后也生出了些微害怕。谁不害怕黑暗呢？谁知道黑暗里藏着怎样的阴谋呢？远祖们面对森林的黑暗有过怎样的恐怖，我们的血脉基因里就藏着怎样的胆怯。

心存至诚，吉祥自来。像是一种奖赏，不过三两分钟后，月亮竟然在右侧天空破云而出，原本冥昧暗沉的山谷，瞬即铺满银光。我精神一振，悄言私赞自己：好人品，连月亮都跑出来壮行了。

在壮阔的峡谷里踏月独行真是奇妙。城市里已经无月可踏，乡村明月也早已与我们疏离，在这远离人寰的高山之巅，一轮友好的明月却恰如其时地，护佑着一个自然朝圣者的破晓独行！在人类的文化史上，多少大小画家往来于人间，多少大小诗人往来于人间，他们，画过这幅画吗？写过这首诗吗？

月光底下，朝圣者轻轻踏步，一步一步犹如清莲徐开，心头涌动多少情感：神圣、贞静、浪漫、感恩、富足……

这些情感，洁净有光，温柔沁亮未来的岁月。

多少回进山，多少个月明之夜，我都想象过在月光下穿行峡谷的“壮举”，终因胆量不够没能梦圆。

一天，有人相告，前年中秋夜，一群工人攀上最高的石云峰顶过节，头顶蓝天上是皎皎圆月，脚下山谷里是壮观云海……闻之，我为自己没有福分在场而失态顿足。想来，这中秋月夜的无边浪漫和巨大安详，若是被一群诗人有幸邂逅，人间又该流传多少美丽的诗篇？然而，事情全然不是这个样子，大自然就愿意把这样一个美好的夜晚，奖励给一群不写诗不懂诗的人，或许理由在于：只有通过他们不加修饰的朴素口碑，才能给听者留足想象的画面空间，从而加深对大峡谷的向往。

比如我，对于大峡谷的月亮就向往久矣。不承想，一个8月的黎明，一轮明月会大方地应和我的心愿。最最重要的，这是我一个人的月亮。无从知道，这一刻，苍天之下还有谁会如我这般，戴月独行于高山深谷？如果这个人存在，是否可以把他（她）视作平行宇宙里的另一个我？

我一定有过在深山生存的基因记忆，一番黎明踏月，就好比是一次注定要完成的邀约回访，完成了，人生就此补上了一个先天豁口，生命从此又圆满了一分。

月亮有贞静之德，人生也有贞静之好。这好，就是把身心全然敞开，托付归置于大自然怀抱后的美满收获。

月辉如水，潺潺流过大山空谷，山谷中人受洗而出，身心俱洁，颜容贞静：亦无心事可动，亦无感叹可生；忘了无常流变，忘了悲欢离合；也不说永恒，也不叹轮回。万念俱静，风烟俱平。那一刻，她就是月光，她就是山谷，她就是含玉吐露的草木，她就是呢呢哝哝的秋虫，她是那群将要醒来的小麻雀……她是万物，万物是她。

这印证了一句话："在浩渺的天空之下，孤独的人要想保持个性很难。"

那么，断舍个性，消解自我，物我同一，天人合一，这该是生命很好的结局吧。

6

阿姆斯特朗去世前，希望将来有人可以把他留在月球上的脚印抹掉。记得他当年在月球上说的却是："这是一个人的一小步，却是人类的一大步。"

阿姆斯特朗两次离开地球。

第一次离开，他有着当代人类共有的骄傲和自大。

第二次离开，知道自己永不再回，他不再沉默，而是低下了高贵的头颅，承认了人类的渺小，要把月球上那个充满个性又有几分狂妄的脚印抹掉。据说，他因窥见了比人世秩序更强大的宇宙运行法则，才选择了后半生当个乡村牧师，在地球上隐居缄口。

这个男人 2012 年谢世而去，我想，很多世人都听懂了他最后的悲欣交集欲说还休。

登月改变了人世间的许多，一些人由此走向了神性，一些人因之更加理性。科学可以抵达月球，却抵达不了血肉构筑的人心。

月亮有贞静之德，人生也有贞静之好。

我却依旧还是我，月亮也依旧是月亮。这个 8 月，羊狮慕的月亮从贞静中来，到贞静中去。我相信，相较人类，它才是真正的永生之物。

2020 年 8 月 19—20 日

太阳之歌

I

在羊狮慕大峡谷，最先迎接阳光的地方也是最晚告别阳光的地方。

日落之时，目光西眺，望向武功金顶及更远处，群峰之上，常有万丈霞光自暮云中四射而出。

逢此时，我一般正独自漫步于峡谷东岸上。

这天上午有雨，午后雨霁，黄昏放晴。山谷里的秋色因雨水滋润而丰满欲坠。青是青，绿是绿，红是红，黄是黄，还有各种过渡色也芳华吐艳，那半衰的茅草和半枯的青苔同样泛出活力。

这是立冬前日。这秋之最末，却呈现出“万物并作”的欣荣景象。夕阳的光辉万分柔和，更因穿越充沛的水汽而温润亲切。我盯着山谷，夕光先是打亮这一块，旁边云彩一动，它又打亮那一块，这像是一场愉快的告别礼：它这里挥挥手，那里挥挥手，要对世界说再见了。明天到来，一个新的安详世界也必将开启。

我注目这些，终于心生微澜，多日的自持稍有松动：日落之光，映在心头总是带了几分挽留的意味。留不住的这一切，都在巧妙地进入某一个程序中。那秀于林的，叶必落光；那不动声色的，明朝的容颜也必将老于今夕；那喋喋低吟的秋虫，将在寒冷中噤声；那活泼的金花鼠、崖鸡，也将在风雪冰霜中藏身不露……总有一些生生死死，在这大峡谷中循环往复地发生。就连古老的岩石，也将在苔藓和风力的作用下，极为缓慢地发生变化。谨遵天道循环，最是万物之德。

突然间，一只秀气的白鹇自我眼帘之下飞过，好美的一只鸟！好贞静的一只鸟！我看不见它落在坡谷里的哪棵树上。

忽地一下，夕阳把我拢在怀里，一个秀气的影子，长长地印在了崖壁湿湿的青苔茅草上。我走一步，一个影子。走一步，一个影子。我高举右臂，影子也高举右臂。我没敢做更多的动作，在这虚极静笃的空山黄昏，张扬是多么不合时宜。

伴着万道霞光，我安详地走向归程。

2

早晨六七点的阳光新鲜又圆融，穷尽记忆，也找不到这种感受和经历。沉睡一夜的大峡谷醒来了：金花鼠在树枝上玩耍，锦鸡在崖石上漫步，几只早起的鸟儿在林中唱起小曲儿。那崖上的小树，叶色比昨天更红；崖岸边松树旁的一树黄叶，饱餐夜露之后，更加明润动人。远远近近的崖壁山谷，一片苍绿猩红明黄暗褐……目光所落，是一幅又一幅色彩斑斓的油画。

我放慢脚步，调整呼吸，试图以此能够去呼应大山沉健稳笃的心跳。是不谙世事的一个小女孩，贸然闯进大德芳邻的家园，一方面好奇惊喜，一方面又惭愧于打扰……我惊乱了大峡谷的一夜好梦吗?

初时，日光熹微，红太阳未及爬上山顶。远远近近的山川一道一道，泛着暗蓝。近处深一些，远处淡一些，再远处就更淡了，就这样绵延去到天边，没有止息。一道一道的浪谷里，则有柔曼的雾纱织成。有一双无形大手，轻牵纱角，从浪谷里扯出来，顺坡往上，一寸一寸地覆在山浪上。

也不少，也不多，是恰到好处的长度；也不薄也不厚，是恰恰好的厚度，于是，一幅浓淡相宜的水墨江山图就铺陈在眼前。

神明大方，好几个黎明，他都把如此珍贵的私藏宠示于我。我每每有幸见此天地的永恒巨作，也不作喜，也不作赞，也不若惊若乍。只是默不出言，归置身心如大山一般于虚静之中，体悟那“万般放下”的殊妙之胜。

受大峡谷地形所限，日光并不能一下打进来。待微曦渐明，群峦慢慢掀开朦胧面纱，静伫悬崖东岸，西眺武功金顶，寰宇间最干净最透明质地最新鲜的阳光，就如同听令于一个最强召唤，自高高的天庭齐齐倾泻而下，遥遥照亮了一个又一个山巅。一时，心头生出翅膀，不疾不徐地追着光明飞向那西边的山岭。

太阳在爬升，阳光在移动，无尽的山岭在光影中游移，心也在游移。视野辽阔无垠，不涉人界。阳光清洁无染，无虑无忧。在这里，它不用顾及照耀了穷人也要照耀富人，照亮了茅舍也要照亮宫殿。它不被人累，不被事累，它是阳光自己。每一个清晨都是它的新生。它多像一个刚学会走路的孩子，撒着欢儿在高山巅上漫步。亿万年来，它就是这个样子，人的看与不看，见与不见，两相无干。它是神圣高洁的永恒之物，也是大峡谷至柔至暖的宁馨儿。

这一刻，我并没有办法置身于它的怀抱中，要过上几个小时，它才会幸临东崖之下。只是，这远远的眺望最是奇妙，它让你深信：人间所有的希望和活力就在眼前，而人间全部的罪恶，也在这凝注永恒的当下，消弭得无有影踪。宇宙大同，世界静好，向往光明之人，必将抵达内心的光明。

《圣经》有言，从前我是盲的，现在我能看见。

2015 年 12 月 6 日

每一个有幸沐浴黎明光辉的人，都能于其中遇见自己的天使。

黎明的六个瞬间

黎明的月光照着我的道路
树叶的夜露濡湿我的头发
山虫声声叽叽说你怕不怕
我答世间没有比这更安全的所往

——安然《羊狮慕日记》

立在拂晓中央

记得那个深秋的凌晨，5点18分出门，意外发现木舍的大门顶上了一条粗重的门闩，拉开，轰的一下，寒意沁入骨髓，山风长驱直入，把厚重的原木门扇摇得“嘎嘎”作响。

这个响声，在远离人界的深山里，搅起些复杂的滋味，让我联想起了更老旧而温暖的时代。抬头望远，一轮残月静静悬在东边，天色黛蓝，多数星星已隐去。少数几颗依然忠诚地相伴残月。天地寂然，曙辉渐次到来，一个女子，屏息站在新旧世界的交接岸上……

黎明的这样一幕格外宁静，让站在拂晓中央的人，生出无力言述的感动来。

天地间巨大的美就是如此，亲历者无力复述所见所感，唯有私藏于生命里，让神明的恩宠，一回一回将自我涵养得丰美辽阔起来。

我深信，对于情感丰富细腻的男女，每个人的生命里，都有无力分享的美的经验与体会。那是命运恩赐的独份礼物，是其该有的私家财富。对此，除了全然愉快地拥有接纳，对于无力分享的心灵困境，也只能洒然而出了。

然而，我总是会因为比他人拥有更多的美遇而不好意思，是从造物主手中领受了多一些礼物的惭愧。

当我们感动于美景时，我们感动的到底是什么？一个文明人总是以美作桨，划着生命之舟进入世界的纵深处。幼儿园那些省下好吃点心的男孩，争相以之讨好的，必定是园中最漂亮的女娃娃。

是我们生命基因中那先天的鉴赏美的素养，引领了我们，去大千世界中发现美；还是美的事物本身，唤起了我们内心对美的感知和捕捉？

第一束黎明之光

5 月暮春，黎明，天空明净，暗蓝如缎，辽阔无垠。目光越过叠嶂层峦，眺望地平线，一条红霞横贯南北，大山还没醒，鸟儿还在睡梦里，古老的静谧摄人心魂。有不知名的动物早早又叫春了，我按捺期待，去往神圣的追日之途。

5 点 10 分左右，山路拐弯处，正是一个较为开阔的山谷，“呼啦”一下，本是行走于蒙蒙曙色中的我，沐浴在一束柔和新嫩的光明里。黎明的第一束光，就这样不期然打在了身上！

破晓之光！这是真正的开启心扉的破晓之光！穷尽记忆，这是人生头一回站在了破晓的光明里。这束光，让我震撼之极，生出向着光明飞去的喜乐和冲动……天哪，在一片将明还暗远离人烟的天地里，跋涉山野的独行之人，有谁能够抵挡得了新鲜干净的光明之诱？

5点32分，太阳从地平线始现。

5点38分，太阳完全跳出地平线。东方红透。

这片红，是揣着巨大安详的红。

这一刻，东北方明月山方向有云海遥遥可望，西方天顶辐射出几条红云。画眉担当了清晨的领唱，然后，几十、几百只鸟儿唱了起来。

我置身于这个黎明，内心，起有哗哗震动，一时，情深如注。

宏美的事物即是如此，直击人心，容不得你千转百回地品味咂摸，小的情怀，软的思绪，皆是不宜。一切的恢宏壮丽，都是一种力量，它们唤起了灵魂中久不自知的深层情感。

梭罗有言，“像黎明一般美好”。体证此言的前提是，全情投入黎明的怀抱，从而确知：最美好的光景，必是一天初始的黎明时分。

上了一堂哲学课

8月中旬，又是一个黎明。

天空虚静无物。深灰蓝的天幕，澄净若绸。遥看东边，曙生霞气，一道长长的红霞亘卧在绵延的山岭上，磅礴无声的静谧笼罩着整个山野，大山苏醒时产生了一种令人愉悦的氛围。鸟儿唱着自己的歌，8月中旬的鸟鸣比之5月要节制很多，清晨交响乐团中明显少了一些角色，似乎大牌都谢幕不出了，留下一些小角色在支撑台面。即便如此，你依然感念着它们的友好。

草木山林吐出清新的气息，就连云朵，也在一片空无中酝酿着出世。

我照旧在观日亭里恭候新日临世。

不承想，在高山之巅的这个黎明，我骤然体悟到了“道生一，一生二，二生三，三生万物”的道之精神。

大自然传授智慧的方式具体而生动，智慧之光的来临完全没有预兆。

一切发生在红日出山前后。虚静纯一的天空变幻起来就像在给我上哲学课。

先是地平线上漫射出红光，出现云雾，然后太阳魔术般跳出来，其热量令东山林里蒸腾起蓝紫色的雾岚。

接下来：

有了光；有了朝暾；有了鸟鸣；

有了小小的一片云，这片云又变作了一只“小鸟”，“小鸟”的下方是峡谷；

峡谷里的水汽迅速蒸腾，成为雾；

雾再抬升，抬到山顶上方，连绵成了云；

云迅即融合生长，连绵成了一片云海；

太阳继续爬升，当它爬上石云峰顶后，阳光斜斜远照，照在云海的上方——到了这一步，经验告诉我，“佛光”圣景形成在望。

在我的热切注视和期待下，一道彩虹出现，又慢慢收拢聚圆——果然，世人所罕见的“佛光”就这样在云海里生成了！

我在最高的峰巅，凝神注目着这一切，默言欢喜。没有比此更神奇的“看见”了。

不知几时，山风大作起来。

这个早晨是如此明亮而圆满：日出、云海、佛光、山风。天使们今天过狂欢节，好好地宠幸了我这个唯一的虔诚观众。

看啊！黎明是多么多么美好！

黎明把昨天的罪恶和忧愁翻篇，开启一天新的希望，让人在巨大的静谧中，在亘古的永恒中，看见方向和力量。

每一个有幸沐浴黎明光辉的人，都能于其中遇见自己的天使。

“黎明既有庄重的慈悲，又饱含青春欢乐的赠予。”

月神有了护法

在大峡谷，日月同辉的天象经常可见。

有时是清晨，东边太阳西边月；有时是黄昏，太阳在西月亮在东。逢此时，我同时顶着日光和月光漫步于山谷里，并不去以科学理性的知识寻找答案，而是想到，这日神和月神，其实各有自身的大寂寞和大职责，在天庭的遥遥一望之后，又必将循着宇宙间的道义所指，阔别后各奔其道。

如果在清晨，月亮会在陪伴太阳一会儿后消隐不见；如果在黄昏，退场的却是太阳了。

有时候，水汽们担心月亮孤悬在天上会掉下来，就自动在其下面形成一根薄云条，不大不小，恰恰托着月亮就好。

有一个黎明，我注意到，起先圆月只是孤悬在蓝天的背景下，半个小时后，月亮下方突然就有了一片不薄不厚不大不小的云。我想，这是月神有了温柔的护法呢。这世间所有的事物，都必有另一事物来崇仰眷恋吧。

打扰了白鹇和山虫

我想讲讲暮秋里一个更早的黎明。

早上 4 点多，天地混沌，一窍未开。

好的是，三两分钟后，西边山岭上月亮破云而现，照拂着山林万物，也照着孤胆闯入黎明的我。

栈道迂回曲折，月光铺满山谷，外凸处月光明亮；内凹处，则有几分薄暗。在某些路段，月亮透过树木的枝丫，洒下碎碎银光，抚着我一步一步前行。

早先我以为黎明时分最早醒来的是鸟儿，却不是，是山虫。

它们不到 5 点，就在步道两边的灌木丛中低声吟唱了。虫吟其实是振翅之声。想象一下，雄虫努力振动着双翅，在破晓之前唱着无字的情歌，而雌虫在睡梦里醒来，听着情歌似嗔似喜；夜露很重，一滴一滴，从各种植物的叶尖上滴落。就是这些最早的响动，预示着山林万物正在苏醒，充满生机的白昼即将到来。“天使正在把黑暗卷走，把光明的毯子铺开”。

月光真是友好，它一直照着我走到石云峰下，才又隐没在云中。到了此一刻，翻过山梁就是东边，在那边迎接我的，该是更为明亮的曙光了。

就在前往观日亭的山路右侧，扑棱棱的声音，一阵一阵，起起息息。循声望去，林中草木芃芃，余者皆不见，想来是我不以为意的足音，惊扰了早起觅食的白鹇。

事实上，我已经向林中隐者们多次道歉了，要有消声鞋和隐身衣，才能让歉疚减少一点点。

臣服于日月同辉

有一个拂晓，我去看日出。

一出木舍，看到东边天庭有两颗明亮的星星。大的叫启明星，小的叫木星。它们走得很近。天色暗蓝干净如洗。几分钟后，在通往南山的高坡上，一个转身，我突然看见了一轮银亮的素月，正悬挂在西边的山脊之上。其清寂韵味，铺陈流泻在黎明来临的世界里。

日头将出，月亮却执着而温柔地，等待着我的看见。

这一刻，巨大的安宁将我席卷，这安宁掏空了我的所有，旧了的爱恨情仇，新来的悲喜离合，统统被月光和星光掠走。我立定于高坡上，头脑一片空白，唯有一脉如水的暖流，从我的眼睛出发，往身体的细枝末端流动，那柔软，就如来自爱人的拥抱。

自东往西眺望，近处是两颗明亮的星，远处是一轮皎皎的月。这山野里的星子和月亮，它们的升起落下久达无涯之时。那无涯的荒年里，有没有出现过一个人，像我一样，饱含深情地凝注端望着它们？这个人，如今又去往了光阴深处的哪里？

我终将别此星月而去，在我之后，又有谁会在凌晨里，臣服感动于星月同辉的静谧大美？

总是这样的，总是这样子。记得有人说：“永恒的是日月星辰，有来有往有生有死的是人，有起有落的是城市村庄，有兴有衰的是人类的文化和文明。”是一茬又一茬的人，在宇宙间世代接力，追赶着万古日月。

从夸父逐日到嫦娥奔月，从人类登月到航天火箭，神话和现实，次第介入我的人生。而这之前的所有，给予我的洗礼，都没有凌晨的这个瞬间来得素朴而隆重。

那一刻，我觉察到了一些幽微的情怀在涌动：圣洁、纯真、神秘、高贵、优雅……

这美妙的一瞬闪电般逝去，却持久地摇响了我的内心之铃，唤醒了一个安睡已久的女婴。我在凌晨的至柔光辉里展露的微笑，就像新生儿一样宁馨而甜美。

晨光就是这般的好。像经由一夜春雨洗浴的初生婴儿，干净得令人想亲爱不已。其实，所有的黎明都是值得亲爱的。风也好雾也罢，晴也好雨也罢，每一个日子的出生总是给人以希望呀。

只是，因为缺席了太多的黎明，对于难得在场的这一个，我就必然寄予了更多的缠绵缱绻。一生太短，现代生活方式，使得人心无挂碍伫立于黎明岸边的机会少之可怜。如果，一个人从孩提开始，就有更多的机会，去迎接更多黎明的诞生，去持久地体会黎明给予人世的恩泽和美好，那他一定会长成如黎明般生机勃勃的人。他的人生，也注定会比他人多几分丰美和灿烂。

初阳终于抚上大地。一个转身，我看见身后的树林在碧蓝的天空下静立，齐齐朝拜着朝阳。那阳光，至柔至纯而又不可触摸。

2017 年 7 月 6—16 日

我端坐这里，
看似被世界遗忘，
其实就在读山中风景
读纸上风景之时，
接通了一条又一条
通往世界秘境的小道。

悬崖上的私人书房

山里的云是在午后起的。

上午一丝云彩也无，天是希腊蓝，纯净到可以消解一切。推开有木头香味的格子窗，“吱啦”一下，无边静谧扑入心怀。小风不来，亿万万树叶安静不语。无端地，有浩大的寂寞在六合八荒生长。不可思议，天和地竟然可以这样骤然歇息，不再忙碌，无所事事。一时，我也不想有一丁点儿作为，只想投入那片辽阔而盛大的蓝中，幻化为空无。

已近小雪节气，天气却似小阳春。阳光慵懒，人的体内也睡着一只大白猫。

午睡起一杯咖啡，装《叔本华美学随笔》，装《宁静无价》，带一支笔、一个小本子、半个石榴、相机、手机，就进峡谷了。未及进山，就见山脊上有白云袅袅升起。我有些激动：这一刻，峡谷里一定风云四起了。

所谓羊狮慕，说的正是峡谷中常有如羊如狮的云雾蒸腾，追逐嬉戏，致景象变幻万千，神奇如梦。

记不得进出峡谷多少回了，每一回进入，无论天气如何，晴雨不计，云雾不计，有无风声雨声不计，有无鸟语花香不计，我皆充满期待，总是执念于：大峡谷一定会以最好看的样子欢迎我的到访。或者说，我所能看到的，皆是大峡谷最美的样子。

一路想唱歌，一身轻快。

果然，山谷里起风了，不知来自何方的云雾正神速地分兵作战，各领任务去攻占不同的山峰。无一例外的是，每一支队伍都在努力爬升到达山顶后，又被太阳的热能迅速蒸发。后续者则不管不顾，继续集结着往上冲，它们的命运同样是粉身碎骨。

如此往复，一直到太阳落山，也没见哪支部队真正地占下了一座山头。

仗打得很激烈，战场拉开很大。大山岿然不动，而云雾热血沸腾前仆后继。山风一直在呐喊助阵，吹号摇旗，把气氛推到极端，大有不置云雾全军覆没不收手的疯癫狂躁。还有那日头，上午歇够了，临了这场热闹，不甘旁观，在云雾里钻进钻出忙碌碌的。

这乐坏了我。

我坐在一块凌空岩石上，这是大峡谷的至高点，海拔 1766 米。自从发现这块铮铮如铁的悬崖，我就私自在此开了间书房，晒太阳，听松涛，看日落，读书写字，看云听鸟闻花香，无所不为。

当然，大峡谷里，我的书房不止这一处。记得 2014 年暮秋，人和山轰然相遇，深情骤起，电闪而过的第一个念头即是：这是我的私家书房，唯愿这一生，我有福气可以在这里把书来读个够。

在羊狮慕读书，这是生命中多么美好的一件事情。《在羊狮慕读书》炫耀的就是这样一件美好的事情。仔细想想，我们平凡的一生，可以拿来炫耀的事情没有几件，只是对于我这样一个热爱阅读的女人，幸有巍巍青山当书房，那自然是生命中最大的荣耀和礼遇了。

相对于其他读书点，我最爱的是石云峰顶的这块岩石。

它凌空而御，前端是万丈深渊。

它藏在密林小径，少有人迹能至。

它野性荒凉，石上除了一棵青松，若干根杂草，什么都没有。

它视野开阔，除了东面受限，南北西三面可眺，风云变幻尽收眼底。

我端坐这里，看似被世界遗忘，其实就在读山中风景、读纸上风景之时，接通了一条又一条通往世界秘境的小道。

故而，在这里，无论开卷还是不开卷，我都会自认穿着隐身衣，已然置身于世界的中心剧场，悄然自娱独欢。

今天，我却没空上演自己的戏。云雾嬉山玩得太嗨，我是捧场的唯一观众。

书且开且合，笔记且写且停。夕光在云雾里忽收忽放，我四顾不歇，忽前忽后，忽上忽下，忽站忽坐，看云雾和大山的游戏作战，把整个山谷改装得虚实难分，美轮美奂。

这不是“战场”，这是一间恢宏壮美的画廊。这不是游戏，这是云雾和大山共同诵读了一首激情四溢磅礴大气的自然赞美诗。

我是真的醉了……

16 点 50 分，紫云观的道钟响起，雄浑的钟声在山野四散开来。每响一记，更远的西北方就附和一记，这样我在暮云纷飞中，听到了 162 响钟声（实际是 81 记）。

当此时，云雾遮天蔽日，日头不见了，岩下的人声、山谷里的鸟鸣皆无。方圆 20 米不见一物，唯有脚下的苍岩以及对面的一棵青松，还有身边几株野草忠诚地陪伴着我。等我写到此处，右手侧灌木丛中啁啁细细的鸟鸣声响了又寂。我是如此喜欢这个片刻：就像我是坐在鸿蒙之始，在耐心等待必将到来的后世文明的开化……

很可惜，我在远古并没待上多久，5 分钟后，云散开来，日月峰上一只鸟儿，热情放啼，不问我愿是不愿，就直接把我领进了现世。

2016 年 11 月 18 日

书房的冬

读书

是暮秋，随一帮摄影人首次进入大峡谷。

是时，季节转换，冷锋南下，雨锁秋山，寒烟迷蒙。同行者日日驻足于崖岸，废寝忘食忍饥受寒，只为等来天光，等来雾影，等来云海霞光，等来一张满意的片子。

唯有我，不做等待，没有打算。我两手空空，无远虑，无近忧。整日打着雨伞，唱着歌儿漫步峡谷中。

我也不挑，我也不拣：长风过耳，冷雨入怀，山雾障眼，叶落惊心；忽开忽合的天空，忽隐忽现的山色，忽高忽低的崖岸……这所有，都是最好的知遇。

人和大自然，受着造化牵引，彼此脉脉端凝，撞了个一见欢。

我的脑子里没有片子，只有全情的沉醉。

那几日的冷雨寒风中，大峡谷写下了宠幸我的第一卷长轴情书。人与山水，自此开始了一番远胜于男欢女爱的缱绻缠绵。

情书不着一字，我却读到风雅万千：大峡谷说，它乐于成为我的私家书房。待惠风和畅，青山生白云的好日，许我安坐山林，无事乱翻书。

人生长路，亦有山水跋涉百十程，唯有大峡谷，和我缔结下这个密约。人和山水，也自有神秘的缘分。爱的排他性使我谨慎小心，守着它，就如守着一段相思，不对人吐露一字。是要独占风雅，在尘嚣尽处，于青山白云里耽溺书香。没有谁的私家书房愿意大方迎客，斯文于我，竟似一笔私财，不想瓜分与人。

现在是初夏，山雨纷作，气温骤降，山里人们棉袄加身。山外秦岭承德五月飞雪。写下上一段，犹如吐出一声忏悔，有朵梅花掉落在夜色里。诗人张枣说，“只要想起一生中后悔的事，梅花便落满了南山”。

我多虑了。事实上，大峡谷世人往来络绎，捧着手机呆坐良久者有，端着相机“咔咔嚓嚓”者有，嘻嘻哈哈闹腾留影者有，捧着书本专注书香的，却是没见一个。

是他们没有接到过相似的情书吗？还是每个人的情书都各有所约？

转而又逢秋冬交替，年假，我弃境外游而择大峡谷，赴一个书香之约。是一心一意认定，大自然书房的静谧安宁之好，远超所有喧嚣的行旅。

幸运的是，那些日子天气不错，镇日青山荡白云，温度和煦如春。大峡谷阔敞无比的书房里，缀满山光秋色，处处如画如诗。随意一级山阶，一处断崖，一块温暖的岩石，一张休憩的长椅，都可以一卷在手，尘我两忘。

读到会心处，颔首合卷。一个四顾，高处有蓝天如绸，白云朵朵；低处有秋色千堆，万物含光；远处有山川如涌，近处有叶落无声。一只鸟仔于对面树枝上，隔空默立良久，它也不动，它也不唱，似一个颇有教养的芳邻，礼让着对门人家的安静。同样的，我停止读书，以微笑回应着它的善心，唯恐翻动书页的动静，把它吓跑。世间的和谐之好，莫过于双方俯下身子的成全。

这日月如禅万世悠悠的景致，竟容下了来自喧哗现世一个女人的安然悦读。一时，恍若置身远古仙境，心神惶惶：为什么是我，拥有着这样不可思议的良辰美景，这样一间天下无双的书房？

我并不能心安理得地领受比他人更多的命运福利。

今年早春，有陌生乡党抵我所居城市，蜿蜒曲折托嘱人，邀约共进晚餐。我甚以为奇。熟人转答：去年秋天在大峡谷曾有照面，是时她在秋阳白云下读书，置来往过客不顾。印象太深，出山后多方打听方知读书者身份，故有意结识以慰感佩好奇之心。

“哦？”听罢，我几近失语。

在大风景中成为他人眼里的小风景，实非本心，意料之外起了一抹闲笔。

我再一次抵达青山书房是在又一岁阳春。随身携带的书籍多过衣物。中途出峡谷，进时再换了一批。

所读书目有：《论自然》《瓦尔登湖》《低吟的荒野》《寻归荒野》《山海经》《诗经》《造物有灵且美》《大自然的灵魂》《万物皆奇迹》《伊西斯的面纱》《自然与人生》《自然神学十二讲》《自然史》《物种起源》《鸟的魅力》《远行》《宽容》《舍得，舍不得》《艺术哲学》……

解读这串书单，感叹复感叹：自小课堂发奋，尝到过学霸的荣耀，也吞咽过补考的不堪。蓦然回首，材不对教，几近成为现代教育的牺牲品。

学过对空气列方程，却无力描述风的形态；学过声波的传播，却分不清鸟的鸣唱；学过光谱原理，却远离了曙光的美好；学过细胞学结构，却认不得几种花草树木；学过地球月球的转动，却以为月亮从来都是东升西落，头顶繁星一个不识。

我在自然中出生，长大，依赖她苟活，却完全认不得她的模样。我像一个被大恩人领养的孤儿，长大后竟连一丝谢意都不曾生有，更遑论静心端详欢喜她的模样。

无知可以原谅，寡情却不能自宽。天地视我为刍狗，我却当视其为父母，敬之仰之，爱之恋之。

书单上关系到的作家，梭罗和蒋勋，一以贯之地喜欢。德富芦花，初时很不喜其语风，薄恶一个男人作矫情。慢慢地，品出其耐读之好，画面感强，韵律生动，状物精细，抒情真诚。待读到其述农民闲适，言“脸上写满无限的时间和空间”，忍不住哑然叫好，此样妙喻，非大家之手无以能出。

一个秋日黄昏，明亮的夕光越过闭合的山谷打在我身上。凝神片刻，我打开戴欢翻译的《瓦尔登湖》，随手开卷，第 83 页，《为何隐居》，目光驻留在这段话上：

然而飘洒的雨丝轻洒下来，我蓦然觉得能和大自然相依相伴，竟是如此甜美，陶醉和受惠。在这滴答的雨滴声中，各种声音和景象都拥着无边无际的友爱将我的房屋包围……

突然，四周滴滴答答起了动静。

“下雨啦？”我没敢相信自己的判断，夕阳明明在我的正对面明晃晃地发光呢。

滴答声在继续。透过身旁岩石上的黄山松叶隙，有豆大的雨滴落在凳子上、书页上，几个小小的湿印把纸上水笔画线洇了开来。

天哪，还有比这更神奇的巧合吗？

当下的一切，跟书中的文字竟吻合无隙。我灵光一现：是梭罗本人这些天一直相伴左右，并以太阳雨的方式提醒着他的在场？

我慌忙在书上留注，很快，雨滴把我的字也洇湿了一片。不到一分钟，雨收了。梭罗来了又走了。我望向西天，夕阳正渲染着熔金之美。

前些日立夏刚过，一个温暖的午后，我沿着山脊拾级而上，在大峡谷东岸最高的断崖上，凌空读书。手中持卷，是爱默生的《论自然》。这是高山之巅的制高点。

是时，一幅巨画在眼帘下铺展：一道一道南北走向的绵延山脉，自东往西屏列，把地平线推至天边，令人以为大山即是世界尽头。有慵懒的白云在遥遥山脚下猫睡，大山不动，白云不动。头顶阳光透明洁净，身边有山花将放即放。一对在蓝天下私奔的大灵猫，被断崖上的女人惊着了，忽地一下，隐遁在了几米开外一块苍岩之后。

到黄昏，一只美丽的白鹇，蹑手蹑脚窸窸窣窣现身于灌木丛中；西岭深处有只斑鸠，“咕咕咕”在寂寞啼叫。

西天披彩，绛红的云霞横贯地平线，恢宏壮阔大美在天地间流布，大峡谷盛满宁静的光芒，落日如圣贤辞世。爱默生，却穿越163年光阴从西天复活，在山巅上与我对饮一壶春茶，予我孜孜教诲。

人与书交好，即是人与作者的交好。我们穿行人世，看似偶然的相逢，实则是必然的牵引，论与爱默生的相认，人间还有比这壮阔高远的断崖高处更合适的场所吗？

一寸一寸，暮光渐收，大峡谷正辞别白昼，披上面纱去往夜里。它关闭书房，温和地请我下山。

我踩着薄光，高一脚低一脚走下石云峰脊，走出峡谷。高高低低的山谷里，鸟儿休息了，被情欲折磨多日的野山羊又用并不动听的嗓子唱起单调的情歌。山花儿摇曳着身子滑往梦乡，万物的棱角变得柔和。

我置身于这昼夜交替的大幕里，耳边响着爱默生的话，“光存在的地方，是白昼。光曾经存在的地方，是黑夜”。

回到小木舍的平台前，似乎听到谁在呼唤，一个抬首，一弯新月已经越过西岭爬上西天，三两颗星星早早地出来与她做伴。

明天又是一个好日。明天的青山白云里，谁会来担任我的导师和朋友，谁会同我安坐山林，倾谈对于大自然的无限情怀？

2016 年 5 月 15 日

西天披彩，绛红的云霞横贯地平线，
恢宏壮阔大美在天地间流布，
大峡谷盛满宁静的光芒，
落日如圣贤辞世。

艾比哭了

应该是在20世纪60年代，某一天，美国男人爱德华·艾比失足落入了悬崖下的一个池塘里。故事很小，但是如果经由文字向世界传播开来就变大了。

悬崖下密不透光，阴森森的。不可能有外来的救援了。艾比在池塘中摸索挣扎。他一次次沿着湿滑的崖壁向上攀登，又一次次落入水中。恐怖和绝望袭击着他。就是在这样的情境中，他一个偶然抬头，看见了黑暗峡谷中的一线蓝天，一小朵白云正在他的头顶飘过。看见这些，他哭了。他写道：

是如此动人、珍贵、优雅和难得，以至于令我肝肠寸断，哭得像个女人，像个孩子。在我的一生中从未见过如此美丽的景观。

这一笔，读来真是令我既失笑又震撼：一个人在绝境中与死亡相对，竟能可以分出此份闲心读一朵闲云，此人该有怎样的一颗灵魂啊？他对自然如此钟情，以至于死亡的威胁都可以暂时置之脑后，面对他因邂逅流云之美而起的哭声，即便无情如死神，约莫也会于哑然失笑中一个松手，放他一马去逃生吧？

太阳落山了，艾比终于逃离险境。峡谷中暴雨骤至，他只好在一个山狗窝中猫了一夜。回去后，他承认这一夜痛苦不堪，饥寒交迫，噩梦连连。但是他又说："它是我一生中所度过的最欢乐的一个夜晚。"

这个故事写在艾比的不朽著作《大漠孤行》中，记载的是他青年时以公园管理员身份，在美国西部峡谷的一个夏季的生活经历，并由之展开思索，对于人类文明和现代文化给出了新的定义。可惜，目前没有单独的中译本。我从《寻归荒野》中读到艾比的故事时，正待在木舍里，冬雨既停，暖阳初照，寄寓的大木房子腾腾地溢出木头暖香，那是一种一生都难以遇闻的香味儿。木舍的人都出门了，我独坐二楼回廊上，静静读书。阳光在玻璃顶上流泻，白云也在玻璃顶上流泻。我看一会儿书，出去沿着山上的栈道散步；然后下山，又看一会儿书，再去山道上散步。

栈道修在半山腰上，眼皮底下就是深幽的峡谷。我无比闲静，信步于峡谷之上，置身于千山万壑，听鸟鸣四合，看金花鼠游戏，在万古风流的景致里，边走边想着艾比。我从来没有遇见过这样的男人。我也不知道他长得什么样。但是，艾比的哭声一直在我心中萦绕不去。他的哭声，唤醒了我血液中沉睡的基因密码——我觉得，我就是他，崖下池塘里，那肝肠寸断的哭声也有我一份。

这深山里的一次读书，以其动人之美，如此刻骨铭心成为永久的回味。

艾比笔下的沙漠充满犷悍之美。他写道：

站在这里，惊奇地望着眼前千奇百怪、漠然无情的岩群、云朵、天空和旷野的壮观。我产生了一种荒唐的贪婪感和占有欲。我想了解这一切，拥有这一切，把整个景观都紧紧地、深情地、全部地拥抱在我的胸前，就像一个男人渴望一个漂亮女子。

我一个人走在深山里，细细回味着艾比的这些话，那一刻有无比的满足——我俨然做了羊狮慕的主人了，岩群、云朵、天空、树木、山溪、野花儿，它们都是我的，我一点也没有觉得荒唐。

2014 年 12 月 22 日

遁身之道

守得撄宁，心归纯一。

——安然《羊狮慕日记》

春天的尘世，春光竞妍，喧闹欢腾。

我驻足在春天，静默不响，看浮华一波推一波起起消消。终于，腻烦了。

于是遁进大峡谷，要与天地自然来一番切切交好。一俟抵达，沉寂已久的灵魂里，熠熠燃起绿色的生命之火。我不可救药的浪漫，借助于对生命和宇宙的眷眷深情，在这峡谷里自由自在地日夜奔跑。好的是，这样的奔跑，是不闹不吵无声无息无妨他人的。我以为，有教养的人生就该如此，磅礴澎湃或静定不涉，都只能是独自的汹涌或独自的安详。否则，都是对他人生命疆域的无礼冒犯。

从过去来到未来去，生命从来都是独自完成的。从蝇营狗苟中断然抽身，虔诚俯仰天地山河，才能明白，唯有将已然憔悴的肉身和伤痕累累的灵魂，全然交付消融于大自然，全然沉浸于天地宇宙的大美，人生的和谐圆融，生命的持久欢乐，心灵的敏锐新鲜，才有了实实在在的抵达和实现。

一个信仰无类的人，心灵只要足够清澄洁净，天地间就必然有属于她的圣庙或教堂。意识到这一点，我活得踏踏实实，不慌不忙。知道己身的局限遗憾，更知道适度的心满意足，从此不再向生活伸手，不索要，不攫取，更遑论你争我夺。

你看，在大峡谷，小鸟终日唱歌不晓得囤粮，大树越百岁千秋而不积一分财钱。花儿兀自生生死死，开了又谢，谢了又开。且开且谢的轮回里，她绝然不涉人事。人间络绎的访客来了又走了，不绝如缕的赞美之声于她，抵不过山林的一声轻呼吸来得实在有益。

没有拥有，才能在自然界取得相对大的自由，万万生灵，自有天地间的神秘法则护佑其爱恨生死。攫取和占有，载不动窄小的人生之舟，实在太多余。

轻盈可致丰美，简素可达富饶，抱朴才能深刻，深刻回归浅近。道生一、一生二、二生三、三生万物。然后，是万物归一，大道至简。

希腊岛国土壤贫瘠，物产歉丰。物质的简素催生的，却是古希腊丰硕的精神财富。这个被众神和神话豢养的民族，一个鱼头，一个玉葱，几颗橄榄，就可以把人载往城邦广场待上一天。他们在那里论辩、闲谈，那是一个催发生命和艺术美学的最好时空。白云苍狗到如今，希腊人丢弃了深刻，回到了生存最简单的层面。他们慵懒地活着，午后3点就放弃劳作沉沉睡卧。终于，到近年，他们把国家都睡到几近破产。然而，普通希腊人不见得就生存不下去吧。华屋玉食活人，草堂素饮一样养人。大概对于他们，所谓财富，就是自己的生命和神明赐给的才能。蓝天之蓝，白云之白，空气之清新，爱琴海之美丽，远胜于别处人间的一切筹算苦作吧。

台湾学者蒋勋言："人是来看山的，人是来看水的，看云也可以。"佛家则借"看山水"，喻示了生命的三重境界。悉达多太子一个别离，人世的荣华就暗淡了光辉；弘一法师全身退场，一切的富贵变成烟云。

如今的希腊人，握别祖先沉重的人生思考和激流般的滔滔辩论，端然之后，全体一个转身，回到松快自在的人生，穷则穷矣，却还了生命一个简单的命题，"看山还是山，看水还是水"。

不得不说，这实在也是值得点赞的人生大智慧。

有一个下午，难得春阳融暖，我揣着爱默生的《论自然》登上石云峰崖顶。往下看，是云生雾起的万丈深渊。往四方顾，交织着岩石、苔藓、灌木、乔木、杂草、小野花儿，甚至是藏匿于这片凌乱之中的野山羊、松鸡、云豹、苍鹰、大灵猫小灵猫、短尾猴，以及种种我所不得见的林中生物。

但是，在这表面的混乱之下，有一个清晰明确的法轨在准确运行。我的到来和离去，看似偶然，实则亦早被纳入这巨大的法轨之中。身为人类，我看似拥有生命轨道上的很多选择权，但每一次的选择，难道不是听命于一个神奇的召唤吗?

道，无所不在。道，无所不至。

一个黄昏，春雨潇潇，落崖惊风，我形容端肃，照例朝圣般进入大峡谷。渐渐地，暮色加重，空谷如梦。林莽中，长风浩荡深沉，除此之外峡谷里再无丁点生命的响动，我以为自己行至了世界的尽处，心头奇怪地搅起安心和不宁两种情愫。我在二者间摇摆，不知该进该退抑或不进不退。迟疑纠结间，目光由近至远，看着长长的栈道，忽有慧光如电：

道路在，归途就在。道路在，人生就是安全的。道路不仅让人知道去处，更让人不忘来处。道路不光通往人生的目标，更连接着生命起处的家园。

那一天，从世界的“尽头”转身，回到的，又是生机勃勃的一个新世界。

2017年8月3日

慈悲的雾

雨下了一整天，“零雨其潆”。在山里，雨和雾是结伴而来的。雾就像是雨的护法，从来不会让雨独自飘零。

有时候，我会觉得山里最慈悲的事物就是雾了。

晴久了，雾怕万物干渴，怕它们失水委顿，形容憔悴，就会适时出现，以专致无形的柔软，给草木山崖补水；或者怕过客见不到好景象拍不出好图片，悄无声息地不知从哪里涌了出来，极尽变幻之长，给高低错落的山体梳妆。每一阵雾涌雾退，都呈现给人以不可思议的幻境。

对于雨，雾则像忠犬之于主人，从来都是护佑八方，须臾不离寸身。

峡谷多云雾，春季尤甚。

山中之春，九雨一晴。雨时雾弥山壑，苍邈不辨天地，如入无涯荒宇。林中生物一概静默，石云峰下深旷的山谷里，欢乐的雨燕们不知去了何处。雨林深处，人迹不至，唯有我的旖旎缱绻，咣咣唧唧撞开这万古岑寂。

可是，以我单一渺小之生命力，又如何抗衡得了这永恒而巨大的山水雾局？

在山外，我恐极过山车游戏，被骗玩过一回，却吓到一把眼泪一把鼻涕求救。

在峡谷里，倒是不知哪借来的胆子，有勇气一而再再而无数次地，闯进那被雨水和迷雾锁闭的寂寂春山，在来回二十几里的悬空栈道上，高高低低上上下下，徘徊不已。

在这个天地混沌、八方不辨的时刻，真是期待英雄盘古自远古御风而来。

雨时生雾不可怕，到底还有雨的响动宣告着自然之力。

小风起时，生雾也不可怕（大风除外），风声在，提醒着雾中人还待在人间。

最令人不安的，是无雨无风，峡谷中漫布无声无息之雾。它也不变形，它也不变色，它也不行走，它竟然持久地一动不动，像个盗得道法而入定的妖怪。它厚薄均匀，像一张密不透风的网，网住天网住地，网住天地间的一切生灵，同样，也网住“偏向雾中行”的我。

这的确是一张天罗地网，任天地万物谁也逃脱不得。

10 分钟过去，30 分钟过去，雾色雾阵全无变化。什么也没有发生，风也不作，雨也不下，树叶一片也不落，云海也不起。雾，全是雾。前后左右，眼前脚下。光色不稳，能见度极差，所见不过身前身后一两米。收住脚步，原地立正。竖耳细听，偶尔有雾滴跌落，击打岩石，击打树叶，击打身上的一次性雨衣。这种声音不大，也不多。有力地烘托渲染着无声之空，大山入定了，有似寂灭。今天的大峡谷除了展示空寂之韵，不会再有第二件事发生，甚至，十里凌空险道，连一片岩上的树叶也不肯飘来我的脚下。

就这样，不知远近深浅，不知沧海桑田，生命被抽成真空。

看雾的人渐渐受不住了，我既听不见自己的脚步，也听不见自己的呼吸。迷雾肢解了我的肉身，同样，也吞没了我的灵魂。

我恍然明了，缄默就是力量，原来不是说着玩儿的。缄默又何止是力量，更是把人逼得遁往无涯宇宙的伽马刀。

这样的时刻，时间的钟摆遽然而止。光阴全然失去意义，没有过去，没有现在，没有将来。

我相信，脚下的地球，一定有过很久，就是以这种面目存在着。而我，变回了那地球的初民，在茫茫天地间愕然无措，拿自己的生命左右无奈，不知如何是好。

她茫然于己身的存在，对自己的肉体和欲望有着陌生至极的不解。她不知道什么叫活，更不知道什么叫死；她不懂爱，她也没有恨。

她不知道内心面对恶劣环境的极度害怕叫“恐惧”。

就是她，把生命初期这种巨大的恐惧烙进了血脉基因，让地球的子民，生生世世，再也逃不脱恐惧的永恒追索。

想想吧，我们总是怕这怕那，我们行于人世，各有各的所怕。我们怕生怕死，我们怕爱怕恨，我们怕失去也怕获得。

为什么会这样？为什么是这样？

这样的时刻，生死寂灭，爱恨不生，一切的纷飞妄想全然打住。无有。无无。无不有。无不无。

但是，如此看不到生机、不起动静的禅境，我才不想待得太久。可又有什么用呢？

这天地间的雾网，我前脚刚挣脱，后脚又把我扯了进去。每一步，我都不是向前，而是凝固静止。

我稳住神，默念《金刚经》。

云：过去心不可得现在心不可得未来心不可得。

又云：东方虚空可思量不不也世尊须菩提南西北方四维上下虚空可思量不……

云云，云云。

骤然，一声短促慵懒的鸟鸣闷声传来，不辨起处。唉，什么鸟，像顽童一声破了音的口哨，啼破了一个似真似幻的世界，我却一点怨意也不生。

雾散了。禅破了。我不再是初民，也不是信女，我回到了自己。

2016 年 4 月 27 日

石上的风流

I

我写不了羊狮慕的石头。

高耸擎天的石柱，七坐八斜的苔石群，肌理丝丝的崖壁，幽暗生奇的石洞，巍峨穿云的石峰，还有惟妙惟肖的贤者对谈、关公面壁、海豚出浴、天子临朝、蝙蝠送福、姐妹双峰……它们身上，携带着32亿年的光阴造化，深藏着宇宙演化的无数秘密，如此深奥的事物，我无力书写。

六度春秋，见惯大峡谷风来雨往，花开花谢；访客从不知来处来，往不知去处去。所谓江山风月，无有常客。唯有大量奇峰异石屹立山谷，不增不减，不生不灭，不垢不净。亿万万年里，清风明月与它们相吻，阳光雨雾与它们相恋。独行山中，无时无刻，它们都在我的视野里出现，牵引着我的目光，左右着我的心绪。然而，奇怪的是，对万物灌注依依深情的我，却始终对它们难发一言。

白露过后，某一天，带着疑惑，尽日流连于石头之侧崖壁之下，得到的答案是：面对大山的硬核之魂，我纵有万般端然恭敬，却因匍匐于其威仪风度，低到尘埃难以说出深情的话来。对，就是这样：面对

它们身上，携带着32亿年的光阴造化，深藏着宇宙演化的无数秘密，如此深奥的事物，我无力书写。

深秋，石上的蔓龙胆花儿，一串一串，紫莹莹的含着山露低伏于山草里。

尊者，心怀深阔敬畏，万般柔情，只能化作缄默，不响，生怕一出俗言，咣啷啷啷就破了其万古风流。

大爱难言。最深的情，总是藏起最深，深到看不见底，连自己都差点骗过去——嗯，我一度以为，自己只是对柔软的事物才有感觉。

2

每一块石头，皆携带有天地间久远的秘密和气息。正是这种秘密和气息，悄无声息地，把人瞬间拉回自然的怀抱，让人恍惚间回到万物寂寥唯有石头累累的万古之荒。唐朝诗人寒山曾有诗句，“饥餐一粒伽陀药，心地调和倚石头”。一块石头，有使人心地调和之功，功在其漫长的造化途中汲取了天灵地秀、日精月华。

这样一块石头，令迷乱不堪的倚者身心和谐心灵复苏，当然就不奇怪了。

大峡谷有两处石头最是为我倚爱。

它们全在高高的山梁上。

一处稍矮些，两块大石间有宽缝，缝中可站人。石边有一棵硕大的黄山松，树根扎进石缝，枝叶巨擘则伞一般斜撑在了虚空里。青松和苍石，从来都是高山上的绝配。这样的场景，羊狮慕随处可见。

山梁上，风总是大，我常倚在石缝里避风。石缝齐腰，视线依旧开阔无拦，可以把武功山系的千山万壑尽收眼底。变幻莫测的云雾，远远近近的鸟叫，时促时缓的虫鸣，似有若无的心思，这诸般自然和一个素人，交织在一起，缠绵在一起，恍如远在世外。

静风，或小风温暖之时，则静坐苍石上，只是坐一坐而已，喝一口茶，什么也不干，不想。偶尔，把目光柔柔投向大青松，它亭亭如盖的样子，真是好看。这个世界，大概只有我舍得浪费时间，一而再再而三地来看望它、问候它。

这是我和羊狮慕的又一个小秘密，不小心，说出来了。

另一处高了很多，为立崖之顶，相对平阔，然而石上肌筋异常粗犷，铮铮如铁，令人想起外祖母额上的沟纹。

石上，有茅草几株，春生秋亡；有小杂灌几棵，岁岁平安。

石旁，阳春有映山红花儿，一朵一朵，红艳艳地往虚空中迸开；深秋，石上的蔓龙胆花儿，一串一串，紫莹莹的含着山露低伏于山草里。

这样一处石头，我倚了其为私家书房，静坐，发呆，阅读，写笔记，听风声鸟语，看云流花开，观日落月升……

呀——，这样稀有而高贵的礼遇，是真的为自己所拥有吗？

农历七月二十八的暗夜里，我轻声相问，问了又问，为得到大自然的过多私宠有些不安。

故而，石头于我的恩泽，必得大声颂扬。

3

读神话的岁数上，读到一个好故事，讲的是女娲炼五彩石补天。从此，小小的心田就种下了对石头的大好印象。

一个乡村女娃娃，一块石头的神奇是无处打问求解的。只是无由地欢喜着，见了各种好看的大小石头就捡起，薄旧的衣兜总是因超负而下坠晃荡着，随时都要撕裂的样子。这少不了惹来姆妈几声嗔骂——衣服太金贵，坏了口袋事儿就大了。

好在，我的爱石头从此只在眼里心里。看人间，有一些不惜拼上全部人生的奇石收藏家，是石头的情缘种得太顽固，一执成痴，以一种极端来消磨人生罢了。

女娲补天炼了36501块五彩石，用了36500块，那没用的一块去了哪里呢？

女娲补天炼了36501块五彩石，用了36500块，那没用的一块去了哪里呢？

…………

小时读书，总是疑窦重重，发问不止。有些问题找得到答案，有些问题找不到。女娲留下的那块补天石，其命运真是把小人的心揪得紧。初入人世，急于了解自身寄放的这个世界，纵身于书本是最便捷的途径，不像成人以后，读书仅止于消遣。所以，我坚持认为，一个人的童年少年，读书功德最大。是谁说的呢，“世界的最初和最后都是可爱的”。

我一直相信，自女娲补天的故事口口相传5000年，这么长的岁月里，总不断有小孩扯着大人发问：那余下的一块石头去了哪里呢？

孩子的幼稚，是一种执着、一种想象力，也是一种力量和勇气。这就是成人无法幼稚的原因所在。就这么一代一代问下来，到了曹雪芹，他一定也扯着家里奶妈的手，问过同样的问题。

他同样没有听到答案。

他决定长大后要给后世人一个答案。让后来的孩子，再也不问余下的那块补天石去了哪里。

于是，那一块通灵有术，无才补天，被女娲遗弃在大荒山无稽崖青埂峰下的顽石，经无数世历劫之后，终于修得正果，被曹氏命作“通灵宝玉”，随胎儿贾宝玉口中衔下，以幻形入世，历红尘之劫，最后又被茫茫大士渺渺真人引登彼岸。

所谓红楼一梦，实乃石头一梦。无才补天的那块顽石，终于以满纸荒唐和一把辛酸，彻底了断后世无数孩子对它的关切打问。

在孩子眼中，相较这个石头相续的荒唐故事，《西游记》里，东胜神洲傲来国海中的花果山上，孙悟空从一块仙石里蹦身而出，见风即长，目运金光，可大可小的故事，则真叫爽。他的千里眼、顺风耳，他的一个筋斗十万八千里，他的见妖杀妖、见怪除怪……这么些痛快淋漓的酣畅，梦里想想都是醉了。

中国的文学就有这么好，以石头为引子，做出几部举世皆知的经典，令大人孩子的心灵各有所取各有所依，伟大和欢乐、深刻和思索各有去处，足以见得汉语的力量之强大。

同样是石头，希腊神话中，西西弗斯推石不止的故事，则要绝望沉重得多，令人对人生抛出巨大的怀疑。

西西弗斯触犯了众神，诸神为了惩罚他，便判其把一块巨石推上山顶。而巨石太重了，每每未及推上山顶就又滚下山去……于是他就不断重复、永无止境地做着这件事——与月宫里的吴刚伐桂有得一比。

大峡谷的访客也有孩子气的好奇一面。

常见的，是他们经常三五成群，结于某处崖石之下，比比画画，揣摩研讨：

中间这座山峰，巅顶咧开了，是不是好像蝙蝠张了嘴？

这根三角形石柱，底宽上尖，突兀耸立，像不像海豚跃出了水面？

这根得了造化恩宠的擎天石柱，
它的身躯积蓄了宇宙正大光明的能量！
若得神明恩准取它做了纯阳剑，
我可否，化作九天玄女舞向红尘，
封千邪斩万魔？！

看这上下两处石头，上方是皇帝端坐龙椅，下方是臣子手执的笏板，不正是天子上朝的情景吗？

…………

我打他们身边过，听着一片喳喳，态度有些摇摆：

一方面，我不喜欢这种形而下的注读。山石万古，厚重于山间所有，岂是一些像这像那的媚俗解读能够抵达其风流核心？

另一方面，我又感佩于难得一群成人还有这份孜孜兴趣。说明山石的存在，是将访客们的眼睛和心灵惊动了的。面对奇峰异石，他们能够兴致翩翩，争相猜谜，这一程行旅就没有白来。他们投注给山石的目光和思考，其实亦是有意义的。

念及此，我笑一笑，快步离开。

4

我细细察看过几处崖壁。

壁上除了石耳、苔藓、小草小花、各种药草，还有细白碎小的砂晶体。这些晶体，沁着微光，正是羊狮慕生于湘赣海域的古老证据，恍惚之下，听得见远古时代的海之声。

一个好秋日，石云峰下来了几位看海听海的人。

多马，明静，江子，云根，九月歌飞，树下的寞儿，雷达六号。在山下，他们职业各异；在山谷里，他们心性相近。先是扎丸子头的她，她趴在崖壁上，颜容贞静，体态虔诚又好看。一行人排了开来，随她倚崖而立，脸贴石壁，耳朵张开来，鼻子抽紧来：哦——绿苔有淡淡的海腥味儿；岩石内部凝固着海的呼啸；那无涯的时间深处，忽忽水尽石出，辽阔沧海演化为山川千道，石峰万座。

结伴而来的这一群人，他们，听得懂山的密语；他们也把深情，同样献给了看不见的海。

有一个秘密，来不及讲给他们听：如果站上他们全情倚靠的石云峰顶，看得见一根粗壮的石柱。石柱自山谷中拔身而起，以巍峨挺拔的身姿直刺天穹。四向的道道山川，全在它的俯瞰之下。晴好的日子，日出东山后，第一束阳光总是越过峰林的重重阻隔，直射在它的石尖上，如同一把利剑镶上了发光宝石。这根得了造化恩宠的擎天石柱，它的身躯积蓄了宇宙正大光明的能量！若得神明恩准取它做了纯阳剑，我可否，化作九天玄女舞向红尘，封千邪斩万魔？！

5

雨说下就下。

头一分钟尚且明亮的日头，不声不响隐进了云雾里，光暗淡下来。不大不小的雨，一层一层击打着山间万物。先是高崖顶，然后是崖上的草木，再滴落下来，策策敲响身边的各种树叶，最后跌落脚下的壑谷深处，汇入某条溪谷，去往遥远的未知。

是时，我正蜿蜒行至巍峨的石云峰下，栈道危悬凌空，上是直穿云际的崖峰，下是万丈深渊。寻了一处拐弯口，高高的上头有一方岩页切口，凸伸出了崖体外几十厘米——这一方小小天地，正好为我挡了风遮了雨。

山雨生带寒凉，越发茫茫起来，视线渐渐模糊，我躲在崖石的怀抱里，感念着一方石体给予的护佑，再一次意识到，在这个时空里，除了我，坚硬的崖石和柔软的山雨，皆是永生的。

曾经，Z君扯着喉咙道出一个秘密：

“小时候，我和一伙小孩老想做一块石头。”

这是为个啥？

“因为石头永远不会死掉，而且，永远不要辛辛苦苦谋吃找穿。”

此话令我霎时沉默，五内俱震。

此前，我从来没有想到过，一块石头，就是一个万寿无疆的生命。顺着这个起念，我真想回到某个时空，去见见那群孩子，他们是怎么就拾得了如此大的智慧呢？

没人讲要做石头缝里蹦出来的孙悟空，没人讲要做一块补天石。他们只想做一块纯粹简单的石头，以图活个无忧无虑天长地久。

为着逃离六道轮回之苦，佛日日夜夜修行，抵达了不生不灭的涅槃之境。一群乡村野孩子，因要逃离人世之苦，选择做一块无烦无忧的石头。

这与佛的涅槃之功有异曲同工之妙！

不知道那群野孩子，有哪个把初时的佛性带入了今天？有一阵，Z君做了一个挖石头的人。他挖的是植物化石，是投资了一个小煤矿，但矿质很差，最后关窑，败了投资，不了了之。

一个想做石头的孩子，长大做了一个挖石头的人。

故事讲来有二分荒唐。

没错，人生是荒唐的。以石入言，东方和西方各有把荒唐示人的智慧。比较起来，还是东方的书写令人好受得多。上天入地天王老子都不怕的石猴子孙悟空就不说了，女娲的石头具足造福人类之伟功。就算是红楼里的通灵宝玉，“雪茫茫大地真干净”之前，也是享用了无尽的“花柳繁华，温柔富贵”。有这样一个过程，再荒唐的人生，也被消解到凡夫俗子可以承受的限度——生命不易，有些真相还是欲说还休来得厚道。

只是这种种折腾，到底不如从前的小Z君们只愿化身一块石头来得利落简便。

我成不了小Z君们中的一员——日日相照羊狮慕的千仞峰石，敬读着它们的万古苍老，奇异风流，我连化身一块石头的心意也没有——石头的生命伟大而神性，我不敢抱此奢望。

雨渐渐停了，寒凉也祛薄了许多，穹天下的山谷渐渐亮堂起来。我走出“庇护所”，继续流连于绿林青崖之下。

举目四望，眼里唯有那一根又一根孤独的擎天石柱，一块又一块绿苔覆裹的大石头，一座又一座石肌分明筋骨粗壮的石峰。正是它们，负荷起每一朵山花儿，每一朵山蘑菇；还有大树小树，苔藓野草；以及猴子和野山羊，白鹇锦鸡和蝴蝶飞鸟……

种种飞禽走兽，诸般草木植被，山间万物，都在石头的身上安家落户，生生不息。岩石、崖壁、石峰，构成了羊狮慕的脊梁，筑就了大峡谷的魂魄。怎样的赞美诗送给它们，都不及其万古风流里，大自然执笔所作的一行书写。

向晚，天徐徐放晴。

遇见两只小鸟，各自独伫于两根高高的石柱之上，淡然面对千山万壑，有藏身光阴深处的沉静从容，像两位各不相扰的哲学同行，在思考着我无法知晓的宇宙命题。

亿万万年来，这些柔软的小生灵，以沧桑的石柱为书房，坐忘之下，飞来飞去之间，到底有多少玄妙的学问，在永生的山风中玉成又散佚？

小鸟不语。石柱也不语。

我像闯进一个意外的梦境，带着十足的歉意，收脚，目光含敬，默不出声，致礼再致礼。一山秋虫唧唧复唧唧，农历八月初六的月牙儿悬在天上。视角原因，小鸟似乎站得比月牙更高。看起来，鸟儿是站在天庭之门的石柱上了。

就这样，两只不知其名的小鸟，与我同在一个时空里，书写了万古崖石上的又一行风流。

2020 年 9 月 15—16 日

山谷长啸：致迈尔克和路易斯

2019年5月9日，作为助手，路易斯随纳什·迈尔克从好莱坞来到羊狮慕。这天上午，我们在上行的缆车上初见。我一进去，缆厢就变小了。我用英文招呼了一句："我是羊狮慕的女儿。欢迎来到羊狮慕。"他们忙忙展开两张友好的笑脸。而后，气氛又归于安静，甚至绷着几丝不安——初来一方新时空，他们尚不太适应。

我比他们自在。于我，几年下来早习惯了独倚青山。长时间蜿蜒于山林小径，闲步于高高山脊，贴着大峡谷心肺一呼一吸，甚至，也把在红尘里寒透了心的泪水一桶一桶带上来，一并交给山神收藏。我生怕打扰，从来不接受自我之外的任何陪伴。哪怕大雪纷飞人迹断绝，高高崖上我也能愉悦地邀请自己和自己喝杯暖茶。当然，碰到异国游客，我会友好地招呼一声。这个时候，我更像把自己当作岩石缝里的一棵迎客松，执的是属于大山的礼数罢了。我不在山上和人谈论风景。我不是来看风景的。藏在大山里，是要寻求高于风景的事物，这些事物，甚至也高过我卑微的生命。几度四季轮回，领受造物恩宠，我渐渐把自身生命的至高向往布满千山万壑。我毫不怀疑，我见到的和平常世人见到的，是完全不同的羊狮慕。

那么，眼前的这两个陌生远客，他们的灵魂，与大自然会有怎样的契合度？能否深到值得我破例，与之谈论我的羊狮慕？

海拔在升高，植被面貌在变化，云雾日色在浓淡明暗中转换。缆厢里情绪慢慢热了起来，声声赞叹随之轻启。一只雄鹰，笔直张开巨翼，在峦谷里滑翔掠过，它孤独而矫健的身姿，在天空写下一行无字诗，令大家打住颂赞，回到静默，各自容若有思。此细节真像一个接头密语——暗暗地，我已经将他们相认了。

迈尔克一直热心自然生态环境保护及教育。代表作品有《气候难民》，这部入选联合国全球暖化主题的电影，为他带来了声誉。路易斯则是个演员，他是初来中国。

对于他们，我了解的就这么多。

迈尔克近60岁，胡子花白，炬目如鹰，话不多，笑容也吝惜，眉目神色时刻像在思考问题。

路易斯则不同了，40出头，灰白卫衣，头发黑密，形如临风玉树。他俊朗，眼神像小鹿，又像深山溪谷，明了深邃如秋水之纯，一望到底。他的气场也干净，似乎过往人生的鸿毛还没有来得及往他身上堆垒起来，或者是，这样一个人，是挂不住任何一羽鸿毛的。他是赤子，把身心全然交给了天地自然，他只负责忠实而轻快地走过自己的人生就好。他对人一笑，有如朝阳相照。他真令周围人放松。我这样描述，用了一大堆文字，其实不应该，其实繁杂配不起他的简单纯粹，五个字，阳光大男孩，对他足够了。

路易斯的简单阳光似乎是与生俱来的，而不是在生命中做减法的结果。在山高水长之后，一路减法下来，现在的我大概也归类于简单之人了。然而，因为不愿顾首灰尘仆仆跋山涉水的负累，我更羡慕天生的简单。在我看来，天性简单之人是受了上天眷顾。多好，就如羊狮慕的山花，绽放和凋谢皆由着造化全然导引，自然至极。

我说的，是相识一个小时内，对路易斯的单方面解读。除此，我对他在西半球的一切一无所知。然而，相比有些人你认识了一辈子而一无所知，当下的这一个，你会以为高山流水般来往了千万年。

大约在10年前，得逢因缘具足，我卸下了红尘中人竞相追逐的无形负累，在自己身上如获神意启用了“初婴”二字。从此，阅读人世的目光有如初婴临世。茫茫人海中，简单干净成为我愿意信任一个人的唯一标准。也只有正好长到这个样子，5年前我才能够领受命运导引，匍匐于羊狮慕大峡谷，长年独倚青山，视其为最深邃的心灵家园，珍敬至极。

路易斯不知道这些。万里初逢，他看见的，只是我亲近大山多年的样子。一个人藏身大自然，和在红尘中打滚的样子大有区别。譬如穿衣，也有大不同的伦理。在山中，衣物求舒适方便安全随性，全然服务于肉身活动的需要。不像山下，两柜子衣裙，一半多是在为别人的目光穿——一年四季，我总是用裙子、围巾、包包、饰品把自己扮成很文艺的样子。但是，世上又有哪一条裙子，能够像苍莽大山，给予我的内在浩大深沉的满足呢？一个人回到大自然家园，她就该是自然之子。她在母亲面前，是可以赤诚以见，全然把自己交还于天地的。

素面，旧旧的蓝色冲锋衣，黑鞋子同样旧，唯一的亮点是橘色碎花围脖。不知何故，在山下蛮有形状的短发，一上山来，总是土得像一把挂面。形象无从谈起，神容却有朴素之好：清明安定，淡然舒坦，无悲无喜，无远虑无近忧，有万年的从容。但也不尽然全如自夸，偶尔，我居然会从大脸庞上读到不易觉察的痴愚样子——这是离群索居的必然结果。好在也能全盘接受下来。常常，我会对镜感叹不认识自己，是因为一个人和自我赤身相见有新异之感吧。这分明是一个在山中待了千万年的样子！谁知道呢，也许就是这个样子让路易斯轻易认到了同类。

等午饭。我和迈尔克、路易斯坐得远远的。三颗头，凑在一起，看我为羊狮慕制作的所有美篇。我指雪林，他们忙忙细细瞧看；我说日出，他们又忙忙按下手机；有一张白鹇在林子里起飞，那身姿像极了仙女，他们惊叹复惊叹；看见彩虹飞凌群山、佛光普照云海浩大集于一框，轰然一下，他们双眸里的光芒久久点亮……未及进山，仅仅是一堆图片，造物大美就以洪荒之力将他们震撼。他们摇头、赞叹、沉思、惊叹。如此反复。

良久，迈尔克抬起头，缓缓启口："你就是大山的故事之一。你给我们的工作带来了压力。"路易斯则笑容恳切认真相告："好想能直接读你的作品。"

我和他们，从互为不知中来，又将往各自的未知中去。这当下，这此刻，因着对大自然共同的敬爱，三人的相遇就变得相当金贵。

黄昏，他们从金牌山访溪问泉归来。

老成的迈尔克带着一条伤腿回来了，说是在山林里受伤了。他瘸着腿进木舍里来，激动地拉我坐下。看得出来，他有很多话要讲。我连忙打开翻译软件。

他兴奋相告：“当我斜靠在山中的时候，我斜靠在山不让我掉下去的地方，山比我强大得多。我向山寻求指引，我们在周围的这段旅程。我相信这座山通过能量将引导我走上一个伟大的故事之旅。”

他语无伦次，手臂大幅度张合。一下张开来以示山的伟大，一下又微闭双目，轻握虚掌相合在胸膛，以颂谢山水带给他的恩德。其表情令我深信，他的确是被这片山水击中了。

“在路易斯和我把手放进山谷里的溪水里之后，即使我们开车回到我们现在的位置，我们也能感受到来自水和山的能量。这是非常精神的。”说着这些，这个鹰一样的男人，眼里有泪花打转。

稍后，路易斯也进来了。他深眸中有泪光，同样急切而兴奋。他要告诉我什么呢？

这个特别的黄昏，两个高大的美国男人，他们显然把我认作了最佳盟友，先后从心底深处举起两团熊熊火焰，以答谢，不，是呼应午饭时分我预先投给他们的自然之光。他们急迫又恳切，恨不能把下午在溪谷老林里见识到的全部美，以及被美淋漓濯洗的崭新心灵，无遮无掩地呈示于我。如我一样，他们嗅出了同类的气息，也要把这方天地自然的恩典，大方拿与我分享。他们没有听说过子期伯牙的故事，然而，人间何处不在上演高山流水的知音神曲？

山夜生薄寒，木舍里开着暖炉。路易斯坐下不到5秒，放下手中刚拿起的辣鸡爪，忽地立起在我面前，眸光示意我要看着他。

长腿并立，张开，双臂伸展抬起，与肩齐平，双目微闭。表情好似一个准备开讲故事的孩子，认真、专注、诚恳，有对即将开讲内容的敬意在其中。未及听他开口，我已经掉入其神色营造的庄重氛围中，以为面对的，是教堂唱诗班中一个正要开唱的小成员。

这也是我人际来往中，最神奇又直击心灵的一次对话。我忘了打开翻译机。

他斯文地比画，一字一顿的发音很优雅。有一种神奇的力量在两人之间流布，驱使我竟听明白了他的意思。他说的是在山里抱着一棵大树哭了。CRY！他把哭字咬得又低又重。他说完双手交叉，收拢，右手把左手扣在了心口，眼有潮光，久久，呼吸才平匀下来。和迈尔克一样，他采用了这个人类通用的肢体动作，让我能够清楚明白其心其情。

最高的感恩和敬畏是凌驾于语言之上的。

CRY！这个词在我心里核爆，差点把我震碎。

一个高大的美国男人，穿越半个星球，第一次踏上古老的东方大地，竟然只为抱着中国南部山区一条古老溪谷里的一棵老树哭泣！这个男人的内心，住着造物主怎样的一个孩子？思及此，我的眼睛也湿润了。

行走大峡谷前后5年，每遇大美而不能自抑之时，我最深沉最疯狂的情感表达，是和大山低语连连。前前后后，也不知丢了几箩筐话在山林了。泪水也是有过的，但那更像是一种撒娇，是一个孩子在山外受了欺凌回到家里告状等着暖暖的抚慰。然而，路易斯的泪和我的泪，根本上有什么不同吗？没有！

我频频点头，用简单的英语，说非常非常非常懂得他的感受。他又落泪了。他张开长臂将我紧紧熊抱，直到不得不放手。他退后，又上前，又是一次熊抱。

大自然以博爱的美德，收留了两个流浪的孩子。唯一的不同，她来自眼前，他来自遥远。她早于他归家，在物换星移中等了他五度春秋。

而他，循着神的指引，终于和一个姐姐相认了。

《晋书·阮籍传》记载，阮籍登苏门山问学，孙登不理。阮籍作长啸别去。孙登却在山巅作鸾凤之鸣，引凤鸟孔雀缤纷而至。这一来一去的啸声，成为中国文化史上的美谈。

这个黄昏，我们三人之间，也似引发了一场山谷长啸！

阮籍、嵇康之后，无人敢类比其名士风流，就连伟大的李白，也只敢在500年后作诗向阮籍遥遥致敬。显然，后世如我这般平凡如一粒苔藓的女子，在此引用此典很是不妥，甚为忐忑惭愧。但是，且让我诚实些吧：从羊狮慕里的自己，羊狮慕里的路易斯和迈尔克，讲到苏门山上的阮籍和孙登，其实更是对一种魏晋风流的崇尚和致敬。初心意在借喻：这次跨越语言和国界，骤然而来的颤动鸣应，就如一阵山谷长啸，在我的灵性世界久久不歇。

谁也不说话，最高的那条山棱线上，他们齐齐立在高岩上，群山尽收眼底。千山万壑啊，浩浩荡荡，像是这个星球上最庄严的乐谱，等着一群虔诚的歌者来传唱。

5月10日，上午，羊狮慕大雾。万物归隐，像在等着世界重新被创造。

先是迈尔克，轻轻哼起《奇异恩典》。这支歌，静谧如深林，如秋月，如宇宙弦音，有卷裹人心的柔美旋律。慢慢徐徐，大家合了起来。歌声中，四合八方的雾开了又合了，合了又开了；云色暗了又亮了，亮了又暗了。这群歌者，齐齐在歌声中淌下两行泪来。我倚在邻处岩石上，安静望向这一幕，听着虚空袅袅的歌，魂已不在人间。

奇异恩典，何等甘甜……如此恩典，使我敬畏，使我心得安慰。

初信之时，即蒙恩惠，真是何等宝贵……

这样的歌，藏着宇宙和生命的秘语。唱给羊狮慕，同样有和谐之好。

下山路上，迈尔克含泪相告："我站在山顶，云雾向我飘过来，我觉得是自己向云雾飘过去，感觉到云中有什么，又说不出有什么。生命的不确定，就像这变化不定的云雾。"

——5年了。终于出现第一个人，用如此幽微而深远的情怀，来谈论和我感知相同的羊狮慕。他得到的心灵之启，他人何尝没有在此生发过？我其实更希望是一个中国人，一个熟悉的人来告诉我这些话。但由迈尔克先说出来，我却显然更为倾动，并且深以铭记。

迈尔克从西半球喧哗的好莱坞来，他却如此安静，安静地和大山贴着心和肺。

下山的路很长，云雾依旧。中间经过一块悬在虚空的岩石，这正是我在多处文字中提及的，"悬崖上的私人书房。"我暗示路易斯快点跟上，他心领神会。从主路上往右边山林野径一钻，我俩就从一行人中消匿不见了。

悬崖视野非常好，悬于群峦之上，摩天接山，如王者之森然庙堂。人伫立于此，自动与人世隔离，超然洒脱，壮阔豪迈之气自然生发。我总是在此读书、发呆、喝茶、读云，却小心眼，从来不肯带人到实地分享。如此，路易斯成为我请入"悬崖书房"的第一人。

这个意外邀约让路易斯喜极。我费了不少劲，让他明白这是我独自读书的地方。他的眸光亮晶晶的。

时已近午，山谷里温度升高，云雾渐渐蒸腾消散，山色白亮许多，山林也由苍黛转为浓绿了。远近高低左右，雾岚如袭袭薄纱，将视线里的几座高峰徐徐裹来解去，群峰犹抱琵琶半遮面的模样次第在眼前展现，令他目不暇接。一个转身，前方山岭上一树映山红又破开云雾正对他欢笑。

哦，上帝！真美！

他站在苍岩上低低赞许好几遍。一阵连拍之后，他平静下来，拍拍岩石，让我也坐。两个语言不通的人之间，怎么开聊呢？我有些疑虑，正恨自己词汇量太少，但见他微闭双目，深呼吸，打坐，进入冥想……原来这除了能当书房，也可以是一间天然禅堂！

呵，路易斯真能反客为主。

如此，路易斯成为我请入“悬崖书房”的第一人。

不远处，迈尔克焦急担忧的声音传过来，他一声声喊着路易斯，而我们的回应却奇怪地传不过去。明明一行人，却无人听到应答，反而把我也一并呼唤起来。为不让迈尔克担心，我们不得不离开。也就在此时，在再一次依依环瞰山谷群峰后，路易斯突然张开双臂，一语不发，迎上来，再一次轻轻将我拥入怀中……

我蒙了几秒，迅速回归平静。肢体动作是有语言的，感觉得出来，他是把深情的答谢，无言的懂得，友好的慰藉，一并投注于这个拥抱中了。我有些不习惯，有些害羞，有些无措。如果说，昨天黄昏木舍里，众目睽睽下的两次拥抱我尚可以大方地当作社交礼仪，那在这远离人烟的莽莽山林，在大自然辽阔的怀抱之中，这个拥抱，却分明暗藏两颗灵魂至深难言的孤独感——不知怎么，这让我比任何时候，都觉察到为人者的卑微渺小。

长时间身陷大峡谷，我几乎从一开始就不曾体尝，更没承认过孤独。那些独倚青山的全部时光，对大山的迷恋感恩总是将我填满。我用了全部的时间和深情，和大山建立联系并赢得它的私宠。在这长长的过程中，我忘了每个为人者自然携带的万年孤独，直到路易斯来了！不知是他的诚恳让我读到了他的孤独，还是他从我的气息里读到了我的孤独？我只知道，只有深谙孤独之美的灵魂，才有资格有能力去慰藉一个独行者。路易斯说过，在美国，他总是不断地独行于山川河流。

这一刻，路易斯是谁，我又是谁？我在他的双臂之间暗暗发问，脚下的群山不语，头顶的云天缄默。那至高存在精心安排的此一幕，自有神意而无人旁观。一丝滚烫自心底淌过眼眸，我合目，把泪花忍了回去。

下午天开。

路易斯在我前头停下。他伸出长臂，斜撑在一棵老树上。老树苍虬，是从亿万年的岩石缝里蹦出来的。他双目合起，肃然敛容，低下头去……再抬头时，他眼中蓄满泪水。此一幕，他在羊狮慕山道上如是三回。不仅于此，他还会贴着岩壁，贴着山泉，默然哭泣。这里是他的礼拜堂。其实他知道，这里同样也是我的神庙。

夜黑下来，我们走在山道上。

我讲起在这条道上追过好几回月亮。其实，我能讲出口的，不及恩典的万分之一。语言一经出口，那浩荡而幽微的体验就已变了样子，何况路易斯听到的是二手翻译。然而，我的颜容和表情他能读懂。他着急得不想混在队伍里了，双手合起打过招呼，长腿一拔，就去往了更深的夜、更远的山……

次日大早，暖嫩的朝阳里，他在木舍平台上喊住我。

路易斯讲：我走到老者骑青牛处，向老者打听内心的道路，寻求内心的指引……

他讲：昨天夜晚我沿着山路走，在黑暗中很舒服，在未知中也很舒服。我走到老者骑青牛处，向老者打听内心的道路，寻求内心的指引。我静立在老者面前，月光忽然一下打在老者像上。后来我上了那个亭子。风吹过来，我闭上眼睛，就像飘散在了森林里，我允许自己在森林中迷失，但最终还是会找到自己。这是我在羊狮慕最难忘的时刻。有时候我们像羊，有时候我们像狮，羊和狮同时存在于我们的身体。这能让我们身心达到一种平衡。昨夜睡觉前我写了一首小诗：我是你/你是我/我们是一体/羊狮慕。

路易斯的右臂上文着一条大鲨鱼，某个时刻他礼貌地问过是否可以脱去长袖。他解释这是因为崇拜鲨鱼的活力："生命就应该如此。"然而，做演员的他如此安静，静得像深泉中的一尾青鱼。

"即使相距遥远，一个粒子的行为将会影响另一个的状态。此即量子纠缠。"

已经很久啦。我总是对人讲："我真的认为自己是羊狮慕的一粒苔藓。"事实上，我很清楚，没有谁真正听懂并相信了我的话。那些被精心选择的男女，他们爱我，故而能耐烦听我讲呓语。

有一天，我对琳讲到日落时分爱上对面一堵发光的巨崖："它的肌理在斜阳抚照下丝丝缕缕放光，那一刻，我认出它是我若干世之前的情人，恨不能飞越山谷扑进它的怀里。"她大度地笑了，笑容太像一个长辈对一个女婴的宠溺。这已经是我能和人谈论大山的最近距离了。而琳，是我唯一敢讲出这段呓语的人。可惜，她不是知音，她是慈祥的祖母。

当我发梦时，希望听到的是清楚无误的"我懂"，而不是含糊暧昧的“哦哦”。如果我是一个量子，那纠缠对应的另一个，又会在哪里？

第三天。翻译转告，昨天路易斯又提起：“我从她身上能感觉到一种能量，我感觉到她就是羊狮慕的一部分。她的身上有大山的能量。”

路易斯说的是我。我就是那个“她”。这是他第三次如是表达了。

神奇的羊狮慕，带着巨大能量，推倒了东西半球间的巴别塔。在东半球的中国安福，路易斯被大山撞了个满怀，他的灵魂颤抖，哭泣，如沐如洗，恰如我和大山劈面之初敬献的热泪和歌声。他哭泣，我好像自己在流泪；他祈祷，我好像自己在敬香；他对巨崖垂首，我好像自己接通了岁月的秘密。而后，我说月光，他去追月光；我说读书，他拉我在高高崖上打坐、冥想；我指向一株小草花，他怜爱的目光立即投了给它。他帅气、纯粹，眼睛明亮，灵魂有青草之香。

要告别了，他举起酒杯，低语相告：You are my sister。I love you！（你是我的姐妹。我爱你！）他望向我的目光清澈如秋水，贮满信赖，贮满无须语言的默契，就像，就像我们互相懂了千年万年。

对的，负着造物圣意，关于羊狮慕，路易斯成为这颗星球上全然懂我的那个人。唯一的那个人。那另一个量子。

一直到今天，羊狮慕大峡谷于世于人，依旧是一方处女山水，对于西方尤其是。在这个节点上，好莱坞电影人士迈尔克、路易斯的先期抵达，更像是一场对大自然的朝圣。我和他们的相逢相知，实则是东西方大自然审美观念和行为的深度融合，跨过重重障碍，我们热爱大自然的共同基因，促成了心灵和心灵的无缝对接和互相激赏。这或许是一个信号，或许对于更远的明天有着未知却更深的意义。迈尔克一再说，这将促使他踏上一程伟大的故事之旅。

沉默的羊狮慕，从山峦、岩石、云雾、树林、溪谷、天穹中，为我们流淌着爱的光芒和恩典。而我们，先后都甜蜜而热情、深沉而虔敬地赞美过它。我们对它的崇敬是柔和而庄重的，全然而谦卑的。我们发自内心的臣服和战栗，再一次证明大自然是属于全人类的。大峡谷在亿万年中自生自长自美，在这个星球上独自散发着宁静的光芒。最终，那些大自然的真正热爱者，将被这种光芒吸引而来，转而又把爱和赞美向五湖四海播颂。

我深信，和我一样，透过羊狮慕伟大而神秘的灵魂，深刻而丰富的教诲，迈尔克和路易斯于此领略到了世界永恒的原初之美，从无限中得到了静谧至深的无言快乐。

我同样深信，正是经由我们投注给羊狮慕的爱和想象的目光，羊狮慕的面纱才肯微微掀起一角，令我们对其生出新奇的直觉，初婴的感知，以及神圣的战栗。并由之得以看见，高于风景画面的看不见的事物——那才是焕发新生的动力之源。

迈尔克走了。路易斯走了。我留下了。他们也许再来，也许不再来。他们会在梦里回到羊狮慕，而我，则会一而再地，回到羊狮慕去做梦。

现在是仲秋。10月的新阳跳出地平线，寒虫切切之声在晨曦中渐渐消匿。草木鸟兽也作别黑暗来到了光明。晨光柔软，空山无人，只有我的足音响在空谷——这个拂晓，在清梦里醒转，我没有走出山谷，却分明举着一朵莲花走过了千山万水。

2019年10月1—5日

正是经由我们投注给羊狮慕的爱和想象的目光，羊狮慕的面纱才肯微微掀起一角……

在深深的密林里

"你当像鸟飞往你的山。"

——（美）塔拉

多年以后，我将青丝如雪，这颗星球早已不受新冠之害。多年以后，我将重上羊狮慕。我要倚在一棵青松下，重新开讲这个故事。

现在，我明明书写的是自己的经历，却好像讲的是他人的故事。我多么怀疑：20个月前，那个只身进入深山老林，攀越羊狮慕大峡谷的女人，她到底是谁？

I

庚子年清明，春寒倒流，风有邪疾，南方雨水急落，北方白雪缓降。更远的西方，疫情日日惊魂。

暮色渐渐浓起，雨已转细，拎一把青葱、两握香椿走过大湖畔，一片茂密的木绣球临水而开，青草地上落花白白，有腐沤之味。素来不喜这种花儿，每每打清明雨中遇着，总是带出些薄薄哀矜，今日尤是触发隐痛，心头好似深埋着哭泣和呼喊。

然而，红尘有红尘的法度和模样。它香软迷人，斑杂繁复，深情坚韧，假装万世永恒而无视万事之变，就连生死绵延的生命代谢，也是可以推开老远。

既然如此，哭泣是不好的，呼喊也是不必的。畏惧和胆怯，无常和虚妄，也是不宜张口就谈的。

心田多少沧海，就这样在缄口中化为桑田。

愀然之下，我想逃遁，到深深的密林里去相会另一个自己。林中的她，就像是被自然选中的宠儿，其心性品格，平畴中的我远不能及：她果敢执着，无挂无碍，不惊，不怖，不畏。她闯到哪处老林，就在林下成为自己的金刚护法，不恐生，亦不虑死。佛说的，“若离于爱者，无忧亦无怖”。

这样念及青山，青山就撩开雨幕奔来，轻轻敲开窗子，来到了我的书桌前。

2

一段麻石古阶峭立眼前，以 75 度角直插高林。阶宽 1 米有余，多由三块断石相接，石体粗糙不平，厚薄不均。石上有残败的枯叶细枝。深山常年湿润，人迹罕至，虽是金秋，阶上绿苔米儿却茵茵如新。苔米生阶上，苔米生阶侧，苔米覆裹着每一块石头。

径旁，是不知其名的野草低灌，再远些，是望不到边的原始次生林。林阴森然，密不透光。我喘着大气，抹抹脖子上的汗，捋捋湿淋淋的刘海和发梢，放下旧旧的粉红双肩包，几年来，它是我在山里的忠实同盟，放下登山杖，坐在阶上稍息。没敢喝水，山林高深，不方便，四合八方住着神圣，不可有冲撞之举。

望望远些的林木杂树，看看近旁的绿苔米儿。等呼吸稍稍匀称，怦怦的心回转来仔细感觉光线，方觉每一寸皆是暗绿发沉，质地滞重，似乎手一伸，就能相握几束。

一时小惊：这人烟不至的莽莽林海，自己到底是坐在光中，还是坐在暗中？

观自在菩萨，行深般若波罗蜜多时，照见五蕴皆空，度一切苦厄。舍利子，色不异空空不异色，色即是空空即是色……

抚住胸口，深深吐纳，默默相诵《心经》，遂即安定下来。多年独行山林，这是友人相告的“平安符”：“姐姐，你在山上害怕了，就记得多诵《心经》。”

山高道险，林老树密，前路山情地貌不知丝毫，估计这一刻已近山腰了，退转和前行都费相当体力。退转相对安全，前行风险不小。我无力抵抗未知的魅惑，选择了前行——未知的事物，总是更为迷人。

3

在蒙昧暗绿的林光中，微闭双目，把耳朵竖了又竖：没有一丝丝声音。

真的没有一丝丝声音。

无风声，无鸟声，无水声，亦无人声。

“千山鸟飞绝，万径人踪灭。”这是一处孤绝寂寥的洪荒时空，连一片叶子也不肯飘落下来为我壮胆。命运把我导置其中，如同把我抛掷在无稽山下一个大梦的尽头。寂静的青山，就如大佛涅槃。我作为绝无仅有的访客，唯恐一声呼吸，就撞碎了整座山林。

4

2018 年 9 月 26 日，周三，农历八月十七，阴天多云。

6 点早起，神清气爽。欠身推窗，蒙蒙晨光温柔投进木舍来。顺着光的来向，望见西山一团圆月晄亮。这一刻，置身大青山中，万物将醒未醒。巨大的静谧里，我又一次犹如初婴临世，隐约间听到一个召唤：趁体力好，独自，一个人，去攀越羊狮慕大峡谷！

这是一个神秘号令，凭着自有金刚傍身的无所畏惧，正处生理期的我果敢如仗剑侠女，急急奔下山去，从山脚一头扎进一无所知的峡谷密林中。

六个半小时以后，回到山顶，在朋友圈一阵惊赞之下，才能确认：海拔 1700 多米，全长 32 里，其中原始次生林 18 里。凭 1 个煮鸡蛋，2 个小凉薯，2 个南瓜小饼，1 杯红茶，半瓶水，我完成了多数人胆寒心战的攀越大峡谷，“不可思议”。

上文提及林中绿光，孤绝默境，正是 18 里原始次生林的起点。这之前，徒步 5 里柏油山路，又 9 里游步道水路。先是能遇零星访客，3 里水路之后，人迹渐绝。水路尽头，在山水分叉相别的岭上，罕遇母女 2 人，左看看陡峭山林，右看看轰轰山溪，犹疑难决，攀行 10 来米遂折身返下。迎面见我来，心有不甘，立身等待：“你知道还要多久吗？”

误把我当有经验的老驴了。

我摇摇头，递过歉意。

我知道什么呢？我总是一无所知。

一直到6年前，我从来没有想过，此生会有一段经历，一个人在青山里完成各种朝圣探险。素来体子弱，健康问题上常有小惊小怕。然而，说不清发生了什么，现在一切不同了。

“那你还敢往前走？和我们原路回吧。怕有野兽呢。”那位母亲说到野兽，顾自把瘦小的身躯缩了又缩，她这个样子在巍峨的大山里，真是弱小无依。

她没找对自己的山，退转是一种必然。

我笑笑，让过她们。

其实在前段相对安全的游步道，我已经拍下有报警电话的路牌。只是完全没料到，由此往上，举目是人迹罕至的原始次生林，为防迷路失联，我一路直播发圈。野兽这个话题，早被多次提起了。

冯老师说：“手上带根手杖、小竹子什么的，除了做些支撑，还能防别的。这月份蛇活动猖獗，有道是‘七月王蜂八月蛇’。还有，老虎不敢说，狼和野猪还是要防的。”

武功山人说：“哆、哆、哆……你说过的声音！另外，小心野牛把你背回去做压寨夫人。”他是土著，对武功山情甚是了解。我经过野牛瀑布时没当真，山中真有野牛吗？

迷笛态度变了，话说得婉转：“希望山上没有野猪之类的。下次还是约个伴比较好。”记得3个小时前我刚上路时，她说的则是，“越玩越健康”。

不争春，起初大赞“玩出新高度了”。慢慢地，追着直播她的反对声越来越大，“真是没上过当，这么人迹罕至在深山老林也敢一个人闯，看得旁人都捏把汗了”。

…………

而我的亲人们，从始至终没有发出丁点声音：没有办法，唯有放手，任由她走在自己的道路上，去完成命定的修行。

不可思议的是，排除山外众议，内心始终萦响着一个声音：别怕，你将要走过的路，不会有黄蜂，不会有毒蛇，没有狼，也不会有野猪、野牛、野山羊。

用心倾听这个声音，有回到母亲摇篮的稳笃。那摇篮里的赤子，有谁怕过世上的风雨？她全然不懂更不会预设可能的危情，以为妈妈带她来世上，迎接她的永远只有鲜花和光明。

神奇的大峡谷把我变身成了这个赤子。

记得总会有人打问：你在山上前后这么多年，遇到过毒蛇吗？

我答：一次也没有。

他们摇头。他们遇见了，我没遇见，他们惊叹这是奇迹。

事实上，山中怎么可能没有动物野兽呢？

山虫在草丛里爬行；

锦鸡一家子蹑手蹑脚在林中觅食；

一只孤独的山雀，在树上无声跳跃；

正是野果成熟时节，金花鼠忙碌着给自己存粮；

大灵猫抱着爱侣在洞穴里亲热，山猴妈妈带着子女们在山坳里荡秋千摘野果。至于更大型的野生动物，它们肯定也在忙着自己的日子。

这一切，皆与我同在。我深信，自己在老林里并不孤独。

5

回到前头走过的 9 里水路。

史前造山运动劈开山体，岩石滚落，大大小小聚在谷底。水聚而成溪，在山谷里奏响一支磅礴不绝的交响乐。溪床上，水流忽而逶迤忽而奔腾，忽而宽缓忽而湍急，轰轰结伴去往遥遥江海。

溪畔老树新树，全是不修边幅，任性生长。枝条放纵不羁，或贴水而生，或斜逸旁出，或挺直向上，或婆娑摇曳，自由得就如一群率性的行吟诗人。也有树老了，死去，伏倒在溪谷岸边，然而它腐朽的身躯上，又有新树芃芃生长。这新树，可能是它的嫡亲后代，也可能完全不是。别个树的种子，以它为床，生根发芽开花结果，在森林里这是常见之事。

近午，深阔的溪谷里无人来至，鸟兽亦了无痕迹。溯溪上行，歇歇停停。水光山色两好，令我像小时走入外祖母的房间，站在暗沉的光线里，小手摸摸她的家织蓝花小被，心头荡漾着一种别样柔情。此一刻，独拥溪谷，端了这种情愫，我与自己温柔相处，与大山温柔相处。

美的山水，就该具足使人温存柔软之德。

在一处瀑布边伫立，看直泻的水流发出银白光芒，吟诵着天籁在低处水窝里玉碎，又急急汇入溪流，以新的面目远去。

目睹此情此景，竟不知怎样来定义“死亡”和“永生”。也或者，这即是“无死亦无生”？

水之道，上天为雨露，下地为江河，我看过的每一滴水，从来没有死过。水有道，亦有德，故能万寿无疆。

少顷，轻扶溪边老树，小心跃过几团大石，择溪床中心最大的石头坐了。流水在大石间绕行，唱着辞别的歌。山气清新甜润，山色端凝庄重。举一杯红茶，慢慢啜饮。抬头看看穹谷上空，今天日色不济，铅灰一块。然而这不要紧，此处山河没有日月，就这样纹丝不动，就像只身坐在远古。

思量。入定。坐忘。

在早年，我对于山水是对抗的。心智和体能，在生命中的很长时间皆没能发展起来。山水里蕴藏着的神秘野性，我认作残酷凶险，本能地投降回避。如今，一条神秘小径，引领我与山水相亲，不再对抗。原来，向植物和鸟兽点头问好是一件多么愉悦的事情。一个人全心懂得了山水之好，她就拥有了坚固的教堂和神殿。

我是谁?

我是一只在果园里长大的苹果。驯化日久，忘了自己前身还是一只野苹果，还深藏野性的力量和品格，比如生命力旺盛，适应得了艰苦的环境，少有病虫害。

今天，我通过山水来诉说自己的存在，竟似在废墟上辟出一个私家小花园。

秋山宁静，溪谷轰鸣。在密林高山徒步攀行，光有勇气是不够的，深怀谦卑是必须的。这里的每一物种，都经过了40亿年的进化。在它们中间，我算什么？我是谁?

此问一设，投向周边的目光充满礼拜之仪。

荇草在溪流中起舞，绿藻四季缠绵在临水之树上，水声动如天籁。从谷底沿坡往上，茂密的绿植交错层叠。此方出尘幽静，如仙境，如乐园，如天堂，独自享用有些惶惶，不忍，不安，就如同是从世人手中行窃得来。从红尘囚牢逃至这个崭新世界，得学会深藏功与名。与三五知己溪石上煮茶清谈的雅事，脑中想想就好，哪里舍得当了真。

“一切满足内心的东西，总在远道他方”，也在人群之外。

我坐在溪床中，坐在森林中，坐在山河中，坐在开天辟地的纪元里。

天色徐徐打开，高云散处，婀娜高大的林树辉映秋日，漏进来细碎的阳光。抬首望去，一只山鹰在穹谷上方盘旋。它庞大的双翼纹丝不动，优雅地牵引自身在虚空翱翔。总是这样，山鹰自带王者之气，每一回出场，皆会引得我凝神屏息，像朝拜一个山林上空的王。

一些老藤，缠树爬得老高，又从高处荡下来，荡在眼前心头。此番情境，恍惚可以抓着青藤攀到高邈的虚空，化身为另一只山鹰与它齐肩飞翔。

然而，它断然是不会欢迎我的。多年独倚青山，我们曾有多次邂逅，它总是独自翱翔，就像我，从来无须多余的陪伴。

在青山深处，我其实也是一只孤鹰，把卑微的生命从尘间拔起，在远离人境之远，当了自己的王。

林色转亮不少，我独行于亮中，沿溪谷上了再上，水路到得尽头。

目光溯源往上，一脉细流从杂树乱石中奔突而出，溪声骤然弱下，水流细窄，形和神，皆比不得下游的水韵气度。水很神奇，大江大河之源往往只是一汪泉眼，却以包容不争之态，不论巨细，笑纳百川而成就蜿蜒大地的悠长远阔。这大山中，小小一股山水，高聚直下，竟也力大劈山，削出溪床，成就了十里秀美山川。

辞别溪谷，道别畏难折返的那对母女，左方一条陡峭的苔径竖在眼前。由此出发，攀越 18 里原始次生林，我才能回到木舍。

溪声已远，山林静寥，光被染绿，洪荒寂寂似一张无形罗网，铺张开来，其野无声，其力无穷，我成为独一猎物掉落其中，如坠凝始，如陷鸿蒙。前方的路，充满未知。

有谁，不是小心藏身茫茫人海，才能稳稳走在生命的未知之上？

我这一回，则是藏身于浩浩林海中，以最独孤的姿态，要去迎面现实和内心两种未知。体力、勇气、胆量，急应险情的智慧，都准备足够了吗？

一念起，身心徐徐绷紧来，除了专心脚下的路，脑子不再打妄想。之前漫步九里溪谷的柔软安怡，也一应留在身后了。

一个人会在世间走过什么样的路，取决于她想成为一个什么样的人。

如同婴儿怀念妈妈的子宫，一个渴望独自亲近荒山老林之人，就必然走到这条人迹罕至的山路上来。

6

这是一段原始次生林的路。很长，18 里，曲曲折折盘向山巅。

覆裹绿苔的石径，长出蘑菇的柴径，铺满枯枝败叶的泥径，种种道路交替着，向上攀沿着，把我送往我想做的梦。无一例外的，大部分路段皆危危陡峭，每攀一步恰如行叩拜大礼。大自然庄重无声，以这种方式牵引着我，挥洒涔涔汗水来领略青山的堂堂威仪。

没有伴，做伴的是超拔于日常的另一个我。我是故意的，非如此不可：两个人或者一群人跋涉山水，那是另一个大众化的故事。它不属于我，不会被镌刻在我的心上。唯有只身上路的山水远行，才是时光难以磨灭的。更形而上的意义则是，在人世间这片茫茫荒野，一个人若能安然行于其上，这 18 里深山老林，相对来说倒是更安全些呢。

一峰又一峰的原始次生林绵密相连，我淹没于莽莽绿海，如同一只缓缓爬行的小山虫，为人者的七情六欲全然掐灭，平常无时不起的一切妄念，也在此方时空悄然止息。

先是心神极度专注于肉身的安全，渐渐地，“我”在“专注”中神奇地放空，消失不见。这是一种摇摆之境，在“存在”和“真如”之间，我变得若有若无，若真若妄，若实若虚，若生若灭。山林浩瀚，处处充满原始之力。山林也把这种力量灌注于我，让我不知有怕，无所畏惧。

一个人在自己的家里有什么好怕的？

山林是把我当了其中一员，认我作了它怀抱中的一粒苔米儿、一株野草、一棵小树，或者是一缕轻风、一丝雾岚、一滴山露。这种礼遇，全情依偎过大山之人都能获得。多年前一个朋友去爬山，不慎出了不恭之言，那天她在山上摔断了腿。她的遭遇是我的登山教科书。印第安人的一位母亲告诫女儿：“千万不要用手去指山！那样做是粗野无礼的！”

山和人的关系，是你端端然相敬了它，它就也好好地疼爱了你。

山中无岁月，也没了日照。无际无涯的密林里，光线明了又暗了，暗了又明了。林雾浓了又淡了，淡了又浓了。诸般变幻，皆发生得冥寂无声。这一切，与大山相依共生，启示着林中访客，“恒久”与“无常”无有区别，原是一体。

懂得了这个事理，山外的很多执念大可一放了了。

继续前行，体力消耗到临界点，不敢轻易歇脚。一是着实不知前路险易，二是林色由灰暗转暗沉了，恐天要作雨。若然，湿滑的山路会是一场灾难。

手机余电不多，先关了，预备救急可用。

爬过一段陡坡，大喘一口气，眼前十几米相对平缓的小道，令疲软的双足稍得松活，然而很快，又有一段更长更陡的山坡在等待。如是反复，亦不知在这样的艰难中磨受了多久。筋骨所受之劳，平生未有。

呃，是怎么就把自己炼成密林中的孤胆女英雄了？！

7

雨最终没有落下来。

从林隙里上望，压顶的乌云说散就散，林色又渐渐转亮。

行抵一处山麓，山势暂缓许多，陈年落叶积沤在小径上。不同于山外所有的路，它有弹力，踏上去舒舒软软，很是奇妙地让身心归位，令之前解散消融于大山的四肢百骸重新组装。环境安逸了，“我”也归为实体，一个相对安全的处所，可以让一个人把肉身召唤回来放心做自己。

山麓左低右高，高处多有参天大树，低处林木细瘦疏朗。午已迟，算了算行走速度，估摸 18 里山林走了三分之二，前路应该还有多处未知的峰回路转。

我迅速松弛下来，忽似连通天机，一个念头浮出：这里该看得见白鹇吧？

目光迅即投往疏林，呵——三五只白鹇果然从稍远处走来，在林子下方咕咕觅食。白鹇怕人，一有察觉就要飞得不见踪影。好在此处地形有利，山径高于林子，忙忙收脚敛容，悄悄窥看它们，直到依依不见。

再启程，念及山神照护我的慈悲，忍不住把心弦拨了又拨：白鹇是我心头爱，它们起飞的样子，羽袂飘飘，像极着了白裙的精灵。每一次林中邂逅，我都视作幸遇一次神迹。

8

我后来经过了几处山竹林。

竹叶繁细，竹竿儿单瘦。生在山径两侧，长到足够高了，两边竹梢就在空中接搭出一个小拱棚来。整个过程，自自然然的，没有人工参与。人从棚下过，多了几分因竹而起的浪漫感。一程庄重的攀越掺入了一丝风情，像宏大的乐章里轻扬起几节抒情小调。

9

经过一处山坳，谓“沈家大院”。

如今，来此开山种药的沈姓富豪早已离世几百年，云散开，风流去，他的大院也只存下几处墙基。

离沈家大院几百米远，三根圆柱撑起一栋小小板房，斑驳的灰蓝色，孤零零坐落在几丛山竹前。两个门大开，门前大麻石作砖，砖缝里野草青了又黄了。房前两个砖砌的香炉，饱经风霜雪雨砖色灰白。宽宽的房檐下挂着黑漆匾额，上书“报仙寺”。好极的书法。匾下有六字联，各联下面三字字痕全没。

一程庄重的攀越掺入了一丝风情，像宏大的乐章里轻扬起几节抒情小调。

这座寺，也不知多久没有受人香火了。

我打旁边走过，看见“报仙”二字，前路的自在超然忽忽跑没，肃而庄重起来：小心啊，这里有比卑微的你更高的存在。

我真是自大，几个小时前还把自己认作自己的王。

山坳面积不小，有板房，有人，有鸡，种了茶树，植了菜蔬。此地为全国驴友口口相传，这里是他们徒步武功金顶和羊狮慕的给养之地，设施比山林本身更为简陋。偶有写着驴团名称的各色丝带，绑在附近大树小树上，证明有人来过，又去了我所不知的山外他方。

“格瓦拉户外与你同行”“湘潭户外与驴友牵手”“江门野协”“野猪林”“东阳心动力户外”……

如今空山无人，我每见着一条彩丝带，总爱把主人设想成西部牛仔，或者像泸沽湖边上的摩梭男人。他们的气息永远留在了山林里，神秘地传递给了我这个后来者。

我也是林间过客，我没有丝带，没有组织，没有他们的体力和装备，不知山林会以怎样的方式记住我?

一脉山水自高林下来，在平地浅浅流过，水上随意铺搭了几块木板。木板受了山里的经年风霜，粗粗的纹理显露，板色发白，几只啄食的肥母鸡，穿戴着发光的羽衣在桥板上走过。乍一见，犹如撞入童年的村边小景。忽然，蓄敛了一天的情感深受撞击，内心起潮滚了几滚，双目冲得发热，无语凝噎。

坐在一根大木头上歇气。至此，才发现汗衣冰凉，湿寒沁骨。终于敢大口大口喝水了。从这里往上，再攀越一座山峰，就能回到木舍了。

一只金花鼠从旁边大树上溜下来，挨了我几秒，打过招呼又急急跑开了。

有人从板房出来，把我看了又看，认出人来，吃惊打问：安然老师你怎么会在这里！你从哪里来？

啊？！我形容脱色，大脸灰白，大喘粗气，没有一根干头发，拄着拐棍，这样狼狈。

我从哪里来？这是一个问题。

我又要往哪去？这是第二个问题。

现在我一点儿也不想回答这些，我只想快快有张床，能够接住一张筋疲力尽、鞠躬尽瘁的身躯。

10

换过气，辞谢留饭，已是午后4点，继续前行。

重新壮起胆子来，又是几里长的羊肠小道，气氛迷魅，树荫森森，曲折深幽。难免恍惚，以为自己是母系社会一位高超的女猎手，健康硕壮，在某个洞穴里喂养着一窝男娃女娃。

最后一段，是600多阶的麻石古梯，斑驳沧桑装有岁月山河之重。太难了，没完没了，怎么爬都爬不完。索性宽心坐下，养养脚力。不防，身下杂树林一阵巨响，噼里啪啦噼里啪啦，像有人在用力攀折树枝。

不可能呀，这方山林，唯我独共。

一路行至此境，这回才真是晓得怕了：这么大动静，大概率是由类似于人这般体积的动物才能拨弄得出来！

是野牛，还是野猪？

我忽地站了起来，耳朵紧竖，循声望去，声源有些远，林木又密，

600 多阶麻石古梯，斑驳沧桑装有岁月山河之重。

什么也看不见。迅速判断地形，所站的山梯很高，林子低了 20 来米，就算真有什么野物，它们也该不会上来，而是会顺着林子向更低的山洼处去。无论是什么情况，我肯定会是安全的。

一番判断，平复心境，又从容坐下。未几，声音果然远移，慢慢小了下去，几分钟后，林子复归安静。

四向清寂，有王维的孤静诗意。

橡树果子熟了，冷不防，掉落一颗又掉落一颗。暮光下，它们发出咖啡色光芒，真好看。山里人不喊它橡果，喊的是栗子。我弯腰，腰沉得好似背着一生的艰苦疲惫，捡起几颗来细细端详，无声一笑，是想吃温柔敦厚的栗子豆腐了。

II

终于攀到北面山顶。

青松、水杉、茅草、芦花、野花、溪声，甚至暮光天色、空气的味道、风的样子、粉蓝的丝云，万物的气息亲切极了。

这是梦和现实之间的一道无形之门，比现实高一点，比梦浅一点。一阵软风从意识中拂过，再是不舍依依，一项具有神性意味的任务已经完成，我被送了回来。巨大的安全感牵引我，从一场沉沉大梦中徐徐降落，女猎手辞我转身退回远古。

带着肉身和魂灵，我回来了！

我收脚，立在“门槛”上，远眺掩在山林间的木舍，拼命抵抗着情绪起伏的撞击。此一处山巅，以及身后踏访的绵绵青山，都是我此生永远的爱。一份用来寄寓身心，一份用来萦回思念。

捡起几颗来细细端详，无声一笑，是想吃温柔敦厚的栗子豆腐了。

食堂正开晚饭。以我薄躯之力，装备之简，只身跋涉 32 里，能够毫发无损，安全归来端上一碗热饭，这简直是自己生命的大奇迹。我兴奋得像擎举着一团火，把自己呼呼点燃，在木舍平台上热情舞动它的光焰……

人们礼貌而吃惊地看着我。对，礼貌而吃惊。

她们并没有呼应我的火焰，而我全不在意。

我在 18 岁、28 岁青春头上，绝对不敢也不可能去做的事情，在多年以后的今天竟然做成了。这多像是一份青春的祭礼！这份不可思议的骄傲，非得以火焰的姿态热烈表达。

就在此时，微信急讯："快发照片来。"是省散文学会和省报联合的"夜读"栏目，今天要发布我的自读文章《朝圣羊狮慕》。

这个云中飞来的消息，无异于现场宣布：一个勇敢者，得到了她应有的奖励。

12

2020年1月12日。小寒又6日，大晴。山中出云海，林径结冰，树木披雾凇。

我又一次只身穿越大峡谷。

这回方向从上往下。山寒极，路滑冻，步步难行。路遇十几口白鹇，齐齐自寒林咕咕而出，蹑手蹑脚走上山径觅食。白鹇身细尾长，体积大，这聚会场面简直壮观！会不会是上回那几只繁育成一大家子了？

能在远离人寰的自然秘境里见证一类生灵的壮大，真是一件无上好事。

这天还有两个发现。

一个是经历了2019年的夏秋特大干旱，冬天的溪谷并没有绝声，山水照旧在溪床上吟响天籁。

这消解了我的忧切，就着溪声，我有写几行颂诗的冲动。

另一个发现则是，绝大部分松软便行的原始山径消失殆尽，替换它们的，是坚硬牢固的水泥台阶，陡长陡长十几里，一路总是直插向下。

腿和膝盖都使坏了，剧痛了好几天。

这个变化成为我日后的隐痛。如果不是二度穿越大峡谷，我永远不会知道：有些道路在你走过之后，会从世上消失，永不再现。

一时，我无力将就这个变化。

往后，也不可能将就得了。

13

夏天来了。这颗星球依旧困危于病疫。

没人知道，那更高的存在到底想要达成什么目的。对于未来，我依旧深怀不安。200 多里外，我那深深的密林，半年不曾回去了。

近黄昏，我出家门，撞到一方未曾踏足过的野林子。斜阳照进来，林子四下明亮。看到林下有野草数十种，看到每一种草都在芃芃生长。川莓、地蚕、天门精、野蔷薇、野苎麻、酸溜溜，蹲下身，对着每一位，左瞧右看，伸手摸一摸，默默说几句柔软的话，像回到回不去的故园，把小时候重新玩了一遍。

这一刻，天地归于旧时之好。林中好静，生命好安宁，世界好安宁。

亲爱的，去找到自己的一方林子，不要惧怕未来，怕也没有用。

2020 年 4 月 2 日—6 月 29 日

三场春雪之后，羊狮慕的春天来了。

第二章 合唱

你来吧，来與我一道
祝福這些我們共生久遠的林中伙伴

往听黄鹂声

我们的生活，
可以远离尘嚣。
森林中有树木窃窃私语。
流淌不息的小溪似万卷书籍。
神的教诲寓于路边之石，
世界万物皆蕴含着启迪。

——（英）莎士比亚《面对自然的五分钟》

三场春雪之后，羊狮慕的春天来了。

新芽吐翠，飞鸟歌唱，繁花绽放。它们结伴而至，以各自的方式礼赞春天。

小树枝举着淡绿轻盈、柔嫩清新的春芽，在天幕上写下细致而朴实的诗行；山花儿依着花令此谢彼开，令山谷中随处可见一首首烂漫圣洁的诗篇；小鸟儿在山林中竞相歌唱，大峡谷迎来了众多诗人，每一只鸟儿，都站在春的舞台上，热情吟唱岑寂冬日里写下的诗歌。

大峡谷的春天盛满诗意。它本身，就此成为其四季诗集里最美妙的一辑。

在晴好的日子，整个山谷喜气洋洋，一切都在阳光下欢腾鼓舞，处处流露出青春和纯洁。这其中，最为动人的是春山鸟语。

四到五月，正是适宜万物恋爱的时节。鸟儿们礼赞朝阳，歌唱爱情，感恩山林。其优美的鸣啭，欢快的啁啾，响铃般的欢唱，拉锯式的音调，甚至于是低沉喑哑的发声，在长达十里的峡谷中此起彼伏。

我总是在黎明时分独行春山，放轻脚步，匀平呼吸，撩开雾岚和山径上的蜘蛛丝网，在山花岩石和树林之外，代表人类成为清晨百鸟音乐会中的唯一聆听者，愉悦地感受着快乐欢欣和青春朝气。

有时候，我止住步履，安坐于某级山阶，静定身心，不打妄想，放空自己，任四合而来的燕语莺歌把我带入一个新世界……听到入情处，我也幻化为一只黄鹂，纵情演唱。

此情此境，任是尘世里怎样的荣耀也对我了无诱惑。

细思来，人间再怎样动人的诗篇，又如何比得大自然这最天真、原始的节律？相传南朝人戴墉爱听莺歌，在春天总是“携双柑斗酒”出游。问何往？答：“往听黄鹂声。”如此兴味人生，如今只能是在故纸堆里凭吊向往了。

正如举世心仪繁花一般，普天之下，没有人舍得抗拒一只鸟儿的歌唱。少数人因为醉心鸟语，以笼圈鸟，只是那些失去山林的鸟儿，又如何可能献出元气淋漓的自由歌唱？

与之相应的另外一个事实则是——人们往往听不进，一首出自同类之手的诗歌。哦，不必忧伤，原因在于，不是每一个写诗的人都像鸟儿一样，获得了天赋才华。

这个春天，我领受着命运恩宠，每个清早，都甘愿牺牲睡眠，在高山之巅“坐听黄鹂声”，这份闲情雅致，比之古人戴墉，及否？

初时，我只能和着峡谷中股股山泉，在百鸟的欢乐奏鸣曲中迷醉。耳根在山外闹市麻木太久，乍闻天籁四合，竟如村姑无意着道骤升仙班一样无措，那些饱涨的喜悦和深沉的幸福，我不知将它们如何安放，每每总是颤动心灵，迷路不归。

“从前我只有耳朵，现在我能听见。”原来，人除了器官之耳，还有一双内心之耳。唯有天地之间最原始、最动人的节律，才能唤醒它。“听见”的真实含义，在于用内心之耳，去捕听大自然最惊人、最动人、最富元气的和声。

而这显然是不够的。

一个诗人在自家屋后的断崖边发现了白檵木花，他不认识它。“我曾折取它的一枝，四处打听它的名字。”我也做过同样的事。在山外，我曾花费两年时间弄清城市公园湖上一种候鸟的大名。为不认识的动植物寻找名字，这是一个自然爱好者的天性。真实的意义在于，我们是要借助于认识自然，更好地认识自我。

有10来天，在全情享受“大自然音乐会”时，我始终无以分辨鸟类的鸣唱，我很惭愧于自己的蒙昧和无知。

在大峡谷，我最早认识的是雨燕。它们比家燕体形小，飞起来有些慌忙，叫声也嘈杂，啁啁吱吱迷糊一片。它们讨不来我的喜，却令我无端同情。现在我知道了，这是因为它们在空中紧张捕食昆虫的缘故。可怜的雨燕，为着吃饭必须不停飞翔，好累。

乌鸦，从小就认识，不提也罢。在石云峰东侧的山坡上，有一只乌鸦禁不住众鸟诱惑，在每一回的清晨唱诗会中，都忍不住发出一两声低哑而羞涩的叫声。像一个五音不全的粗蛮汉子，侧身于高雅音乐会，受到美的感染，也要试试嗓子。

我还认识斑鸠。告别童年的乡村之后，我离它顾自远行太久，早把它忘了干净。况且，大峡谷里斑鸠着实罕见。

孰料，立夏翌日黄昏，我在凌云台上守候日落时，清楚听到西边山腰上，遥遥传来“咕咕咕——咕咕咕——”的啼叫。一声一声，把我送回童年的田畴村野。这丢失已久的鸟鸣，猝不及防，在我内心激荡起亲切而忧伤的涟漪……

回到大自然就是这样美妙，无时无刻，会发生一些超出期待的好事情。

那天以后，我再也没听到斑鸠叫了。这唯一一次的重逢，就像不经意撩起一个旧梦，留下的，也只能是个美丽的梦影。

我决意要弄清楚大峡谷住着些什么鸟类，否则就是我的错。现在，我可以说出所知的一些：

美丽的白鹇、优雅的竹鸡、会唱歌的画眉、红嘴相思鸟、黄鹂（多么希望云雀和夜莺也驻于此地呀），还有栗耳凤鹛、灰眶雀鹛、小燕尾、黑眉柳莺、丽星鹩鹛等等。后面这串鸟儿一个不识，就像我迁居半年却至今不识邻居。没关系，在这个崇山峻岭，多了一些有名有姓的芳邻，总是踏实些。

第 20 天黎明，在每天听鸟鸣的固定地段，破天荒地，我听懂了两只鸟儿在“斗歌”。

这是一件有趣又新奇的事情。我像初婴新入人世，对世界重新睁眼打量，果然获得小小奖赏。如此奖赏跟幼时得到小红花无有二致。整整一天，我都喜滋滋于自己的精进。

先是山径左侧，有一只红嘴相思鸟发起歌唱。其鸣声响亮，婉转动听，起承转合把握得恰好。很快，右侧就有一只黄鹂应和。奇怪的是，鹂声虽然如翠玉清脆透亮，鸣啭却不及传说中的“圆润优美，富有韵律”。或许是一只黄鹂新秀，舞台经验不够？最大的可能，这是一只雌黄鹂。鸟界法则如此，因着求爱之名，雄性才有权获得天赐的美貌和歌喉。

有趣的是，几个回合之后，和歌变成了斗歌。相思鸟不知是否怪罪于黄鹂搅了自己的独唱，它的音调一声更比一声高亢，尾音又自然滑下像个大问号。听起来，每一声都似抛出一个考题。强大的气场压得黄鹂很被动。它没有知难而退，节律和音准一如初时，又推又挡，坚忍地应答一个又一个提问。相思鸟更恼了，它失却风度，烦躁起来，不等黄鹂答完，就又开考。而黄鹂，却始终礼貌，一声也没有打断它。

黄鹂的大度，或许是源于对自己族类歌唱禀赋的自信吧。

经此一出，我对黄鹂的好感端然而生。同时，我也很感激相思鸟的歌唱。我理解它的恼怒，本意是在枝头上用歌声寻觅爱情，不情不愿地却被逗乐一场。

早饭时间到，我辞别它们，任由其在初夏的晨光中继续游戏。一路出峡谷，一路有鸟儿鸣啭嘤嘤。真是好，无论走到哪里，有飞鸟在，人类就总能找到一支快乐和慰藉的歌。

2016 年 4 月 23 日

美丽的白鹇随便一个抬步，
一个转身，一个飞起，
就是一首美丽的诗篇。

求爱者，以及其他伙伴

曙光初透，木舍外的杉林中，有沉闷单调的声音依稀传来。我稳住心神，努力听辨声音中包含的情感。

“哆哆哆，哆哆哆”，如此往复，毫无节奏美感，却因发自广袤森林而自带神秘。

怯怯的，木木的，有焦虑，有渴盼，更有无以言诉的寂寞。

初听此声，是来大峡谷后的第四天。午后，春阳晴好，我在青山白云间读书，西边山谷里一下一下，“哆哆哆，哆哆哆”地响。

可笑的是，无知的我，想当然地以为，是啄木鸟在上工。

真的，不身处大峡谷，不置身于依照一个神秘法则而存在的大自然，不直面宇宙万物日月星辰，我们永远不会知道，自己有多么自大无知。

这些天，行走于大峡谷的四面八方，“哆哆哆”无处不在，一会儿在谷底，一会儿在山坡上，一会儿在山脊处，过一会儿，它竟然就在木舍窗外。它漫山遍野地响着，提醒着山林访客，不要忽略了一群隐匿的共生者。

山里人对声音给出了两种解释。

多数人说是大峡谷里成年野山羊发情了。春雾迷蒙的森林里，它们焦急地寻觅着配偶以尽传种天职；极少数人则相告，是一种凶猛的鸟进入了繁殖期。

在南方山区，一些山民会把黄麂和野山羊等同。“麂子？就是野山羊哦。”我总会听到类似回答。其实它们是两种动物。黄麂是鹿科，野山羊属牛科。经过多次究证，我始终对第一说抱有怀疑：那响遍山林的“哆哆哆”，似乎既非来自野山羊，也非源自黄麂子。

它们到底是谁呢？

这无法准确拟声的“山林春歌”，权且就当是一群隐匿的“求爱者”所唱吧。我想象着，其中有那么一只，它终日孤独地在森林里转悠，餐风饮露不觉辛苦。相比林中某些动物，比如画眉、山雀、夜莺，造物主并没有赐给它动听的嗓音。在这方面，自然界中的多数动物都没能得到造物主的青睐。

有什么要紧呢，它迟缓凝重的爱情信号，在其同类听来，一定是世间最美妙的情歌吧。它的求爱之歌，本也不是唱与人来听。

至尊的大自然本身，包含天地间的无边大爱，她没有分别心，万物从其怀抱中各领其爱的食粮，小草大树、飞禽走兽、貌美的相丑的、身壮的体弱的、高大的细小的，共领恩宠又各守其位。一只动物想谈恋爱了，必有另外一只来呼应其生命。它们的爱，将带来新生、繁衍、死亡。何止于动物，宇宙一切生物，无不纳入生生死死轮回不息的天道循环。你和我，皆逃不脱。

这个大早，“哆哆哆”的情歌又吵醒我来。

空山静谧，生灵们在陆续醒来，迷蒙晨光中，莺莺鸟语里，我在曲折蜿蜒的山道上且走且驻，想着这一切，也不惆怅，也无伤感，豁然中有超然于生死之上的巨大安宁。

就像山林中的“求爱者”一样，当下只要专注地行走于爱的路上，就大可不必把惶恐和忧愁交付于那遥远的暮途。

独步黎明之山林，“白鹇——”“小松鼠——”我默默喊着它们的名字，像迷失在野山的行者，急急不安要寻找同伴，又怕惊动了山林中的他类。

野山羊、白鹇、小松鼠、黄麂子，这些动物于人，如今已成为林中的神秘之物。每一个幸遇者，都会忍不住津津有味拿来炫耀。有意思的，每个讲述者眼里都含着兴奋之光，是中了彩的意外之喜。

“这里有很多呀。每天早晚 6 点多都有。那白寒（山民称白鹇为‘白寒’，意为高山寒林生长的鸡），现在是小崽，到了冬天，每只能有六七斤。我目测过一只，七八斤不在话下。松鼠就更不用说了，多了去，都在树梢上。”

陈工在山上待了 3 年，面相寡言朴拙，说起动物话就多了，表情很是生动。

志勇说：“我那天遇到一只白鹇，竟然拍到了，奇怪这只它不怕我，一动不动让我拍。”

听来诱人，好想自己的手里，也可以捏着几张彩票：“嘶啦”一下，是白鹇；再“嘶啦”一下，是松鼠。再撕，黄麂子就在身边吃草才好呀。一个暮春，在峡谷南端，一只萌萌的小黄麂不知出于什么考虑，走出了山林，在与一众游人怯怯打过照面后，又隐身而去。

它真是令我怀念不已。

就在峡谷东段，总有一群猴子朝鸣暮泣，声如婴啼，像一群找不到妈妈的娃娃有点伤心。我每回听到，就无端地忧虑着不知猴群里发生了什么事。据说除了科学家，猴的悲调喜调，常人听起来都是哀腔。

从猴啼中听出欢乐快意的，大概只有诗人李白了，“两岸猿声啼不住”（古诗文中“猿”通“猴”），诗人这天是有多少开心事，连三峡的猿猴也陪着他高兴呢！

有一个关于大峡谷短尾猴会酿酒的传说。

传说是这样的：著名摄影家欧阳氏（我也认识），生前因倾慕故园风景，曾在峡谷里跟山民交朋友。山民跟踪过猴子，奇的是在猴洞门口闻到酒香。山民告知，那是猴儿们乖巧学了人，把野生猕猴桃摘了做酒喝。

今天，斯人已逝，传说还在流转，无以对证。但是峡谷中的访客，是乐于听到这样的传说吧？更何况，故事并不久远，它发生在我们依然可触摸的刚刚逝去的昨天。

初时，人类远离山林，永别了林中伙伴，逐水而居，筑城而栖。到如今，少数人短暂地回头进山，去寻觅血脉基因中久违的记忆，无奈间怅然发现，那些美丑不一、善恶有别的种种陪伴过我们远祖的伙伴，早已消匿于时间的长河里，不知所往。

西方人给大自然命名了一个女性名字，“伊西斯”。几千年来，世人普遍认为，“伊西斯”藏在一张面纱里。揭开“伊西斯的面纱”还是任其藏在面纱里尊重她的存在，在人类的文明中相执了几千年……

我日日徘徊于峡谷，眺向千山万壑，奢望于其间遇见会酿酒的猴子，美丽的“白寒”，活泼的小松鼠，以及终日发出觅爱之音的“求爱者”。我知道，这几乎是一个梦，但又不全然是梦。因为，它们的确就在山林中，与我同在这个春天里，只是，绝不轻易露面罢了。

1809 年，瑞士最后一只野山羊灭绝了。瑞士人急于让这个活了 18000 年的物种复活。在合法地求助于意大利被拒后，1906 年，几个动物学家从意大利偷猎者手里走私了两雌一雄 3 只野山羊。2006 年 6 月 22 日，瑞士举行了“庆祝野山羊回归瑞士百年庆典”。

这一年，瑞士国土上有了 14000 只野山羊。

今天同样地，受益于国家公权的庇佑，何止是野山羊，大峡谷里上百种动物受到保护。这预示着，到达这里的访客，正行走于一个可触摸的梦沿：遇见了它们，是现实；遇不见，便是梦。

晨风不起，森林里流动着令人愉悦的气息，我在透亮的晨光中且行且思，耳畔是百鸟的合唱，眼际是呼啦啦飞起又落下的鸟仔。

蓦然，我心有所牵。目随心往，一个抬首，看见右侧的山岭上，一只美丽的，不大不小的白鹇正在疏林中觅食。它背对着我，张开长长的白尾走了几步，又侧身和我打了个照面，三两分钟后，消失在了林中。

白鹇有多美？到唐代去，问问养过两只的大诗人李白就知道了。这个君子，愣是从一隐士手中以诗为礼，彬彬夺爱。李白的白鹇，与我眼见的，可是同一只？

其实，去岁清秋，我已经在羊狮慕遇过三回白鹇了。这是第四回。奇怪的是，别人常遇一家一家的，唯独我，四次所遇皆是独行白鹇。难道，是因为我总是独步于峡谷的缘故吗？

白鹇在我眼前又一次消失不见，又一声“哆哆哆，哆哆哆”却从林间深处传来。

我不敢生起见到“求爱者”的奢望，想着这神秘的叫声在夏天到来后不会再有，竟有几丝怏怏。唯有祝愿来年春天，这并不动听的爱情之声会比这个春天响起更多。有爱就有繁衍；有繁衍就有生长；有生长，就有希望。

有一群神秘的动物，在大峡谷的千山万壑里安全地活着，与我一道同领着造物主的庇佑，我的见与不见，不重要的。

听得见生命在爱的祈求声中成长，也该心满意足。

2016 年 4 月 26 日

看那雄鹰飞进斜阳里

我想我看到的是一只雄鹰。

空山无人，除了我和山，没人看到它。

此前的岁月里，无论山里山外，我从来没有见过这么庞大的飞行动物。

它飞行的姿态万分优雅，不疾不徐的滑翔速度透着王者气派。不像那些小山雀，从一棵树飞向另一棵树都是急匆匆的，扑棱棱作响，每一只都生怕落单掉队。

它过于巨大了，目测起来，双翅张开着有近 1 米。它无声地滑过日月峰前的山谷，向着武功金顶偏西北方向的斜阳飞去。这一刻，夕阳正掩在一朵硕大的薄云里，时入时出。暮光从云端喷涌，射向座座山峰，直落到山谷里的云海上。斜阳里这只巨大的鹰，就这样飞进了道道霞光里，消失在了道道霞光里……

留下我，伫立于凌云台前端，目光穷极，望到发痴。

这会不会是一只神鸟？

我这么一问，眼际处的夕阳从薄云里露了露脸，圆圆的泛着白亮。现在还早，下午四点半，夕阳还没来得及梳上红妆。但是圆圆的日头并不作语；群山万树，也齐齐沉默着；连刚才还回旋了几阵的松涛也沉默着，今天风轻语细。

大峡谷的黄昏，以巨大的沉默忽略了一个好奇女人的发问。

我亦不愠，亦不恼。寂静，亘古的寂静，奢侈的寂静，这正是我迷恋大峡谷的核心所在。这无价的寂静滋养着我，包容着我。我把自己所有的精神都抛给了大峡谷，它一言不出，一一替我收起保管。必须承认，每个人都需要有这样一个精神扎根的所在。这可以是一个值得信赖的人，是一件值得投入的事，或者像我，选择一座大山来好好地爱。

希腊小说家卡赞扎斯基浪迹天涯，终其一生，总觉得有只金丝雀栖息在心里，唱着歌。细想，我的心中不也栖息着一只鸟儿，一路飞到了今天吗？这只鸟儿由小长大，长到了很大，我叫不出其名，却一直被它引领着飞向远方，直到又飞回故园的羊狮慕大峡谷。

诗向会人吟。那么，这个黄昏，这只不知所来又不知所往的神奇大鸟，会不会就是我心底里栖息着的那只鸟？它的一冲而远，意味着什么？

而其实，现实里的这只鹰从此飞进了我的心里。迎向斜阳的雄鹰带着一种巨大的力量，它的洁净双翼拂弄着我，令我心弦轻震回响如钟。

臣服于一些超常而伟大的事物是一种福分，这意味着我的世界挣脱了日常的羁绊，渐渐变得更开阔更高远。我曾经十分向往流浪，直到大峡谷把我的身心安定。其实，所有的流浪都是为了向内，一切的出发都是为了回归，只是没有人能够确知，内心的流浪会辗转多久。

你看，我太喜欢猜谜了，这个爱好让我恍如赤子。不然，一只逐光而飞的雄鹰，怎么就让我吐露了这如许秘密。我确信，这只雄鹰美丽的飞翔，不过是大峡谷的又一个奥秘罢了。众多的奥秘之下，总有曲径通幽之道。我这么说话有弄玄之疑，然而梭罗说：“自知身体之内的兽性在一天天地消失，而神性在一天天地生长的人是有福的。”

雄鹰远逝，我揣摩着梭罗之言，独行于斜阳寂寂深树里。暮阳暖融，忽忽一大群山雀在身边飞过，它们没有惊扰我。惊到我的是向晚的万丈霞光，两个小时了，它们从我上山起就不曾消失过。

我站不到一束霞光里去，但我站在满山满谷的光里。等光消失后，我的头顶是一片星空。对，今晚我是顶着星光出峡谷的。

2016 年 11 月 17 日

斑鸠鸟在盗版的春天唱歌

节气已过立冬，明天就是小雪。我继续隐匿于深山，藏身在羊狮慕大峡谷。

不到8点出门，晴没稳住，眼见东边露了小块蓝天，岭上的白云也带了金边，未及到达石云峰顶，又是云雾漫涌，无所可见。

站在高高的观景点慢慢等。还是假阳春，冲锋衣内件就够了，人在高处并没觉着凉。晨雾生在眼眉低处，密不可透。

我站得高高的，心中野情丛生，万事悠悠中却也来回跑马些小心事：都是山下一些烦扰的人际。想着想着就不想了，安安静静一念不起等着心中守候的风景。人都有自己必然要去的方向，风景也同样有要选择的观众，风景有自己的脚，它会走到自己愿意见到的人面前。山中日久，我越来越相信这种神秘。

9点钟走下石云峰顶，到达凌云台。其间太阳偶尔露了一下脸。九点一刻，见西北天空和大山有了明确的分界，山谷里正云生雾绕，要紧的是云色很白，这意味着，天迟早要放晴的。

往里走，未几果然太阳出来，暖暖地晒着人。迎着阳光走在栈道上，一个人也不曾遇见，念及这样与天地私会的幸福，步子真是轻快。今天的鸟鸣不及昨日，但有那么几只叫声明显愉悦欢乐，是小时候常听乡村后生们爱模仿的那种鸟声。甚至我的父亲，也好像是会学上几声的，记不得了。

最神奇的，西边武功金顶方向，竟有一只斑鸠在叫。这人烟不及的群山峻岭，斑鸠从何而来？记得春天里，在这也是偶尔听得到斑鸠叫的。我很难记录下这种感受：

这种来自人烟处的鸟鸣，既让我亲切又让我抗拒。这鸟鸣摇摆着我，让我在出世和入世间忽出忽入。至少，在这高山之巅，我是不愿意问人烟问尘事的，我害怕它把我带回那烟火生起处，我喜欢待在这处处看得见洪荒摸得到岁月的神圣之地，这里有我真正的内心之需：安宁和寂静，甚至于，是深深的孤独。

是的，大峡谷有无边无际的安宁和寂静，万物静默而孤独。

在这里，天道依律往复循环，不受人染指；

在这里，自然的面纱依然半遮半掩令人好奇神往；

在这里，自大的人容易误以为自己有力量探寻大山的核心和秘密，他们容易失去应有的敬畏……

在这里，我总是忍不住打问：仅仅在三四年前，这片荒野僻静之地还未曾名世，上山之道也几近于无。那时，这片风情万种风流万古的山野，它为谁打扮为谁容？是我们为人者如今的在场，让大山的美韵变得有了意义，还是我们从前的不在会令一切更有意义？

是的，在天道和人伦中间，我有些杞人式的恐忧：如今这个星球上，天道运行不受人伦之扰，完美存在的圣地已然不多。羊狮慕的名世而出，于世人，就意味着一片“处女山水”。它是古老的又是新鲜的，它是沧桑的又是柔美的。也因此，大峡谷受到的人扰将会无可避免。

比如我，总是惭愧于自己惊飞了一只鸟儿，惊跑了一只松鼠，甚至是惊落了一朵花一片树叶。

我最大的罪过，是因为贪恋寂静而惊扰了大山的寂静。我寻获安宁的代价是破坏了大山的安宁。我以爱的名义掠夺了大山的“不仁之爱”。

然而，我无法抵抗诱惑，我阻止不了把自己放置于大山怀抱的激情脚步。我每一回进山，都是一次疯狂地索取。大山不言，像滋养着山中万物一般，它不加分辨地滋养着我，就如同我是山中的一员。

大山的恩德和善举，我若歌颂传扬，或将引来世人更多的索取；我若默然相受，又觉受之有愧——因为，我占有了更多“人均拥有大自然的机会”。

所以这样，是因为我已然不相信：人和自然，天道和人伦会“相生相济相靡相荡”。以爱的名义，人人都有可能成为自然的杀手。一方面是大自然的吸引召唤，一方面是害怕大自然死于自己之手。这两难的进退，就像心尖尖上的一根刺，总是防无可防地就被扎疼。

凌晨，我常常伫立于日月峰下的凌云台上，目光越过山谷，落在西南和西北方向的丛丛山峰上。这两个方向，皆屏列着连绵无际起伏如水的道道山川。我数着数，8道？还是9道？目光越推越远，数字越来越模糊，在近百次进出峡谷后，如今我依然不知眼前到底有多少道山川。

有一天我数着数着释然一笑，在确认不是眼力问题后，我恍然明白：

这是我的心在阻止这件事。

天地之大，山河之广，以我之小哪里数得过来？《山海经》记有550座山，300条水道，后世却也难以考据，如今哪道山是“经”中的山，“经”中哪道水是后世之水？

日月光华还是从前的日月光华，山川水系多数还是从前的家园世界。人在天地间行走，遇见那么一个地方，既可以仰望苍宇星空，抚摸沧海桑田，又可以守候神灵，安顿身心，在现世的滚滚浪潮里，这已经是为人者莫大的福分。眼前有几道山，身处第几道山，真的不重要。

继续南行。右侧西面山谷里正在上演着云卷云舒的大戏，云幔发出洁白的光芒。太阳爬上东面的山岭，越升越高。在石云峰下，我站住了。抬头望，太阳正在对面山顶上放射七彩霞光。多么美好而神圣的一个早上，一晴消得万古愁啊，我既在当下，就该坦然领受这神明的宠幸。

念头刚转，听得前方山渊里传来一阵阵粗哑难听的动物和声，这是一种我从没听到过的声音。此前在大峡谷，我只分辨得出鸟鸣、猴啼，以及一种未知动物的求爱之声。会是什么呢？阳光普照之下，难道会有大型动物出没于山林？我下意识地摸了摸荷包，手机在，没丢。继续前行。

一个拐弯到达声源地，壮起胆子往下一望，嘿，一大家族白鹇在深深的山渊里踱步、跳舞、晒太阳，玩得正嗨。树密渊深数不过来有多少只，但它们仗着同伴多，并没有像从前会被我的张望惊飞，而是自顾自地玩耍。这是我这个秋天唯一见到的一次，也是几年来最多的一群。而且，我第一回听到了它们的叫声。遗憾的是，它们美丽的身姿却没能配上美好的嗓音。造物主少有十全十美创造一件生命的大方，让人不得不接受这个有缺憾的世界从而更珍惜难得的完美之物。

我后来在太阳下坐了很久。我记不得自己如何止息了心头的纷飞百念，我闻着林中落叶松针的气息不知去往了哪里。或许，独处在这样一个晴美的天气里，只是为了等待又一个神迹的降临。

佛光是在 10 点 50 分出现的。当时我正好从太阳底下站起来，被石

仿佛大美不该私有，仿佛我是一个信使，仿佛世人皆会爱我所爱，仿佛事情只是在去往自己该往的方向……

云峰前缭绕的云雾吸引。当我望向峰下的山谷时，看见阳光正打在谷底的云雾上，我心一动，屏住神来：佛光要出现了。于是，几秒钟后，我看见自己站在了一个吉祥的七彩光环里……

这是第五回了。无论你信是不信，有三回，是我一个人将神迹迎来送往的。我若闭嘴，世上就不会有人知道这件事。但是，我忍不住将之传布开来，自己也不知道为什么。

仿佛大美不该私有，仿佛我是一个信使，仿佛世人皆会爱我所爱，仿佛事情只是在去往自己该往的方向……

夜已深，明日节令小雪，席卷神州的强冷空气未及到来，书窗里还有残余的暖意，我写下今天，人和白昼的太阳一样温暖。

2016 年 11 月 21 日

萤火虫飞呀飞

山中饭早。每天晚饭后，往西进去山谷恭送太阳落山。等到星星月亮出来，又出山谷，顺着一条无名溪谷往东下行。一来可倾听蜿蜒的水之天籁；二来，是去溪谷岸边相会流萤。

时已仲秋，入夜后的秋山远比山外清凉。溪谷岸上，是一坡高大笔直的水杉，它们玉树临风、模样谦谦，让我很有安全感——这分明是众多卫士，正齐齐护佑着我的浪漫夜行。

一棵一棵水杉之间，间或生长着一些杂草野花。

芒草结穗了；

各色小野菊已成年，或紫或黄或白各竞芳华；

也有各种草药，如野茼蒿、獐牙菜、珠光香青、秋分草、长穗兔儿风、小头蓼、千里光等等，都陆续开了红黄白紫的小花儿。有一种比人高的植物，枝疏叶瘦，整株垂满圆圆的紫红大花球，等到成熟时，白絮轻飞。几年来我一直误认它是蒲公英，然而它不是。它名叫三角叶风毛菊，一味草药。就如我常常认错人一般，等我明了它的身份，几分愧意要给它，可惜它不懂。

相比之前的纷披绿衣，到了此时，凭借开花，各类草药终于舒展了个性。如若不能，遇我这种植物盲，根本无法注意其存在，更别谈认出它们。想想世间女子，命运也多如此：再朴实无华的人，也还是要尽力开出自己的花朵来，才算不负此生呢。

若是天气晴朗，在星月的照护之下，踏着一川秋水的节韵慢行，放空身心，就能看到草林间有流萤起舞。

起先是一点弱黄微光，在眼前忽闪而过，很是惊讶了一下：难道有萤火虫?

这一个惊动，就像不经意间，被什么触动岁月之钟，有回声如涟漪，在心海里轻漾开来。

停下脚步，目光投向林坡中，静等几秒钟，三五点荧光，十几点、几十点荧光就陆续点亮起来，忽而亮在眼前，忽而又熄灭于草林中。还有亮得更高的，那是山道另一侧更高的林子里飞出来的。于是，走在路中间的我，就夹在了高低两岸相迎的荧光中。就好像，这是萤火虫们商量好，专为我举办的一场荧光舞会。

明明灭灭的微光，在暗夜的背景上点虱着诗意点点。这些诗意，令我既陌生又熟悉。

萤火虫，那是童年的遥远记忆了。确认之后，怡然就如羽毛拂过周身——相对萤火虫的微小，一个女子和虫虫相遇的喜悦，当然以轻轻盈盈为最宜，只怕兴奋的分量重了，会把萤火虫吓跑。

这实在不容易，有太多他乡遇故知的滋味。春梅、秋娥、花婆、小红、冬英，多少小伙伴在这点点荧光中露出小脸……人生竟是如此荡荡悠悠！我和她们，共同拥有过暗夜里捉流萤的日子。可惜，如今星月下独行的我，身边连一个分享的伙伴都无。

春梅秋娥你们都去了哪里呢？仲夏夜，从火车站看完露天电影，村路上夹道送我们回家的萤火虫，飞了几十年，飞到了这座大山里，在每一个秋夜忠诚地陪伴着我。而你们，却没入人海杳无音信。

逝者如斯。我的村子，早就没有萤火虫了。很多村子，早就没有萤火虫了。我的女儿，到现在不知萤火虫为何物。忆旧事，怀旧人，止不住，一片怆然。眼前，雄性萤火虫飞来舞去，忙着在草林间寻找安静的爱侣。沉醉于求爱之欢的它们，全然不知是怎样就触动了我的心事，是怎样就牵起我的衣角去往了发黄的光阴里头。

呃，“虫虫虫虫飞，飞到花园里，花园里有双新鞋子，把给我妹妹穿下子”，祖母的声音响起来了。乡村里很多祖母的声音响起来了。童谣已远，童谣里的“虫虫”，却在高山之巅，依水而居，忠诚地为我发出如同往昔一模一样的光。

一川山溪水，轰轰去向江河。水往低处去，往山外去，往未知去。我却逆水往高山来，往自然的怀抱来。我想弄明白，这一路走啊走，除了萤火虫，除了祖母们的歌谣，我失去的，到底还有些什么？

曾经，我以为小伙伴们和我的关系会是天长地久；以为生我养我的土地永远不变；以为那些给我们快乐和想象的萤火虫，会在我的乡村永生……

年幼不解世事，哪里能够知道，世界的本质，就是“变易”两个字。如果失去是一种必然，费神梳理失去了什么反倒不重要了。

人和人会失散，土地和乡村会变革，而古老的萤火虫，逃离了所有工业化的魔地，在一座海拔 1700 米的高山溪谷，飞舞了一年又一年，等着与我重逢。

这种充满神性的失而复得，才是真正值得珍惜的。而懂得这份珍惜的人，必定也在童年拥有过萤火虫。

嗯，你我成为知音，是因为彼此经历过同样的事情，并因之而具抱相同的情怀。

山里的夜，出奇地安静，万古安静。有些萤火虫，飞得比几十米高的水杉更高，我不得不引颈抬头，目光循着它们划过的点点光亮，望向更高更远的虚空。

然后，它们飞累了，滑了下来。少顷，又有几只从花草间飞了上去。这些活不过二三十天的小虫，轻盈自在无忧无虑地，借夜幕呈现自身的美丽。造化之神赐予了它们别于众生的生命——还有哪样生物能够自带发光武器，既成全自己的爱情（荧光是一种求爱的语言），又扮美暗夜的平庸呢？

我好奇，这些萤火虫，会落在我目光投注过的哪朵草药花儿上？如果可能，我希望它们把每一朵草药小花儿都光临一下，用它们虽微弱但却切实的光芒，给花儿们一点照耀和抚爱：这些草药远在深山无人来采，在一年又一年的生死轮回中自生自灭，自美其美，无用其用，而仅仅是凭其好看的花朵，被我偶然间看见、相认乃至相惜。白天尚有日光的陪伴照耀。夜晚呢？那遥遥的长河星月，到底不如近身的刹那荧光来得更明亮真实，更有意外之喜。

有时候，我觉得自己也是一只萤火虫。

副刊编辑 10 余年，邮箱里，少不了收纳着一些文青们的迷茫和彷徨。在以文字谋饭票的职业生涯里，我不仅仅是一个编辑，有时候也要充当知心姐姐。每逢那个时候，我就把自己变作一只萤火虫，尽己所能发光，去照一照在暗夜中摸索的求助者，即便只是刹那的相会，即便光芒的亮度实在不值一提，但我一直相信，因为我真诚而全力的回应，给他们的确带去过意外之喜和薄薄的暖意。甚至有人的确沿着我的这点荧光，走出了黑，走进了亮。

而我的身心能长到今天的好样子，又得感谢多少人，举着内心的光芒，照亮过我的路？！

萤火虫发光，自有其美。人心向善，也自有其美。

转眼秋分已过，秋更深了。一场冷空气席卷山中，两天内温度急降，冷雨斜风中，有人穿起了棉袄。寒意初现，那溪谷边的萤火虫是否安好？

今天黄昏，风停雨驻。天一擦黑，顾不上衣单不抗寒，忙忙往溪谷走去。

萤火虫的舞会是在天更黑些时启幕的。当报幕的头一只与我赤诚相照时，悬了两天的心终于放平。我喜上眉头，轻声细语道安：“你好，终于看见你了。”

哦，奇迹这时出现了——

这只萤火虫，它从空中滑了下来，停在了我的脚边，它一动不动。今天云层厚，没有星月。即便夜色很黑，凭直觉我依旧能判断，它就在我脚下，没打算要飞走。

我掏出手机，打开了闪光灯，还是凭直觉，弯下腰，往脚下拍了个照。点开照片一看，端端的，萤火虫真的就在镜头里了。

细细地，我端详着它：淡金色的头部，有触须，中心有一点红；两扇黑羽翅镀了一道金边；尾部凸出一团，同样淡金色，这是自带的发光武器无疑了。

蛮好看的一个样子！就是说，今天晚上，有一只帅帅的萤火虫，把它的好模样大方地给我看过了。我惭愧，几十年风来雨去，早就把它们的长相忘得一干二净了。

到底发生了什么？能让一只飞翔着寻找爱侣的萤火虫，停到我的脚下来，给足我机会，让我重新记住它的样子？

这确乎是一个谜。这其实就是一个谜。

回木舍的路上，更多的萤火虫为我点亮起身躯。它们总是扯住我的步履，令我走走停停，停停走走。看着山路两岸林子里的点点流光，一种无可言传的美四袭而来，令我柔软如同秋水。

“虫虫虫虫飞，飞到花园里，花园里有双新鞋子，把给我妹妹穿下子……”古老的歌谣又在心头盘起。祖母们早已不知去向，唱响歌谣的是我自己。

2018 年 9 月 28 日　星期五

雨停转多云

金花鼠和它的芳邻们

黄昏来临，斜阳远照，彩云徐卷，无数道暮光自西而来，倾泻在群山之巅。我静立在一张巨崖之下，望向一道深壑。

壑谷里，曾经有一大家族美丽的白鹇。看见它们不容易，要待清早或黄昏，空山人静，它们觅食之时。晴朗温暖的秋季黄昏，白鹇常在这里聚餐，齐齐发出欢乐而粗哑的低鸣，让我这个异族，也由衷地同喜着它们的饱餐之乐。

这是大峡谷的秘密，也是我的秘密——林间动物很怕人，我偶尔与它们同在，已经是一种干扰，又怎么舍得让更多人类的脚步和目光去惊扰它们？

自古白鹇颇得雅士钟爱，但鸟性耿介、野性十足，不好驯养。大诗人李白就没养成功。然而，他听说黄山隐士胡公有一对，因得家鸡孵化而十分驯服，就不惜著诗《赠黄山胡公求白鹇》而夺人所好。白鹇形体优雅，飞起来有若林中仙子。翩翩白鹇的风范，和诗仙李白的气质大概很是相契。唯有灵气相当的生命，才会有缘相聚相守吧。

眼下我没有看到白鹇。上山一周了，我还没能成功地拜访到它们。不意山道将尽处，一天访山将尽时，两只白鹇悠闲踱步在密林里，圆满呼应了我的思念。这是一个小时以后的事了。

就是这样，在时间的悠悠长河里，金花鼠不负神意，把自己活成了大山里的小精灵。

巨崖下，我稍有失望，友好的目光从壑谷里抬起来，不经意看到一只黄白色蝴蝶，在宽阔的山谷上空自由飞舞。在这片野性十足的高山峡谷看到一只蝴蝶，带给我的讶然快乐，就好像看到一件小小神迹。

暮色尚浅，山月已然悬对夕阳，虫始动鸣。万仞巨崖之壁，有无数只山雀喈喈，归向崖壁各处的暖巢。我牵挂着那只孤独的蝴蝶，不知它飞驻在哪里。群山苍茫，万物安详。在宇宙的怀抱里，蝴蝶那么小，我也没比蝴蝶更大。蝴蝶并不知晓也不需要我的牵挂，那么我是在无端地牵挂自己吗？

继续背着斜阳踅进远山。

几处高高的岩柱顶上，总有个别鸟儿向晚而立，看似站得比月亮更“高”。它们自带王气，俯瞰着四野山林，这样的鸟儿很能赢得我的好感。它们享受孤独和思考的样子，就像一个个哲学家独立遗世。

继续走，一路没少遇见金花鼠。山道上，山岸下，疏林里，崖壁上，凡处能见。

这一周早早晚晚遇见它们多回。在清早，只要听见林中朝露纷纷滴落，我就停下步子，果然看见金花鼠们在树上觅食穿梭。

近晚6点，走累了，在一处石头上坐下，有趣的事情正在眼皮底下发生：两只乌鸫和两只金花鼠，就在不远处打闹嬉戏呢。我的动静，最先惊飞了乌鸫；而后，一只金花鼠和我对望一眼，也跟着同伴"吱溜"了。

我默然。几年前这里还是原始森林。它们的游戏里，少曾有过人类的目光。如果它们懂得抗议，最该遭到驱逐的，是我这个入侵者。

金花鼠是一种小松鼠，棕褐色，背上有五道花纹。尾巴接近身长，总长二十几厘米，寿有四至六年。它们在地球上生活几百万年了。

如此推论，金花鼠是羊狮慕最早的居民之一。换言之，千秋万代，这里是金花鼠古老的家园。

再往里走，山岸下一方密林深处，一群金花鼠在树间游窜，它们任性地把林子闹出些动静来，全然不顾及林下觅食的一只彩色锦鸡是有多么孤独。两只金花鼠排着队在树干上比赛谁快。一只金花鼠抱着大树一动不动，它张着明亮的眼睛，像在思考点什么。

但是金花鼠并不住在树上，它们住在铺有树叶的洞穴里。它们带着两个饭盒——它们有两个颊袋，每个可以装不少浆果种子。饿了，随"手"拿出来吃一顿就好。长夏将尽初秋已来，我猜，现在它们正忙着为冬眠贮存粮食。

一俟太阳落下山去，凉风就乘信而来，簌簌而起。

归程上，打量崖壁各处高低不同的杂草树木，感念着金花鼠族。正是它们，使各种植物的种子尽可能地疏散开来，千年万年百万年，才有了如今植物茂密的大峡谷。在大自然中，在森林生态学中，金花鼠扮演了播种者的角色，同时，也让自己的种族得到了很好的繁衍生息。

就是这样，在时间的悠悠长河里，金花鼠不负神意，把自己活成了大山里的小精灵。

2018年8月24日　星期五　农历七月十四

上午大雾　下午多云

山林嘤嘤　秋虫大吉

I

“处暑”第二候，因尘事相扰，下得山去碌碌滚滚好一阵。这天日暮之时，回到羊狮慕，在斜阳陪同下，照例向山谷万物逐一请安。

分别十来天，山林上下，似无所变，又分明有易。用心辨考，明了变在虫声。嘤嘤嘒嘒，唧唧啾啾，虫鸣如沸，扬清音悠悠，敷素韵缤缤。宏细高低长短，愈发音阶分明，合而成乐章，有沉浑憨圆之妙，远胜出山时的单薄零碎。

聆此天籁，细数流光，始觉“白露”日已去几日，正是秋虫旺生佳时。难怪。

2

由是，独倚青山的日子，分小半时间把与了山野秋虫。

每日申酉交时，斜阳未及落山，我就进去山谷，听虫鸣于林间，送日落于山背，观浮云于暮时。

暮云日落常有，而虫鸣则一年有时，起于白露而绝在寒露。一经错过，再等春秋一度。

如此，怎么舍得浪费这天作玉响。

细步慢行，蜿蜒于十里虫声，相送斜阳去远。眺望远山之巅，有暮云一团，依依注目之下，端端盘成一朵大红蘑菇，好看得令人失语。

暮色更重些，八月初五的月牙升挂于西南偏西，未几，一颗明亮的星宿在其正下方出列。

虫鸣愈加发奋，你应我和，此伏彼兴。或在东，或在西，或在南，或在北；或啭清音，或鸣憨调；或作弱铃，或响切切。疾疾徐徐，且作且歇。每只虫子都仰得天赐，各抒灵趣，众妙毕集，轻柔而温情，成就了人间绝响。而纷飞暮雀，自然要啁啁啃啃应和它们的吟唱，鸟语像小夜曲中的副歌适时而起。那金花鼠、松鸡、白鹇，还有各种看不见的大小动物，亦在林中各作各声。莽莽群山之中，有一川溪水，不知在哪一处轰轰流淌。

虫声、鸟声、水声，重重秋山，受恩于这天籁齐作，在造化的轻摇里正待入梦。

好一个轻扬美妙的黄昏！

我无言相颂，万千意绪绕上心头，说不尽，道不明。清秋的诗情远意，被我缠成一团，无力分注成美的诗行。

就这样，有点迷糊，有点微醉，有点不知前世今生。独行在嘤嘤山林里，神色悠然。幽幽虫吟，具满神性，既令我深得平和宁静，又撩我生发百般好奇。

3

造化周全，节气轮回少有差池。行世经年，唯有在大峡谷，才有足够多的机会，领略神的旨意和智慧。

长暑已尽，夏之风情已辞世藏匿；而秋的笔墨，尚不及挥洒缤纷。在此万古更替中，秋虫应时而鸣，首尾难见，却全然成为季节的主角，振翅而歌，以天籁之雅，扣动世人的心弦，令天地间多少往来过客，在一声虫吟里肃然敛容，由虫而己，寄情旷远。时间的长河里，前人咏虫留下的诗文篇章，打动了多少后来人。

4

“切切秋虫万古情。”

“五月斯螽动股，六月莎鸡振羽。七月在野，八月在宇，九月在户，十月蟋蟀入我床下。”

一路读来，从《诗经》出发的秋虫，伴随着中华文化的昌盛，走过唐宋元明清，一介微物，端然就以一对发声利翅，赢得世人倾心、寄情、吟咏、绘画。以其个体百日寿限，这份尊荣，实在光耀至极！

同样，对于世人来说，流年似水，这秋天的凉夜里，若少了秋虫的缠绵啾啾，就像辽阔的天空片云不存，日子该是多么无聊乏味。

唐时，杜甫感慨世事始盛终衰，叹“秋虫声不去”；白居易则是另一番读虫——其携友秋游醉酒放歌，赞“秋风袅袅秋虫鸣”。

宋时，韩元吉怀秋而诉“窗下秋虫解人意”。舒岳祥在月圆夜忆故人，伤感至极，“秋虫依旧语黄昏”。最平和的，是诗人释惟一，他作《题草虫图》云：“长茎短茎芳草翠，东个西个秋虫寒。平白祖翁田一片，时人莫作画图看。”在他看来，秋虫一个一个也不过就是只寒虫而已，哪来那么多的寄情托怀。声不是声，色不是色，万物皆因抱此而观之。所谓“应物”，自当如是。

可惜，把秋虫之吟关联悲秋、思妇、衰迈、凄切、哀思、怨怒等愁绪，是多数世人的心路。想来秋虫若是懂了人，也会被人类这种强赋的“虫意”而哭笑不得吧？

对照之下，明人王伯稠诗言：“翩翩黄蝶穿疏蓼，唧唧秋虫语豆花。”简素的白描，稍稍拟人化，也不过就是平常之“语”，没有附加强烈的情感悲欢，我若是只秋虫，甘愿活在他的笔下，图个自由轻松。

5

想起草虫画。

有友妻，名纯和，善工草虫。自然，秋虫如蟋蟀、蝈蝈、蝉等也在其列。或振振欲飞，或敛敛低蜷，神情鲜活，呼之欲出。佐伴夫君书法，简直以少胜多，画龙点睛，见者莫不引以为赞。

询之，答临的是近现代“草虫绘画第一人”齐白石大师。

细观纯和笔下的一只秋虫，拢翅息声，静卧于游走的笔墨之旁，充满了内省意味。观之品之，它就慢慢卸下了你的张扬、你的乖戾、你的焦虑……你安静了，你归来了，你澄明了，你干净了。真奇怪，一只秋虫，怎么就成了一间禅堂？白石老人答：“清平时日，草虫皆是神仙。”

其形小小，其鸣嘤嘤的草虫，较之自然界其他生物，更为亲密地参与我们的生活，呼唤我们的心情，一经艺术化再现，自然而然唤醒了世人热爱大自然的情感，激发了善良男女的“好生之德”。这样的美学背景，不仅于诗文绘画，而且贯穿于中华文明的宏细脉流。

6

又到黄昏。

山谷寂静，近处山麓，有群鸟喈喈。斜阳远树里，我在一条空旷的栈道上独步。一个低眉，一只油黑发亮的秋虫，小而壮硕，竖着一对银白的触须伏在我脚下。乍见之下，它给了我小小惊喜：心心念念，必有回音。几天来，一边读虫谱，一边朝夕转悠在满山嘤嘤里，只闻其声，不见其形，太想与哪怕一只秋虫打个照面。算是相认相知。

秋虫和我，互为异族。秋虫在地球上生存 1.4 亿年了，而我族，从早期猿人算起，不过区区 300 万年。这个古老虫族，有充分理由无视我的存在。同样的，我对它们，喜爱是有的，却算不得知音。我甚至不曾认得它们家族的任何一员，仅以闻其振羽的方式相交，始终是不够完美和满足的。

现在，人和虫，竟然以这种方式相遇了。

我迅即蹲身下来，忙忙拍照，怕它蹦走。它竟然给我留够了时间，从各个角度拍。它好看的样子，让我相信，它就是虫谱上所称的上好品种。后来我起念，伸手想要捉住它。虫谱上说，以棍拨其翅，令其发音，可试水平高低。

我虚掌下去，一个相罩，两个相罩，终于失手，秋虫反抗，从指缝间蹦出，跳到岩石荒草里不见了。

我叹一口气——这真是我不对。

现在，我只能看着照片借助小软件来认识它了。蟋蟀、蝈蝈、黄蛉子、金钟儿、油葫芦……在这些秋虫名角中，它到底是谁？位分高低如何？

少顷，线上线下答案全来了：这是一只油葫芦。四大名虫之一。

抬头，绯红暮云在西天飞卷，美景令我畅快：我想说的是，认识一只昆虫，有如新交一门亲戚，是一桩大事体，必须郑重以记。

7

早上4点多，真是早，天地混沌，一窍未开。

未几，西南岭上的月亮破云而出，铺满山谷。月光抚着我，一步一步，壮起胆，闯入大峡谷的黎明。

我是来听秋虫唱爱情小调的。

果然，一山唧唧长吟，吱呦吱呦，高低起伏，比入夜之初更甚。

虫生其实艰难。一颗虫卵生长，要脱壳7回才能赶在白露前后礼毕成虫之仪。到此时，依靠一双会发声的翅膀，雄虫又领受天命，努力勤勉地决斗情敌，求得佳偶，结婚交配，繁衍后代。也就是说，我们听到的每一声长嘤短吟，都是秋虫振羽，深情依依谱就的美好情歌。有趣的是，世间人多思多虑，全然意会不到他族爱情的美好，生生把“虫家恋歌”强附“骚客愁怀，离人幽梦”别意。见微知著，这未尝不是一种以人类为中心的宇宙视角，一定千年不移。

月未藏，露未晞。破晓在即，山林里尽是雄虫的无字恋歌。有已经征服爱侣而轻松自得鸣奏琴音的，有还在努力振羽期望爱情的。别忘了，这其中也有一批哑然的失败者，因为输给情敌，认赌服输，从此终生不再振羽求偶。一介百日之虫，有此生命尊严和境界，闻之，真是肃然有敬啊。

一山虫声如沸，因为懂得这是另类生命的浪漫，聆听于耳，就有了甜蜜深意。只要是爱情，无论生命主体是谁，总归是美妙动人的。

沈三白在《浮生六记》里写，看到蚂蚁爬假山而恨不能为其中一员。我在拂晓里独行，悄闻山林嘤嘤天籁如诉，恨不能变作雌虫一只，从睡梦里醒来，等候一声唤入，在爱情里完成天职，亦嗔，亦喜……

8

秋虫，秋天之虫，比如蟋蟀、蝈蝈、油葫芦、纺织娘、黄蛉、竹蛉、金钟儿。然而"秋虫"，一般指的是蟋蟀。

那就来说蟋蟀。

蟋蟀是大名，小名将军虫、趋织、灶鸡子、莎鸡、斗鸡……南方喊它"促织"，北方呼它"蛐蛐"。

我喜欢它叫"促织"。好听，名字有画面感，与人世有牵连，有诚意，体现了一只虫子如何亲密于人间生活。促织，促织。有意思的是，如何命名一只古老的昆虫，也体现了地理人文的差异。南方纺织业自古发达，竟在一只虫子的名字上有所表征。

是这样一幅画面：南方的山川草木里，有竹篱小径掩柴门小户，男耕女织日子悠悠，自有万年的从容。忽一日，门里门外，壁上灶间，床下窗前，唧唧四起，声如急织，把那娘子梦中惊起——秋寒来了，一家人的冬衣还没个头绪，得加紧了，得加紧了。

“促织”之名，用意在此吧？

想象这样的场景，人世的太平安宁尽在其中，而促织与人户共绵延的清平洁净，就应该厚泽世世代代。

它的另两个小名：灶鸡子、寒虫，也生动具体。我也眷爱着。

20世纪70年代的中国乡村，村村寨寨，清凉如水的秋夜里，谁家灶间，没有收留过寒虫的弱号细吟？这一刻，置身于大峡谷的秋夜里，轻聆木舍窗外嘤嘤不竭，儿时在灶鸡子的轻声里，那些对人世的好奇和打量，那些盼着长大又害怕长大的美好又茫然的怀绪，又扯成了一根长长丝线，从岁月那端细纺到如今，秋虫唧唧依旧，旧人却已不再……

我家土灶还在。然而，不及我长大，灶鸡子却永绝不来。就好像，灶鸡子只恋贫寒之家的灶炉，似乎不是我们收留了它，温暖了它，而是它来温暖我们——当乡村的日子旺实起来后，寒户灶间，却再也听不到灶鸡子的振羽之响了。

然而，没有秋虫的地方何止我家灶前，当世的急管繁弦烟景长街，钢筋丛林水泥家园，哪里又有秋虫的一寸容身之地？

如果不去往郊野更野，深山更深，如果不是在这些场所遭逢旧梦，几乎很难觉察，我们早已别离了隽永的自然诗篇，辜负了造化的馈赠。

“促织与人户共绵延”，梦虽好，碎起来却这么快，不过几十年，又哪里来的世世代代？因了人生短促而人世丰雅，我们总是希望珍重的人和事长久，最好是天长地久，而恰恰，是我们自身的熊熊物欲，烧毁了无数个天长地久的美梦！

9

是不小心踏入草林虫径的。

那天朝阳暖嫩，小风不起，人远不至，山谷里清寒暂收。选了一处高大的向阳岩下，晒太阳，一页一页读蟋蟀谱。讶异之下，轰然窥见一条认知虫之世界的荒僻野径。

这条小道，谈不上正大庄严，却意趣横流，生百样兴味，是中华民间的千年雅事，上至唐皇，下至草民；远至唐代，近至京杭。古往今来，一条小小促织，怡养了千年的中华雅虫文化，陶冶了人间多少过客的性灵。而我，多少劫轮回里，却始终不在其场。半生懵懂，血脉里流动着对秋虫的浑然天成之爱。无论何时何地，但闻得唧唧一声唤入，就心潮轻漾，沦陷在“欲辨已忘言”的境地里，悠悠若梦，不知魏晋。

有多少事物，我们无力言说，知其美而不知其所以美?

又终于有幸，在一条大峡谷，轻轻撩起这一张人和秋虫温柔与共的面纱。

遂兴味大起，日以继夜。近读京人学者王世襄，其玩虫 70 年，纂辑《蟋蟀谱集成》上下二部，收千年传世之本计 17 种；远读南宋“蟋蟀宰相”贾似道，其作《促织经》上下两卷。

概览虫谱，其间，皆是蟋蟀捉养品辨把玩的学问，偶尔，也有人在说完学问后，附上一两首促织赞美词，以表钟爱之情。

如此，惊叹复惊叹：一介百日之虫，竟被世人把玩珍爱了千年！一条促织，在千年流光的洗礼里，生生死死死死生生，愣是借日月精华，仗人类慈悲仁爱而活出了神性。

于是，昼时携虫谱在山林里漫游闲读，入夜和天亮之际放空身心蜿蜒于嘤嘤群山。简直神仙一样！又轻惶于命运不要对我太好。毫无疑问，这是我所能踏上的最好一条小径，热血满满，去相认相知一条促织。

关于促织，清代石莲在《蟋蟀秘要》序中写的这段文字甚得我私爱：

寒蛩之为物，秉金精以为质，感秋气而成形，钟天地之化育，荷日月之陶镕，傍山川而结穴，依草木而争荣，食黄壤之厚泽，饮白露之洁净，名显昆族。

万物有灵。一条促织，在爱虫一族的眼里心头，简直与一条神虫无有二异。

10

千百年来，人间流传着不少人与蟋蟀的悲欢故事。

南宋王朝风雨飘摇之际，宰相贾似道权倾朝野，“以一虫之微而罢朝乱政”，每与群妾趴家中后花园斗蟋为乐，甚至带着蟋蟀上朝致满庭唧唧，被后人斥为“玩虫误国”。

北方冬长，萧瑟难耐。京津久有秋虫冬养之民风，装于葫芦“上怀”，听闻唧唧，把夏秋之天籁随身于寒冬，可以从立冬听到立春。想象这样一幅画面：隆冬之际，行于北方街头巷尾，不断听到行人怀中响着蟋蟀振羽之声，大有“青草池塘处处蛙”的意味。世有此景，冰雪中现一派清平安乐，此天人与共的典型东方审美，细致深情，意趣横流，好玩着呢。

至明清及民国初，虫风愈甚，斗虫取乐，“以虫会友”成为雅事。每举虫事，发帖置宴百般礼仪。于是，或因虫而幸结至好，或因虫而老友断交；或因虫败伤心气绝，或因虫胜大病得治。凡此奇事，坊间总有流布。

时近秋分，我在大峡谷青山白云间读着《鸣虫趣事》，以一虫之微，窥世象百端，生不敢小视世间任何一物的感慨。贾似道言：“夫一物之微，而能察乎阴阳动静之宜，备乎战斗攻取之义，是能超乎物者也甚矣！促织之可取也远矣！”总而言之，促织不是促织，是雅爱珍重者的情怀之往了。

最近的市井新闻，一条促织，售卖到了人民币11万。有沪上玩家，费万元买促织一条，放到赌场上战无不胜，赢得300万元。促织死，玩主特意将其火化并送回山东老家“入土为安”。这是把雅事玩成俗事，把灵虫奉为财神了。

世风之下变，之流俗，看一条秋虫的命运即知一二。成为牟利者的掌中之物，大概不是虫之所愿，在山林中自由歌唱，为爱而战，才是一条促织的至高虫生境界。

可惜的是，如同为人者，草虫们并不能完全掌握自己的命运。

II

秋虫太像一个修行者，它必经七七四十九天脱壳7回，并自食壳皮补养自己（如不能完全食毕则先天病弱），才能得以成虫。它循阶咽露，附草号风，其心也高，其性也洁。不近恶香浊味，近则必伤。据说蓄虫之家，不可置香味家具，不可近虫养兰，虫所不可有煤烟柴草气，忌湿潮。养者不可佩香，不可沾酒葱蒜。

这不是养虫子，而是养仙子了。

一个沪上阿叔在电视上讲蝈蝈。

阿叔有蝈蝈一条，以竹笼蓄之。某日出门，委托朋友换更好的笼子以示心爱。蝈蝈却咬得朋友手指血淋淋，朋友怒而骂之。后蝈蝈绝食10天不吃不喝。阿叔放之野外5天，依旧绝食至死。阿叔沮而葬之，其时却活过来。原来是假死！阿叔以为奇，得高人指点，让骂虫的朋友去道歉。遂照办。蝈蝈开心起来，立马进食开吃圣女果。

我喜欢这个故事。一条蝈蝈以死相争的反抗，赢得了我的尊重。

蝈蝈成精了，人向它索鸣以系一己情怀，它向人索的是爱和尊严，令人称奇不已。《圣经》有说，“神造万物，各按其时成为美好，又将永生安置在世人心里。然而，神从始至终的作为，人不能参透。”

那就不参也罢。人类一思考，上帝就发笑。

I2

秋分前夕，赶在冷空气南下之前，去了一个万亩高山草甸。这个草甸与羊狮慕同处武功山系，东西相对，中间隔阻了重重山川，若是徒步，得整整一天才能抵达。草甸所在的金顶，海拔1918米，系赣地境内第五高峰。

10年了，我去实证一个记忆。

也是秋天，向晚之时，我离开同伴，独自坐在高没头顶的芒草之间，草甸高可摩天，我坐着，就如坐在以天作顶的大房子里。天苍苍野茫茫，清寒的晚风拂过，漫山遍野的芒草摇曳，如同大海之浪一波又一波，朝往同一个方向起舞。出离凡尘的壮阔大美平生所未曾见，撼动着全部身心以及每一个细胞。

然而，在这旷世美景中，我注意到没有秋虫的和应，芒草在风中舞蹈，秋虫的琴声却哑无，一声不闻。就连风，也是温和安静的，一望无际的天穹之下，只有芒草的舞姿在证明，这是一个尚有生命的世界。

10年里，凭借回忆，我一次一次回到那个高山顶上的傍晚，一回一回自问：在那个海拔高度，是真的没有秋虫生活其中吗？

想象一下，如果那幅巨达10万亩的《芒草舞秋》图中，加入了秋虫的和应，那么，我这个独坐草甸的人间过客，会不会在满世界的美妙虫声里，煮开生命里或宏大或微妙的全部记忆，了却悲喜无数，在此化仙而去？

现在，我再次回到草甸。暮色里，等着看落日和星星月亮的男女老少流动不息。我已然找不回10年前的一方独处之地！人流中，我把心神抽离出来，绷紧耳根，认真去寻听可能的"唧唧嘤嘤"。的确没有！黄昏时没有，入夜后没有，黎明之时，还是没有。

海拔太高了！这里不是秋虫的家。亘古往今，草甸上的万般寂静里，原来真的没有承容过一声秋虫的振吟。

我有些五味杂陈，也不尽是失望，也不尽是释然。这一刻我才意识到，原来，其实我是希望此地有虫鸣万古的，其实在我的骨子里，同样拴系着一番对秋虫的雅好。而此前这种情怀我并不自知。是要在"空无"的大背景下，我才能循此发见隐藏于心灵深处的"自有"。以无证有，是一条通往心灵秘密的小径。

而这条小径，总是被各种事物掩没，要等你放空所有，才能拨开纷扰，踏上其道。

我想说，这是一条通往空灵神性的小径。这里没有爱恨情仇，没有你争我斗，没有名来利往，有的，只是一个人和大自然的呼应契合：秋虫引秋，循阴阳之气而动，暖则在宇，寒则附人。声声振羽，唤入的是听虫者的感怀万千。在中华民族的智慧里，一介微虫，不亚于一张宇宙的全息图。

13

秋分已过，中秋来临。

农历八月十五，我说服家人，留在了大峡谷。

白昼云山雾罩，向晚天开，一团圆圆的红月亮之下，秋虫又开吟了，然而较之前些天已不够稠浓，稀了些弱了些，好的是其动人的音韵依旧。蜿蜒于十里虫声，想着寒露后，天地间虫声将息，我肃然起来，对这绵延于耳畔的秋虫声声，暗祷了一声：秋虫大吉。

是的，天地庄严，秋虫大吉。

2018 年 9 月 15—25 日

我心里有花开

我遇见的第一件好事
在白晃晃的清新小径
一朵小花告诉我她的名字

——（法）兰波

山下已近谷雨，田野楝花飞云，二十四番花信即尽。

高山峡谷不如平畴，春要迟来些，亦无花信可计春。却终归，亦有自身当有的花令，一茬一茬等不了人。

高大的老朱来电话：山里的杜鹃还没开，正含苞待放，等着你来呢。

憨厚的老曹接车时说：红山茶开过了，白樱花也开过了，你来晚了。山路上的映山红也开得好看。不过山谷里的杜鹃却还没开。

帅气的小黄吃饭时说：崖壁上到处开满了一种紫色小兰花，真的好看。

人没进峡谷，有关山花的种种传说就乘着春风飞来，令我的心飞荡在花海里。美是天性，爱慕之于花朵，不分男女，人同此心。

史上有一花痴，乃美国自然学家和作家，18世纪的巴特姆。据说他总是醉心于采集花的标本，印第安人叫他“寻花的人”。巴特姆有过一次失败的爱情。最不可思议处在于此一笔：“清馨而盛开的花儿现在并且一直是欢乐的象征。”

这话写在分手信的末尾。

爱情没有了，庆幸的是这个男人还有花朵。常人眼里的微不足道，他用来当了抵抗情伤的武器。

花朵的美德就在于，除了传递欢乐，它们还总是以善解人意的好模样，充当失意之人的心理医生。

没有办法知道，巴特姆这句在风中流传200多年的话，是用以强作洒然保持风度，还是对于男女之情真心无所谓？一个事实就是，此人一生未婚，独自终老，在自己花园的一棵小叶白蜡树下咽气。

来往于大峡谷踟蹰赏花，想象这个花痴的一生，心头有点酸。

进得峡谷翌日，我急急“拜会”传说中的“独蔸兰”。其实它是有学名的，叫“独蒜兰”，系国家二级保护动物，这里且照旧喊它“独蔸兰”吧。

它从崖壁上薄瘠的苔藓中钻出来，一株只有一片绿油油的叶子，不大，不见绿茎，三五厘米长，每一片叶子都挂着一朵紫艳艳的花。花身足有叶片两倍长，花瓣有五，护那圆筒形花蕾。生在巨大的直立崖中部。它也不生在上头，它也不生在下头。

小黄甚以为奇：“它们怎么就晓得呢，要长得刚刚比人高那一点点？”

的确，这种恰当的保护就像是有意而为。

远远看去，崖壁上悬着一帘一帘小铃铛，水汽一沁，新阳拂照，小风轻来，玲珑之美，妙不可言。一叶一花，叶小花大，或许是崖上营养不够不敢多长叶的缘故了。

造物的智慧和技巧有不可思议之好。

谷雨之后，独蒜兰陆续开放，一日一日，崖上花朵儿越来越繁茂。我每每打崖下经过，心中就甚有怜爱，暗声赞美不绝。

独蒜兰，名字朴素，铅华不染。想来是初时有哪个砍柴樵夫或采药郎中，在小憩中无意初遇，为着对人描述方便，就按其样子，取了个象形之名吧。

对万物命名看似一件神圣之事，但更多时候，恐怕就是先民们为着方便，依其长相特征张口就来了。所谓方便法门，无处不在。命名让世界有序，令万物纳入宇宙体系。名不见经传的独蒜兰，这长在远僻处的稀有之花，带着一个泥土里长出的名字，就这样在好奇的过客们中间口口相传。

好的是，这朵避世之兰，甘愿以其万千柔肠伴了地老天荒里的无涯沧桑。

独莞兰的花容说一声好看太简单。终朝照面山花才能知道，所有的山花，皆比那尘世之花烂漫清新。世间好物质本洁来，污脏它们的，是人类超过生存之需的攫取。

比之于其他山花，独莞兰生得尤其清雅出尘。是4亿年的崖壁，亦有无边春心，不想误了春光，从造物者手中弄朵小花儿来戴着玩呢。

好的是，这朵避世之兰，甘愿以其万千柔肠伴了地老天荒里的无涯沧桑。如此知遇和成全，在这神奇的大峡谷，怕也是轮回了无量恒沙吧。而我，倾动于这遇见，竟忍不住把它们的故事传扬开来。

宇宙生命的澎湃之力，体现于在无涯的时空里，一直会有一朵好花儿开了又谢、谢了又开。由此，世间过客的打量旁观，也有了特别的意义。

在大峡谷，我倾倒于这不落尘埃的万古风流。

谷雨多雨，山间尤甚，今年尤甚，传是“厄尔尼诺”使坏。山中人人在说，今年雨水太多了，杜鹃要迟开了。

其时，平畴街市的杜鹃早已凋残。春分前后曾去一大学植物园，人工培植的映山红开成了几面高大的花墙，去时盛期已过，潇潇雨水中纷纷凋零的花瓣我也不生疼惜，来得容易之事物，多得不到珍重之礼遇。

迟开就迟开吧，我也不着急，身处这天长地久的高山峡谷，亦觉得有天长地久的时光，可以慢慢等。有心守望花开，必得端端然有一个尘我两忘的心境，一寸一寸地涉过光阴，挪过日夜。终日不歇的春雨里，杜鹃在孕育花朵，我在雕琢时间。天下好物，无不出于慢工。终有一天，树树繁花会来与我相认。

一天一天去巡山：

这株树花苞几天没动静；

那株树花苞忒大，数量繁多；

一株高不过 20 厘米的小苗，竟也孕育着一个花苞；

…………

对的，峡谷杜鹃不与平畴同，越数百度春秋，它们中的许多已经长成了树。鹿角、猴头、云锦，全是树。乱石间、山谷里、崖腰上、山棱线上，全是大小不一的树。

在凌云栈道最南端，我惊异地发现，有两株云锦与崖壁斜成近 70 度角，奋力与其他树类相争往虚空天幕里延了又延，延了又延，竟悬空有十几米长。它们齐齐横过栈道上空，以遒劲黝黑的枝干提请过客关注。目测其树径，有三四十厘米。我愣了又愣，而后肃然有敬：它们该是活了几百年吧？就在我为它们恭行礼仪之时，一个消息传来，山中某处发现了有人身粗的云锦杜鹃树，很有可能是全中国的杜鹃王。我听闻，心里起了震动：不知是该高兴于“杜鹃王”的发现，还是该为它将来的命运祈祷。自然的秘密一俟在人界揭开，杞人总爱喜忧参半。是她比之他人，多了一根通往植物之心的血脉吗？

记得多年前，第一次徒步攀上境内某高山之巅，山棱线上是长达 10 里的杜鹃林，美丽的杜鹃花无声无息地开向虚空。如果人迹不达，这些花就像是大自然做着的一个好梦。据说杜鹃林有 500 岁以上了。那天我的生命发生了一场小地震：我平生第一次知道，有些花是不需要开给人类看的，就像有些人也不愿活给别人看。而我，一点也不想否定它们 500 年中开了又谢、谢了又开的意义。无为，对于人生未必不是一种好境界，对于一树野花，同样也是好境界。

回到这两株云锦，立夏过后亦开了零星几朵花，我是努力透过缭乱的植物枝丫，寻找到花朵的。安详，静定，有如出世之人，无意示好，它只是开它自己的花。一时，我心有乱：花开一季，树越千年。树在那里，花还会来。谁能道得清，这花凋零之日，到底是往了生，还是去了死。在这永恒的大山里，生生死死愈发来得神秘。

在我终日数看花苞之时，鹿角杜鹃已尽在开放，单朵花，朴素的白，无香。峡谷中鹿角少，又多是小苗，花单势薄，还没多大注意，就蔫萎在了几场暴风雨里。五一后返峡谷，发现一朵不见，心方略有所失。近几日疯狂研习植物知识，才意识到漠然错过的，是鹿角杜鹃。"往生了"——这样想让我好受些。比较"涅槃"的寂灭，我更钟情于这来来往往的生死——慧根不深，缱绻于形色轮回，是否可得饶恕？

人性之不良，在于有分别心，修行不到，难以平等相待万物。以至于几种杜鹃，就让我在不经意中厚此薄彼。

我所厚待的，当然是终日察看花苞的杜鹃，当其时，我猜它们不是猴头，便是云锦。其时，我也不识猴头，我也不识云锦。一个人，只有回到远古的家园，缱绻缠绵之余，才惊愧于自己既无知又愚昧。

五一节，父母双亲有要事，遂暂出峡谷。走前又满山巡视一番，那些杜鹃树，花苞膨胀肥硕，粉尖尖的花蕾正在陆续绽放，一树一树的，每一树都开了五分之一。

我心倏然一沉：始自谷雨的虔诚守望，竟中断在了最荣光的节点上。

眼见繁花将盛，我的暂别而离，竟有揪心酸麻。只是，当着人间正大孝道，花朵之事退至次要，先得舍下。

…………

一切如预想，立夏前夕再进峡谷，进去山谷的东边低岭上，映山红和一种不知名的紫杜鹃开得正艳。越过此岭，山谷中树树繁花果然盛时已过：此处杜鹃盛时为粉，后转淡粉，再后转白。

我眼见的，只有白花簇簇，远近错落，点缀着满山满谷的茂绿。

薄憾层层叠叠，无计可消。想来是自己美德不足，人与花的缘分，就有了关卡。美丽的杜鹃要避开我灿然展颜，奈何。

那就安心领受既有的福分吧，节日已过，游人归去，大峡谷回到往日的安宁自在。至少，会有一段日子，杜鹃花只开在我一个人的目光里。

醉心自然的人，其实就是醉心自我的人。江山风物之美，她总是巴不得私为一己。在尘世，她也不与人争，她也不与人抢，在名利面前有足够的洒然。但在自然风物面前，她没了风度，也不想讲风度。她不能想象，与他者共面一树繁花的场景。有人善言再二再三欲来做伴，她感觉要崩溃，厉言坚拒毫无转圜。

面对静默的大峡谷，她只想还以静默，任自己心头繁花般的妄想起止纷飞。她是来读山的，她是来读花的，她是来读云的。一切的阅读，都是私密性质的，都要安静完成，容不得丁点搅扰。

这些话，我不对人讲，移情于阅读山水之后，语言多余了。

山中日月长，连雨不知春已老。某日在凌云步道上，正踟蹰于花树中，面对繁花簇簇，色如雪花，苦于无以分辨何为猴头，何为云锦。手机忽然有了信号，见有友留话，“夏祺”，没有多余字，巧妙的问候，藏了不想打扰的善解人意。只是这“夏祺”一收，恍惚就知晓山下春已尽。大峡谷虽说山高春迟，但终究春也是日日往老里走着呐。一个念转，心头就不得劲了，步子在山风中开得迟重，一步一步写下“舍不得”呀。

天下无事，家中无事，心头也无事。当下第一要紧事，还是赏花。读花。认花。

很快，我的眼里猴头是猴头，云锦是云锦了。自然女神伊西斯的考卷上，我凭旺盛的求知欲又答对了一道题。

猴头杜鹃花瓣有五，其中一瓣内面洇开一片红点点，花柄红色，有香。香味极雅正，微微带甘，温润低调，是世上好人家待嫁的书香闺女。

云锦杜锦花瓣有七，纯白无染，花形更大，花柄绿色。有薄而淡的青草香，仅从味道而言，是普通小户的小女等着长大。比不得猴头花香，名字俗，却藏了物华于其身。

但是云锦自有她的出众不群。

纯白的朵儿（初时白中透粉），一簇多至12朵，开在枝上真是如云蔚起。树叶于杜鹃家族中最是新美娇媚，绿如翡翠。白是纯白，绿是纯绿，相映相扶，自成万般清雅圣洁花韵，细观细品，赏心悦目至极，有似莲花高洁之质。

我私下称其为“杜鹃中的莲花”，自是缱绻迷离。

要是猴头的香一并给了云锦，那世间该有一朵多么完美的花呀。但是造物主不这样干，猴头以香而骄，云锦以形为傲，开门还是开窗，只能择一。

立夏翌日，午后，山中起暴风雨，山洪暴发。我困于室内，揪心峡谷中的山花一族。杜鹃、独蒜兰、野雏菊、点地梅，还有鹅掌楸花、黄山松花，以及其他我不知其名的花。

一夜无好睡。

转天凌晨，晴，行在美丽的朝暾里，我连忙赶去问候那棵云锦杜鹃。

因长在栈道下方，其开花要迟些，树上粉红纯白都有，在静谧的清晨，布满安详纯洁之美。无语端看，有一种神圣的情感慢慢生长。

植物开花，或是为着奉献果实，或是为着自美。这高山密林中的杜鹃，在绵绵光阴长河里无人相看，自然就有了超然世外的风韵。而那平畴闹市间招摇的花儿，身上累系着人类世代连绵的恭维，以及各种暴力的生长干涉，又如何会有清正脱俗的花韵值得品味？

隔了两米远，我静静地凝视着其中一簇，8朵花蕾开了5朵，还有3朵正待绽放。我凝视着她。她不动。我不动。光阴也不动。我愉悦的情感在无声流向她。渐渐地，我觉得她在微笑，我一早来看她，与她说话，她是开心的。没有人给过她这样的礼遇。于我同样，从来没有一朵花儿，给过我如此神圣安宁的情感。

其时，有同族正在她身旁凋落。啪，一朵；啪，两朵；啪，三朵。她不为所惊，还在优美地微笑，这花真是有灵性了，这个早上她接到了神启，愉快地来相认一位女花痴。

惊到的是我。我克制着，不去想她的命运。我也不想我的命运。当下此刻，有好花相伴，良辰美景无限好，有永恒的光芒射进心坎——是我心里有花开。王阳明先生说："你未看此花时，此花与汝心同归于寂；你来看此花时，则此花颜色一时明白起来，便知此花不在你的心外。"

好端端地晴着，远处竟突然有低沉的雷声传来，天光忽明忽暗，跟一树优美的繁花说再见很难。跟这簇人花两悦、心意款款的花儿说别离，更是舍不得。

5月11日，久雨放晴，天气出奇干燥。黎明进得峡谷，脸上手上速生细纹。顾不上了。一夜罡风，今天的花花朵朵不知咋样了。

担心的事情发生了：栈道上，山谷里，崖壁上，处处堆满落花。不过十一二天，猴头杜鹃凋零了。咆哮的风中她们绽放着，雷雨大作时她们绽放着，雾锁山谷时她们绽放着，待晴好丽日终于来临，她们

假如有一天你也不免凋残，
我只有个简单的希望：
保持着初放时的安详。
——北岛

却在一夜之中粉身焚玉……

我凑前细闻，那缕优雅高洁的幽香，走远了……

我打落花边上往来往去。忍不住弯下腰，一朵二朵三朵四朵，一朵一朵套起来，捧在手心，走了好长一段路。

美的诞生令人欢乐，美的毁灭让人哀伤：事情有开始就有结束。花开花谢的轮回里，生生灭灭的循环中，我多情的旁观，无力阻止一朵心爱之花的凋零。

这欢乐和哀伤，即情感的两面、美的两极，无法择一而终。

今天的峡谷深处，众多的独蒜兰，以及香雅的猴头杜鹃正在“往生”，黄山松花枯谢了，空气中尽是松花粉，紫杜鹃几近凋零，云锦杜鹃花容尚好，映山红正当盛时，清丽的小黄雏菊呼啦啦开满山崖，美丽的鹅掌楸要开花了……

我特意去拜会了那株云锦，那簇花儿，还有些力气开在枝头呢。面对她，记起北岛的几行诗：

假如有一天你也不免凋残，
我只有个简单的希望：
保持着初放时的安详。

2016 年 5 月 12 日

本草随喜

I

友人舒仪在微圈记有一事：

圈内有习武研医朋友，晒图石菖蒲鲜草，言："凡人日夜多忘事，远志菖蒲煎作汤。每旦空心服一碗，诗书如刻在心肠。"

忽见之，心中一动，遂后附言："当真这么管用？"

答："经本人验证，效果显著。出自裘庆元《三三医书·海上仙方》篇。"又说："试试无妨，这在《本经》中列为上品。"

此一小记，其言也真诚，其意也恳切，恍如世上真有聪明草、记忆药，其名，"远志菖蒲汤"。

我喜欢听到这类故事，在它面前，我如同一个初婴临世：循着故事往里走，某种深藏于天地的奥秘，总能够唤起对人世的又一种好奇与欢爱。

2

羊狮慕山高崖悬。2017 年前，上山道路皆是乱石，一面是峭壁，一面临深渊，既险又陡，家用车只能抵山脚。一个暮春日，我照例在山脚处休憩，等候山上派下四驱动车。山脚逼狭，农舍三两栋，田亩几丘，四合青山。人有些闲，就在这局促之地小逛起来。

在一处田岸边，邂逅一棵很好看的树。近 3 人高，叶团生，肥厚，稠绿，繁布叶脉，远瞧似微型芭蕉叶，但树身却与芭蕉大异。硬朗挺直，高大帅气。近闻，有馥郁之香。香自花朵来，花朵白而微黄，大而美，有 10 瓣，形似玉兰。这树有风姿，独特，优美，不同于尘世日常所见。与山间诸树，它也是大不同的。也不知它是谁，像个王子落生贫瘠山隅，等我来遇。正发呆，接我的小黄走过来："这是厚朴，树皮可作中药。"

"哦，这么好看的中药。名字也好听。治什么病？"我看了他几眼，俊朗干净，帅得与眼前的树很像。

"胃病。"小黄双手抚了抚肚子。这大概是他能知道的全部了。后来查《本草纲目》，厚朴药效多样，不只是治胃病，治疗中风、伤寒、头疼脑热，活气血等，皆可。另外，它还能做上等家具，能榨油做肥皂。

这是我在羊狮慕山地，第一次见识中药，一见难忘。我无知，以为中药皆草本，厚朴却是乔木。疑惑的是，李时珍记其"五六月开细花"，我所见，其花却大，状似玉兰，也不知其"细"作何解？

遇见厚朴之前，有限的乡村生活令我的中草药经验贫乏至极。虎耳草可治中耳炎；车前草利尿；萝卜籽（莱菔子）消食；当归补血；党参补气，等等。这点知识源于父亲操持日子时的无意唠叨。

“萝卜籽也是药呃，还有个名字叫莱菔子。”

“南安耳朵总不得好，听人家讲虎耳草可治，这个好办，隔壁菜园那堵断墙上生了好多呃。”

“明日杀了那只老鸡婆，放点当归党参给大家补一下吧。”

…………

中国人家，就这样融草药于居家日常，各门各户都多少有些草药知识，在这样的生活气象里，我从小就对中草药怀抱情意。小小人儿的心里，敬畏着它们的神秘。然后长大了。人生悠悠而过，寻医问药的经验总是断不了的。尘世中，因缘而遇几位中医高手：

比如一个李姓老汉，说话撇脱（干脆）利落，几帖灰绿绿的药膏，几粒黑乎乎的药丸，就把我老父亲摔碎的肩膀医好了。

一位脚有跛疾、面相斯文的中医大夫，大名孟跃，三副药把令我绝望几个月的咳嗽医好了。

还有一位王中医，脾气比年龄大很多，问诊时任天王老子都不敢多出一言，否则眉横脸黑怼人十万八千里。求他医病得有足够的胆子和修养，但是人家医术牛，我也就忍了近半年，病愈的日子真是庆幸得解放。

有一天，我突患腰伤找到李老汉，带着粉丝般的心情，好奇起来，一个动念恭请他写出配方药名。起先他不情愿，说这是秘方。他大声嚷，问这个干吗，问这个干吗？又找不到纸。终归，还是在我的信封上写下了：田七，血竭，六汗，川断，土别（鳖）虫，乳香，没药，大黄，当归（尾）。这样，我又知道了当归分归头和归尾，药效各异。

揣着这些经历，长大了的人对于中草药，情感有了变化，敬畏变成了敬爱，好奇。

3

自古山间多草药，羊狮慕也不例外。数千年间，行于此山的，除了猎户大概就是采药之人了。西麓腹地，名“沈家大院”。山腹中有梯田层层，一段陡峭的麻石古道，近600阶，几件石墩、石屋柱，述说着清代沈姓富商种药栽茶的往昔风云。

前后有两回，深秋天，我独个从山北往下，穿过青青竹林，去往草木幽深的山腹里寻古。走累了，坐麻石条上歇气。秋阳在眼际斑驳烁动，成熟的橡子扑扑落到脚下石阶，闪着棕色光芒。还遇见过白鹇一大家，十几只在山径上觅食，嫌我打扰，蹑手蹑脚走远。这些，皆是无心之柳。我的初心，是来探访这个曾经的草药王国。山腹深深，人迹罕至。我第一回去，不知情况深浅，又是午后，林中暮色降得早，很快繁阴密罩，进退皆畏，是提着小胆完成探险的。转年秋熟再去，心里有数，上午出发，这样日光持久，林中光照好很多。也不急赶路，幽深的大寂静中于麻石条上坐坐，几口茶喝过，此段流光正好用以怀古。

故事开始了：“上古之时，五谷和杂草长在一起，药物和百花开在一起，哪些粮食可以吃，哪些草可以治病，谁也分不清。神农为解人间疾苦，下决心尝遍所有的草……”

据说，神农尝过的花、草、根、叶，有39.8万种。最后，一种名叫“断肠草”的草，要了神农的命。

4

神农的故事看似神话，然而，现代基因研究，证明了神农尝百草的真实性。复旦大学科学家李辉等人发现，中国人体内有一种苦味基因TAS2R16，它能辨识出哪些苦味的植物是有毒的。正是借苦味基因，华夏民族一代又一代人，在尝百草的过程中生存下来并遗传下去。

珺子就有这样一个堂哥。

堂哥典型农民，60开外，高大健硕，精神抖擞，打小对草药有浓厚兴趣，或自学《本草纲目》，或远赴他乡向人讨教，常常自尝自试草药的疗效。堂哥熟知上百种草药，除了耕田种地，便是行医治病，左邻右坊，有求必应，分文不取，踏遍青山，乐此不疲。可惜，堂哥两儿子不愿继承父亲医技。

珺子自述："2015年秋冬之交，我身上莫名地长个疱块，又红又肿疼痛难忍，打针吃药敷膏，几天下来，总不见好，把我妈和婆婆愁得都睡不着。偶闻婆家远房堂哥略懂草药偏方，便将信将疑随他上山采药。他告之去采一种叫'六月霜'的野生木本草药，找了小半天，才在半山腰寻得一株矮小的六月霜。六月霜实在太普通，像极了野生小油茶树叶。堂哥麻利地捋上两小把，回家洗净直接塞进嘴里慢嚼细咬后为我敷上，果真灵验，不过两日肿痛渐消，日见愈好……"

巍巍堂哥，有"神农"风范！中国民间，这样不同程度继承"神农"衣钵的大有人在吧。

在一座深山中，有钟姓老师，晚期肝癌被医院劝回家，"最多三五个月了"。回到家，看着家人为自己备好的寿衣寿棺和墓碑，"吓得发抖，害怕过后十分不甘，我才不到50呢。”为着从病魔手中夺得活命权，钟老师愣是自学草药，漫山遍野采药，最终把自己医好，癌症消失得无影无踪。如今，钟老师年近70了。

小城青石街有老妪，平生因治孩童杂症略懂草药。其夫，肝癌晚期，无可医治，“痛得在地下滚来滚去”。哭求妻死马当作活马治。老妪先是不敢，被骂见死不救。老妪咬牙，凭平日所知推断药理，亲自上山采药。回家痛下猛药，言“以毒攻毒”，其夫果然得治。由是，老妪沿坊间渠道名动几省，家中问医者络绎。皆是被现代医学抛弃了的末日病患，被可靠之人介绍来，生死不计。医好了，当意外之福；医不好，也不究责。两相平安过了几年。忽一回，有河南兄长携病中老弟无人牵线贸然上门，老妪先是不肯：“又没钱，可怜，还要在我家吃住。”架不住两人下跪，照医治老夫办法下药。不料病人中毒，急送医院急诊救治。老妪魂都吓跑了，每日惴惴不安送饭问安。河南兄弟也算厚道，念自己求医心切逼人就范，并没拿老妪怎么样。只是老妪指天跺地，跟我发誓从此再不接治任何人。其时，我亦在急诊室求医，觉察三人关系怪异，问出这段离奇故事来。这是13年前的事了。

嗟呼草药，亦喜亦悲！一把不起眼的草，如此关乎生和死，叫人如何不敬畏！

秦汉时代，托神农之名，记载365味中药的《神农本草经》问世。作者不详。“本草”二字，其特殊含义是指“草为药之本”。千百年花开花谢，《神农本草经》的权威性至今稳固。

草为药之本，诸药以草为本。闲坐山腹，打量森森草木，我认定，这山野里无处不生长着可药之草，可惜，我药盲，一味也不识得。想到二三百年前，依大山护佑，此地源源不断往山外输送着药材，就不由在脑海中架构起一间“福音堂”。而今，空山人不见，唯有草药的传奇在拨动心弦。

5

我成天在山中转悠，无所事事。几年下来，由厚朴勾连出的本草情结日益深重。走出山腹，上到高岭，我想去天帝手中借一根神鞭，像上古的神农，细细鞭认羊狮慕的可药之草。

此前，我总是迷醉于千山万壑中宏美优雅的事物，日出日落，云海佛光，鸟语花香，幽泉天籁。我习惯于专注这些比人大、比人美的事物，以示对天道自然的臣服。我努力戒除自大，却恰恰在山间小草面前，流露了自大——庄子警诫世人切莫小看秋毫之末，因其间有天伦之“大”。我数百遍行于山崖之下，山林之间，却从来没有意识到，崖上林间，除了长风飞过，日月照过，雨雪落过，还有数不清的小草生生死死依偎过。

目随心动，视角稍作偏移，下载一个“识花草”小程序，就如神农从天帝手中接过神鞭：一扇崭新的门，在这山谷里徐徐开启。

6

是9月下旬，石上、崖边、溪泉、林下，很多小草开了花。就从这些小草花开始吧。对于植物，花朵从来是诱惑人的利器。

攀倒甑，开白花，花势繁密，状细如米，小尖叶。幼草人猪皆可食。消炎利尿。

槠头红开在崖壁上，颜值娟秀。8月开花，桃粉色，有丝绒质感，蛮是好看。全草入药，清肝明目，治耳鸣目雾，尤其善治急性肝炎。

珠光香青，细长叶，白花清雅状似小菊，又名山萩。清热泻火燥湿。

秋分草，叶色浓绿好看，一粒一粒小白花开得安静，可治急慢性肝炎，肝硬化。

野茼蒿也开花了，花苞像轻挂的小小粉红灯笼，绽放时则白絮团团，像缩小版的蒲公英。全草入药，助健脾消肿。我来兴趣的，还有一点：春天采嫩叶，清炒，味美。

佛肚花，贴石而生，与绿苔为伴，也叫岩青菜。叶面皱起粗粒子，像一小羽抽皱的绿纱。花未开时胖若佛肚，倒挂如紫钟。开时有6瓣，左右3瓣对称，里白外紫。可解表，祛风，活血，消肿毒。

琉璃苣，有黄瓜香味，叶茎皆布茸毛。花5瓣，紫莹莹的，花蕊相对壮实，基白尖紫。叶和花为益肾壮药，可镇痛，可作饮料，可作糖果，可治月经不调，可治湿疹。可什么都不为，只作观赏之用。奇异的是，它们是山谷远客，其老家远在欧洲和非洲，如今硬是漂漂亮亮生在我眼前！

它到底是怎样漂洋过海，来到这高山峻岭落户的呢？

在这颗行星上，生命的通道，开辟得如此不可思议！

细想来，以大山之容，娇娇小小一株琉璃苣，自然在这里能够无挂无碍地生来死往。相对来讲，任怎样言说对大山的眷恋不舍，我终归只是此间一枚过客。倒是一株小草，岁岁年年，能够全然地把身家性命托付于此。

楮头红开在崖壁上。全草不高，贴崖而生，颜值娟秀。8 月开花，4 瓣，桃粉色，有丝绒质感，蛮是好看。全草入药，清肝明目，治耳鸣目雾，尤其善治急性肝炎。

还有消炎止血的小头蓼，清热、解毒、利尿、止血的野白菊花……

天地辽阔，事物广大。山中日久，越发陷入无知。然而，也正是因为这种完全的无知，给独倚青山带来勃勃乐趣。英国散文家罗伯特·林德有言："成千上万的男女活着然后死去，一辈子也不知道山毛榉和榆树之间有什么区别，不知道乌鸦和画眉的啼鸣有什么不同。"我想那是因为这些男女，没能在生命中启动一个特别的按钮，触发对环境的好奇。我曾经就是他笔下的男女之一：专注于一己营生，忘记了去和同在一段时空的生灵们握手。

7

逃出无知的禁锢，我继续在山中闲逛，在欢欣中去追求知识。

山野苍莽，目之所及，草木遍野，谁会被欣然关注谁会被漠视忽略，造物竟似乎早有安排。我的经验是，无须刻意，总有一些小草以某种特别的姿态，沁含着一种独到而神秘的微光，将我轻轻喊住，让我温柔敦厚俯下身子：呀，你在这里等了我多久？

有一个秋日，我下往东山麓。右侧是泉谷高岸。高大的水杉之下，间生着杂草野花。秋夜里，它们无一不成为萤火虫的居所。柔软的芦苇，结穗的芒草，胡枝子，红夹蒾，龙胆草，黄色的康定凤仙花，粉色的水凤仙花……这些皆不可作药。可作药的，有珠光香青、红果龙葵、常春藤、荩草、透骨草、野白菊、野黄菊、小头蓼、车前草、千里光、长穗兔儿风、獐牙菜、剪秋罗、剪春纱、女贞子、寸金草、虎耳草、窄叶虎皮楠……

还有一种比人高的植物，枝疏叶瘦，秋天垂满圆圆的紫红大花球，初冬则开出雪白的大蒲朵儿，风一吹，柔柔地在水杉林里飘游。几年来我一直认它作“大蒲公英”，然而它不是。它名叫“三角叶风毛菊”，一味草药。就如我常常认错人一般，等我明了它的身份，几分愧意要递给它。可惜，我的恳切多情它不懂。

相比春夏时节的纷披绿衣，到了此时，凭借开花，各类草药终于舒展了个性。如若不能，遇我这样植物盲，根本注意不到其存在，又何谈相认？

我要特别提到两种草药，细叶卷柏和华东膜蕨。二者皆可止外伤

剪秋罗，全草入药。

出血，卷柏还有治哮喘、肝炎、小儿高热惊风疳积等药效。这两种植物贴崖石而生，无处不在。每每在山崖下贴身而过，我总是简单粗暴，把它们视作苔藓一族。若不是发心起念要探寻神农仙祖的本草之道，哪里能够知道：它们不仅仅是大山孕育万物的开路先锋、环保卫士，还是疗治人间疾苦的“菩萨”草。

不妨做如下想象：鸿蒙至今，漫长的光阴之河里，有一天某个猎户或山民受伤了，情急之中，他扯下眼前崖石上的一把绿藓，敷于伤口，神奇的事情发生，汩汩而流的鲜血止住了……大山的恩德，就以这样的方式被他记住，并代代传诵。又到某一天，以文字的方式，卷柏和膜蕨入药典得永生！

8

寒冬来到，我再度在山谷里闲逛。那些用心惦记着的本草多已枯萎难寻。

逢腊月十八，小寒过半，已入三九寒时。气温约在零下四五度，凡水皆冰，荒草严霜，树有冰挂。小风不起，天放大晴，云海佛光幻日美景如梦。我从山北只身再下西山麓，第三回去往沈家大院。

拾600余个陡滑的古老山阶而下，林中寒气如冷刃割得头疼。冬阳薄碎，“唰唰唰唰”，密不透风的细竹林里，密密细细的冰挂经不住热力，融断之声如雨倾作。我穿林而过，没忘记向道旁林畔张望：此行，是特意来向藏身于此的草药们问安道别的。

山中日久，总有一些牵挂生出，放不下。相比人际周旋，认识一株草药更令我宁静而愉悦。

那天从山腹上来，遇一精瘦男人，手中握了五六根绿草，叶似竹叶，茎有分节亦如竹节：

“这是铁皮石斛。野生的耶。”他有些兴奋。似乎我就应该懂得它们的价值。

我的确略懂这几根小草的金贵。在山下，有过三两回，我被带往种植园，园中满是铁皮石斛。这几年在世人的口口相传中，铁皮石斛无所不能：大补中益，癌症克星，延年益寿，强筋壮骨，护肝利胆，滋养肌肤……堪比人参燕窝。这是我听闻的最神奇的草药。所以，我能理解眼前此人的兴奋。他说要栽到工棚花盆里去。我疑惑：这样冷的天气，能活？

“能，它最好活了。”

男人喜滋滋握着几根仙草走远。望其背影，突然记起来，春天时，他在绝壁上冒险采过石耳燕窝呢。

和铁皮石斛的珍贵不同，山谷中更多的本草，因为远在高山无人相采，也因为现代医学的进步而被忽略（现代简版《本草纲目》，竟然无一味收列其中）。它们，在山谷中自生自灭，无用其用。谁会如我，在意它们在大山里活过一岁又一岁？我领受神意，如此怀抱深情写下它们，是否还了它们一点点生之尊严？

这种无用之写，恰是独倚青山的又一个谜。

2020 年 1 月 4—16 日

与草木共静默

她们排着队走了
先是全缘红山茶
后是浪漫山樱花
谷雨时节　轮到鹿角杜鹃
立夏之后　走失了幽香猴头
云锦和独蔸兰步子慢一些
这让我难过少了一点点
四天前黄山松花全蔫了
惊见映山红飘落山径……
伊西斯　伊西斯
我和亲戚们失联了
她们都去干吗了
啊，亲爱的人儿别忧伤
她们都去往生了

——安然《羊狮慕日记》

I

旅美作家张宗子至少在两篇随笔中提及："认识一种草木，与认识一个人无异。"

在我以为，此话说对了一半。

认识一种草木，会有全身心的愉悦。这缘于借助一种草木，为人者会有一分亲近世界的所得。

而认识一个人，则往往要靠运气。运气好，此番结交当然会令双方的世界添几分活色生香，有时甚至是一百分——那是高山流水遇见知音了。

可惜的是，一些时候我们认识一个人，非但没有让你的世界变得更好，反而是变得更乱更坏……

从这个意义上，我宁愿去结交10种草木，也不想多认识一个人。

结交草木，以春季最好。这个时节，可以从一棵草木的老年看到它的新生，就如看着家族中一个敬重的老人正在逆生长，心里有无尽的安慰和欢喜。

米饭花，小叶白辛树，扁枝越橘（杜鹃花科），腺萼马银花，四川山矾，小叶冬青，曼青冈，水青冈，野八角，柃叶连蕊茶，紫茎，交让木，小叶石楠（嫩叶明黄），山樱花，鹅掌楸，厚叶冬青，乌药，弯蒴杜鹃（淡紫、粉红），缺萼枫香树，杨桐，三峡槭，安福槭，厚叶红淡比（山茶），红果树，鸡爪槭（无患子科），全缘红山茶，白檀，银木荷，枫香树，背绒杜鹃，灯笼树（杜鹃花科），鹿角杜鹃，溲疏，长叶木樨，苦参，红枝柴，木润姜楠，朱萸叶五加……

春天独行峡谷，日日照面，我竟然认识了这么多草木。

有科学说法，人和草木在25亿年前是亲戚。难怪了。

野八角据说全年开花，却未见花，传花淡黄，有香。苦参和曼青冈发芽最迟，大家陆续绿衣参差曼妙于春风之中，它们还是裸着身体直面日月。这种在举世欢腾的春意中无动于衷的坚硬情怀，真是让人既怜又敬。

崖壁上各处，零星挂满一种粉嫩的小花，我先叫小花"岩花"，后来弄清楚叫"独蒜兰"（字名"独蒜兰"）。有时候，它们会开成一串花环，像一群漂亮的女婴孩倒立在崖石上玩耍。

据说，峡谷中最早开放的，是野茶花，而后是野樱花。现在，它们都不见了。峭壁上、岩石上、涧谷里，有零星的一丛一丛白花，在一片老绿中（山中春迟，这个时节新绿不多）跳入眼际。谷雨已过，多数杜鹃花苞还在等待一声指令，无有花的动静。白杜鹃却是开了，总在某处崖上，安静无声地让人遇见，令你遽然照见，更为安静。不似山下，人工培养的映山红，一撞见就呼啦啦地燃起一片叫喊。

乱石堆中的蕨，发芽时的样子并不与低山处同。它们顶着褐黄的毛茸茸的芽，一寸一寸往上生，等到芽儿舒展开来，蕨叶就直接进入中老年了，那叶色之绿并无半点骄人之处。一株一株失去了幼年、青年的蕨，就这样成为万物序列中的一环，在峡谷中相伴其他植物完成其应有的一生。

蕨少见于文字。神意不让无用的东西被颂扬。

蕨是无用的，这里写下的很多东西都是无用的，不说成材，连成为山下人家炉灶里的柴火也不可能。这个大峡谷中，多数植物的生生死死目的不明，就如人类整体来到这个宇宙的一隅目的不明。

打住，此念太苍茫，带有杀气，血肉之心承不住。

美丽马醉木。它的侧畔有杜鹃相生。此株杜鹃前年暮秋见过，彼时正含苞。同行者相告，杜鹃含苞10月只等一朝花开。可惜，两度秋已过，到今天，它开花的样子依然不曾得见。尽管如此，对于其绽放，我依然持有期待和耐心。对一株植物动情，就如对一个人动情——不动则已，若动，必是善意、美意和敬意的持久不息。

要到5月上旬，山谷中既素朴纯洁又美丽优雅的云锦猴头两种杜鹃才会陆续绽放。有一天，我就邂逅了一树花姿绰约的好云锦。

树上粉红纯白都有，在静谧的清晨有着安详纯洁之美。形容她的美很难，其朴素的花容里自有一种圣洁的花韵，无语端看，心里也有神圣的情感慢慢生出。世间有些花儿，开放是为了奉献果实，还有一些，开放是为了自美。这高山深处的杜鹃，数百上千年里无人相看，清早我的悄喜欢望，于她是怎样的感觉？

到此时，峡谷基本完成季节转换，该发的芽发了，该开的花开了，该谈情说爱的动物们，此刻正在享受着爱情的甜蜜。谷雨前后那些随处冒出的生机，令人时刻感受到生命的澎湃力量。那时，一切在将发未发的节点上，令人有期待，有鼓舞，有感染，心灵一隅沉睡的激情和生命力也逐一唤醒。

如今，万物已齐齐进入造物主的另一个候令中，万象竞发之势转为缓慢生长，苦参和曼青冈也终于抽芽开枝散叶，长得最是慢，无有绿意，银灰一片，曼青冈尤其如此，总是苦巴巴不得伸展，像是在一片忧愁中换上一件僧衣似的。它们落叶竟最早。苦参在11月初就残叶片无。惹人起爱的是苦参果，圆珠米儿，吐紫红色幽光。

我注意到，越早抽芽的越有一副好相貌。水青冈，在谷雨的天空下，以一片柔美的新绿吸睛；云锦杜鹃的绿也是最美，翠色如滴。

草木纷披，春林初盛，一年妙时已待成追忆。

同样，越是从远古走来的植物，越是有卓尔不群的好样子。我猜，是这些物种远比其他物种吸收了更多的天地精华、山川玉露，在天长地久的岁月里，涵养出了一种迷人清韵。比如山外的睡莲、荷花、银杏，山中的鹅掌楸、松柏，它们令我在端凝之时总有神秘又不能外道的愉悦。像是溯着时光走进最深处，去拜会一个心怡三生的知音。

正是如此，世间万物沉淀在光阴中的美，最有无以言说的妙。古旧字画、经典诗书、沉香红木、美玉宝石，自有安详沉静的力量慑人。现在，我发现植物也同此理。

比之动物，植物是这个地球上最早的居民，它们先于动物而生，有着供养动物的美德。然而，领受着植物恩泽的人类，有几个人会感念它们的点滴呢？

2

我有过迷失于草木里的经历。

是一个大雾日，雾重欲滴，秋山被锁。独行在峡谷的最高崖脊上，就如置身于另一个时空，这里无爱无恨无颠倒恐怖，湿淋淋的草木野花，全是我的故人。在这样特定的一个时空里，我理所当然地化身山脊的某根茅草，在广大的草木中藏身，物我不分莫若此境！六合八荒之内，一个女人消失得十分彻底……

不知过了多久，山径草丛边，一群肥白可爱的圆头蘑菇骤然出现，它们的身体发出安静纯洁的光芒，这有神明现身召唤游魂归列的意味。

这件事，我是这样致告好友舒仪的：

雾锁秋山，风驱草木。高高的崖脊上，一群安静的白蘑，聚拢了一个女人喜悦的魂魄，林间孤鸟，婉转着七个音符，一声声为她歌唱祝福。

这是怎样的一些植物？明明忍过了
春夏长长的寂寞，
安生于众千植物之中，却偏要在秋尽之时，
不肯继续沉潜于绿植众生的平常生涯，
非要拼尽力气，不管不顾地燃烧一把。

3

秋天是从草木生变开始的。

有一天山谷里大晴。趁着雾霭不生，山风不起，峡谷上下清朗透彻，正好把山中秋色看了个够。

主基调是各种绿色：银绿、苍绿、嫩绿、墨绿、黄绿。最好的是银绿，光线一旦照到，沿山顶到山谷的一列家族，就格外从众多植被

中现出强大气场：一纵一纵的银光，远远地，打亮着赏秋者的双目。大峡谷中最多的，就是这种满含银光的植物了，可惜，我不知其名。

第二吸睛的，自然是那一树一树黄叶点缀于各种绿植中，造物主像是在春夏忙碌着大面积泼完绿墨之后，秋日有了点闲暇，它捡起了画笔，在画布上点乱着金黄、明黄，让单调的绿生动活泼起来。山谷里红色极少，早些天偶有见得，一场秋风秋雨扫得它没了影踪。金黄也是稀有，多的是明黄，欢欢喜喜地与绿色为伴，让远远近近的山岭都摆脱了沉闷，让那赏秋之人，徜徉在黄黄绿绿的山色里，连连赞叹称美，心情好得忘了即将到来的冬天：所有的秋色，都将凋零在下一场山风山雨中了。没有人可以挽回这一切。

我面朝壑谷，细赏山色，一边怀念着远去的红，一边守望着灿灿的黄，思忖着：不知这是怎样的一些植物，明明忍过了春夏长长的寂寞，安生于众千植物之中，却偏要在秋尽之时，不肯继续沉潜于绿植众生的平常生涯，非要拼尽力气，不管不顾地燃烧一把。换了我，是要做一株绿植求得长久的安稳，还是要求得造物主的点乱青睐，以短暂的美艳荣耀换取一年又一年的脱胎重生？

沐浴夕阳的光辉，我独坐高高的崖石上，想了很久，没个答案。有关生死命运，大概还是任由造物主处置为好。在造化的棋盘上，个体意志会否多余？宇宙苍生，演化至今，只有人类这个物种自大满满，以为自己可以主宰日月山川。一株小小植物，大概是不可能自大起来的吧？

4

孟冬某一日，烟雨迷离，湿润暖和，煖然如春。大峡谷里鸟声翠响，一个大型读诗会在山林中此起彼伏。即便是在八九月，每天漫步大峡谷，我也不曾得到这样的礼遇，那时节鸟语已稀。时逢孟冬，山林中留鸟已是无多，偶尔见着零星三五只小山雀，或者一只孤鸦，已是很感恩它们的陪伴。

这天显然是个意外。我在茫茫雨雾中转遍整个峡谷，远有鸟鸣动听，近看鸟群起落。我努力想弄明白发生了啥事，却没有办法请来一只鸟儿细细相问。

山鸟所以倾巢而出，想来是感应到了一个山寨版的春日。动物不像人类，集无穷智慧发明出天文历法来规定时空，使得混沌宇宙有了经纬和分野。如今气候有了伪装，小鸟们的智慧基因大概还不及调整，上个当不算笑话。

和小鸟一样上当的还有植物。

我在峡谷东边的山道上，竟看到几株油菜和紫云英，好好地把花朵开在初冬的高山里。

这本是个原始大森林，与人烟相连的油菜和紫云英，自然是跟着人迹偶然落户于此。只是没有随到人的智慧，让自己一年可爱地开了两次花。

这不会是个例，我想现在只要下得山去，在乡间任何一处，桃李二度开花并不难见，布谷鸟啼也时有听到。

天道运行出了小差池，物候失序，每每让人在诧异中未及回神又走向了下一个时令。日常生活改弦易张不是难事，难的是无论世人怎样努力，气候大会也好，环保低碳也罢，天道和时令，皆已回不到从前。

红尘滚滚，世事纷纭不歇，静默的是山中草木。

比起鸟儿来，植物们多数是按时守序的。依它们在贫瘠的岩石野山里千年万年的流转智慧，足够识得破节令的伪装，如今正从容地走在去往冬天的路上。

它们齐齐听令于天命，叶片该落则落该留就留，芽苞花苞该现则现。在这里，在寒冬即来的高山原始森林里，我看见的不全然是殒灭，竟也有慰藉人心的生机。生命的演替，自有先后缓急，不一刀切，不齐步走，山景的移换以及山色的调和是缓慢实现交替完成的，对于这些，神明自有最好的安排。自然的画廊任何时候都要有恰当的神韵，即便是严冬，也不至于一派枯败寂灭。

没有阳光的雾色忽而淡灰忽而薄黑，能见度极差，大峡谷混沌一片，徘徊悠悠，频频凝视身边草木，心中萌动拜访旧好的柔情万千。山林滴答连珠，如玉落瓷盘。一个男声撕破雾幕，“你说是落雨我说是下雾”，远远闻声不见人。真恐这粗门大嗓，惊吓了静默的草木们。

不见了壮美辽阔，不见了恢宏华美，别离惊心动魄的云海佛光云雾嬉戏，我们的眼光，才会被山谷里这些静默的植物牵引。伟大的事物多似梦幻，唯有卑微的细小，才真正组成了世界，让世界丰富多彩而层次分明。

立冬多日，小雪即临。前些日那些美艳的惊红悚黄，如今多已香消玉殒，留下一树空枝守望来春。我一路看过去，一路心生伤感。没忍住。还没好好爱，就已道别离。我对朴素简单的植物爱得不够。

如果不是受限于雾弥峡谷，我大概不能认真如今日，徜徉于万千草木的静默里沉迷不归。

无论怎样假如阳春，冬天的来临无法躲避。山林万物，无处不在迎生送死，既成既毁。这茫茫原始森林，生长的多是无用之物，其形也丑，其貌也陋，任性无为，死生自由。我多数不识其名。初时有恨自己薄学无知，后喜闻庄子有言：“无问其名，无窥其情，物固自生。”就忽忽释然，空下自己，不再到处打听植物的名字。

我注意到，瘦弱的银木荷早就叶片落尽而新芽孕出；美丽的古遗植物鹅掌楸，树梢上还残余一部分青黄叶片，它们天晴下雨都蛮好看；云锦和猴头杜鹃早在 8 月份就初现花蕾；山茶花的花蕾已经很肥壮了；黄山松穿上了青黄相间的衣裳，针叶满地；山径两边的芦苇，早在 8 月底就吐出了新穗，到如今，一俟风和日丽，虚空里依然挺举着一支又一支苍老的芦絮。

没想到一支不起眼的芦花会有 3 个月的生命！

而我对峡谷中最早的植物记忆是苔藓。

在我们的家园里，乡村老屋前后，城市陈旧的街巷，微小的苔米儿很是常见，看似绿得可有可无，却总是令人在面对它们时，感动于其蕴藏的时间质感。苔粒儿是和光阴岁月相连结的事物，这个来自洪荒时代的物种，以极端的弱小之姿体现出无限浩瀚的生命之力。一个地方有了苔绿，意味着家园悠久，来处和去处皆有着落。

3 年前我首次进入大峡谷时，道路艰险。暮秋的山雨寒凉袭人，峡谷各处还未及进入命名体系，一切还处于半混沌半荒野的状态。我站在大峡谷的入口处，目含惊喜，被四周峭壁山石上肥厚苍绿长相各异的苔藓吸引，仅凭它们的存在，我就如坠入荒凉的时空，触摸到了无限的岁月。

演化是无尽漫长的，造化如此缓慢而真实不虚，一样一样地集中在大峡谷，以无限静默的方式存在。来自开天辟地时代的苔藓，今天依然与万物同在，无言地诉说沧海桑田。

记得那回 8 月底，是日晴雨相间。我亲眼看见，一个 5 岁女孩打它们身边经过，忍不住伸出小手摸了摸，退后一步如哲人般口吐娇莲：妈妈，我感觉是走在了历史中间耶。

听闻此言，我的心田震了又震！

基因里的家园记忆啊，竟选择一个花骨朵般的人儿来完美演绎。

云雾愈发重了，山谷上下严实无隙茫茫难辨。我且思且行，镜头和心头，皆端凝着脚下一株又一株红绿黄紫的小小草木。遗形忘我之际，一个青春靓男高声带喜：啊——哈哈——终于看到人烟了。

他说的是我，我成了他和几个美人儿的“人烟”。穿越玄妙仙境，忐忑的他们因为见到同类而难抑惊喜。他搅翻了我的隔世妙好。

但我没有生气。为着“人烟”一说，衬托了仙境的存在。我因为有同类与自己同陷其境而暗自欢欣。

此情久久不歇。

2016 年 11 月 20 日

谦逊的苔藓

连日雨雾把人困住，不再有随时拔脚进峡谷的自由。每每挨到下午，就必然在木舍中坐不住。读书抄经全然失效，心头猿啼马跑。

天变已三朝。雨雾连作，秋山深锁，淋淋答答，日夜以继。如此，因长夏少雨而风燥失色的各类苔藓地衣，在雨林中舒展身姿，带了些活泼泼的意气，颜容完好现于眼前。

雾障茫茫，不见远物。真是奇怪，不过3天，那个日色明亮，青山荡白云的世界竟如谜一般消匿。唯有此刻，近目之处，一轴静悄悄的苔藓世界，才会如长卷徐徐在眼际展开。

我深情款款，前后为羊狮慕写下10万字。在这场人和大山宿命般的恋爱里，无人知道，充当“红娘”的，正是山中苔藓。

2014年深秋，沿着陡峭的危危山路攀爬，在晕得死去活来之后，我第一回攀上了羊狮慕。

一朝初会，倾动的是累世之情。那一刻日色灰暗，暮岚轻作，啫啫倦鸟正在归林。静立于峡谷入口，劈面相照第一眼，电击心空的，正是满山满崖的苔藓！苔藓！

苔藓厚密、苍绿、柔软、湿润、绵长，静静地覆盖着每一寸岩石山土。千树万树，安详地垂荡一张张或厚实或细薄的苔网。东西南北，无处不

造化有深功：天然嫁接的两棵树。

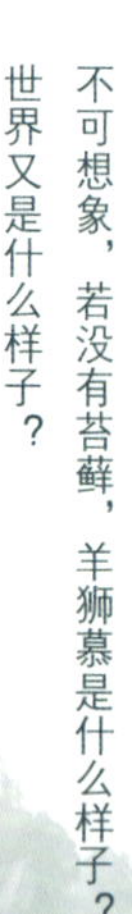

不可想象，若没有苔藓，羊狮慕是什么样子？
世界又是什么样子？

有。六合八荒，流布着神秘意蕴……

“天哪！”忍不住，轻轻作赞。没敢大声。因为这是一个全然新鲜的尘外世界！它以洪荒之力，震慑了我的心魂。只消一眼，我就轰然匍匐，讶然诧喜——这太像一个童话了。只有小红帽和大灰狼，只有睡美人和七个小矮人才配生活在这里。而我，民间凡女一枚，竟然也能归置身心于童话中？！

这同样，是个神话世界。不是吗？葛洪葛玄设坛炼仙丹的身影并没有远去呢。

事实上，这纯然是一个原始山谷。不知出于怎样的机缘，上天牵着我的手，把我先于世人领了进来。是时，山谷中依崖凌空的栈道未及修通，世人的目光少有能达。天地间野性莽莽，重重山川，一道道自眼际向天边铺陈开去，无有尽头……这个野性、原始、寂静的世界，就如同创山之初的大舞台，而苔藓，理所当然地，扮演了主角。它们就像一张巨大的绿毯，织裹了整座山林，无边无际。无边无际。

一座苔林，可以美得如此深沉宁静，满布沧桑如一个古老的梦。若不是亲眼见得，谁能相信，如今还能有这样一方伊甸园？

就是这样，借助于一山苔藓，我不管不顾，无畏无惧，建立起对于一座大山的信仰。

回到32亿年前，此处是一片汪洋大海，名湘赣海域。5亿至2亿年前地壳大运动，致使水尽石出。一些绿藻类生物，依附于岩石裸露，不得已，它们完成了水生到陆生的演化，成为各种苔藓和地衣。地质资料表明，此处山体形成约有200万年。推论起来，苔藓当是羊狮慕峡谷中最早的居民了。

苔藓具备谦逊的美德，不与万物争高媲美。以至于西方人亨利，一位苔藓爱好者，因恨其不争而心酸出言："也许哪一大群植物也不像苔藓那样几乎毫无用处，无论在商业上还是经济上。"

亨利叹息错了！"生命本无目的，只是想要存在。"以世俗的价值来衡量苔藓家族，无异于冒犯。而奇迹在于，看似没有雄心壮志的苔藓，静悄悄干的都是大事，对于地球生命演化的贡献大焉！

岁月无涯，造化无穷。羊狮慕能有今天万物并育，植物葳蕤，万古风流的真宰之妙，得益于，在漫漫光阴里苔藓分泌出一种液体，缓慢地溶解了岩石表面，加速了其风化，促进了山土的形成，让其他植物的生长有了必需的着床点。

不可想象，若没有苔藓，羊狮慕是什么样子？世界又是什么样子？

最新科研成果表明，苔藓更令人激动的功勋是：4.7 亿年前，迅速蔓延的苔藓，成为地球首个稳定的氧气来源，令智慧生命得以蓬勃生长。

也就是说，如果没有这毫不起眼的苔藓，就不会有你我他的今天。

今天，我轻撩雨雾，心无挂碍，走过一崖又一崖吐着雨珠的苔藓，心疼由于人类活动加入，它们已然逊于初时风情。前所未有地，生出了礼赞它们的心意。

充当大地植物的"开路先锋"，制造氧气为智慧生物铺设"孕床"。一粒不起眼的苔藓，也不开花，也不结果，却实实在在，配得上最香的鲜花和最真的赞美。

2018 年 8 月 28 日　星期二　农历七月十八

全天雨雾

第三章 私语

這所謂的私語
其實恰是不著一語

迷路记

2015 年 10 月 27 日　星期二

农历九月十五日　雾转多云

高山深寒。夜里嫌被子薄，醒来多次。每次皆不忘推开宽大的木格子窗，每次都看见夜岚在夜色里游曳。凭经验，判断凌晨不会有日出后，遂安心睡到天亮。

上午八点半，雾淡了。举目东眺，太阳之力正在逐渐加强，破云而出是有可能的。于是出发，沿着旧岁此时看日出的南山坡路走，今天打算反方向从南边栈道处往北回。

记忆模糊，途中找到了一截插往悬崖壁道的山径，走着走着，人工山径断头了，眼前是一个顺坡而下的乱石峡谷，陡峭得很，距离远近不知，是否通连西岸安全的栈道不知。细辨看，依稀有人迹走过的浅道可循，心一硬，牙一咬，除了顺迹而下，还有更明智的选择吗？返回去太浪费时间了。

岩石上青苔湿滑，摔一道跤后学乖了，步子试探得更小心，身子猫得更低，双手把两边的杂草灌木抓得更紧，偶尔遇见岩缝里一株顽强而立的高大点的树，竟似握住恩人的手，紧紧抱着不肯松开。

一壑山风起，更低处的雾岚徐徐而上，在我的眼前，或散得更开，或上得更高。一只大拇指般的小小鸟，在树枝上无声一跳，算是跟一个不速闯入者打了招呼。除此，大山寂寂，无有他声，连一片叶落的声响也无。如果不是对情况未知，心里生了十分害怕，巴望着早一秒到达安全所在，我真该收脚，找块乱石坐一坐：在这高山之巅一道少有人至的壑缝里，不想尘世，化我为无，化在为不在，全然地融入这万古的宁静之中，一缕气，一丝风，一片雾，一粒苔藓，都好。不要再复原人身，不必再抽脚走入人世，也未见就是生命的损失和遗憾。

但是，这比闪电更快的一念，一经捕捉就消失在了大山的怀抱。在陡峭湿滑的乱石谷里，连滚带爬的我，屏住呼吸，壮着胆儿，余下的纷飞妄想竟是：

小心，不要再摔跤；

小心，不要摔了手机和相机；

小心，不要摔了眼镜。

加油，前面看见工棚一角了。

…………

半个多小时后，我终于安全地站在了石云峰和女神石中间的栈道上。栈道是依峭壁悬崖凌空而架的，有时我走在其上，一眼下望苍茫山渊，腿难免会打个小软。但是这一刻，我有如履平地的万般踏实。

这半个小时，现在想起来，是半生，也是母亲腹中的10个月，更是亿万年的光阴穿越。它的意义，不仅在于惊泛起我的恐惧不宁，更在于惊动了我原质生命中的远古之忆——亿万年生生不息的生命进化轮回，谁又能知道，我是否身为各等次的生命体在羊狮慕打了千万个来回？又从此出发，我化育完整的灵魂，奔向了更高层次的生命繁衍？

是的，在羊狮慕，在人迹少至的时空，在高山之巅，一个暮秋的上午，受到神明牵引，在半个小时有惊无险的特殊经历后，我翩翩御风，思接千载，完成了关于生命演化的无边遐想。

9点28分，置身空无一人的栈道上，慢慢舒出一口长气。小风微作，茫茫山雾从四面八方涌来，无声无息把我包裹。我孤身站在大峡谷的怀抱中，一动不动，只是贪婪地享受着无以言表的静谧之好。

时光停留，太阳在东山脊沿下微微颤动，苍茫的山野间，万物静默，唯有比水还软的宁静在四宇八方奔流。这一刻，我是被宁静之神选中的宁馨儿，四肢百骸消解于一种奇妙的大安宁和大自在。用尽世间词汇，无以表述体验到的万分之一。

栈道外侧临渊斜生着一株小杂木，一只小小鸟，躲在枝丫间跟我打了个照面，像我一样，它不出丁点声响。

其实，我好想它“啁啁啁”来上一声轻鸣。

就是这样，沐浴着神明的恩宠之光，我继续南行，在神女石附近找了块石头坐下。

到了这时，太阳已经爬上了东山棱上，云层下方析出它的暖光。除此，峡谷中万物照旧依循着古老的节奏，以无人可以染指的模样陈列于我的眼际。

我凌空而坐，面向茫茫雾海莽莽群山，读起《低吟的荒野》。在书中，美国北方苏必利尔荒原的自然之声，交会着作者奥尔森在荒原的感悟心声。同是万古风流之地，比之苏必利尔对于奥尔森，羊狮慕大峡谷对于我，具足同等的价值和意义。当山下世人皆奔波碌碌之时，我竟然拥有了这等宝贵经历：独拥空山，凌坐于高山之巅，无有远虑无有近忧，只管读书。无疑，这巨大的福报令我感恩无尽……

一架飞机从头顶的云中响过，近了又远了。这连接人间的声音也唤醒了沉迷中的我：是不是应该把这样的幸福分享出去？是否可以试一试，山下不大不小的朋友圈，会有谁，可以和我并肩逃离人世的喧哗，在远古的宁静中御风飞翔？

最早响应的，是一个80后女孩。她讲：“离开人群，消失在迷雾里，兔兔也爱干这个事。俺的灵魂与亲同行。”

意犹未尽，几分钟后，她写下了一条微信：“各种繁杂让我快窒息了，然而你总是以这样翩然的姿态感动我，把我从现实的泥潭里拉出来。什么时候，究竟什么时候，能像你一样翩然，豁然，金光闪闪的。庆幸有你的文字和你。”

第二个人打来了电话。倾动于短信中我翩翩离尘的讲述，这个电话来得不假思索，以至于有几秒钟我竟稍有怍愠——这刺耳的铃声，把大山都划痛了！我谜一样缄默的自喜，也在铃声中碎成瓦砾。然而，念及对方久违的反常呼应，我很快归溜到梦境里，渲染了眼际和心头的所有……

这很奇妙：最不可能分享最具私有特质的“宁静”，居然变成了三个人的共享，令这个上午变得更为完美，深刻难忘。而通过我的内心之眼所见的风景，也恰如其分地描画给了另外两颗同等的灵魂。于是，这些风景，就有了更为深长的意味。

奥尔森说：“你或许并没有像我真切地听到荒野的吟唱，但是沿着我所走过的小道，你也会感受到它的辉煌。”

在羊狮慕，孤寂的我留下的气息，或者正是我和更多的人彼此跨越陌生和疏离，实现相认相知的无形小道。在碌碌奔波中，学会并舍得抽离一段时间，使之变得了无意义，或许正是若干年后，我们此生中

在羊狮慕，孤寂的我留下的气息，或者正是我和更多人彼此跨越陌生和疏离，实现相认相知的无形小道。

最值得夸耀和回味的意义。

高山之巅，会是一些人的梦之所往。来吧，加入我的孤寂之旅，你急切的呼应，并不曾扰乱我既有的深深的安宁。大山慈悲，他壮阔的胸怀，必将收纳我们心底深处所有的孤寂，并转化为生命中独特的美回馈你我。

试试吧，在大山深处迷一回路，未尝不是一件有趣的好事情。

宛如圣贤辞世

2015 年 10 月 28 日　星期三

农历九月十六日　晴好

暮秋近黄昏，天晴好。有风，不大。太阳慢慢移过西北方向的一道又一道山脊，它将在武功山金顶方向沉落。大峡谷沐浴在斜阳里，比一年中的任何季节都辉煌，比一天中的任何时候都斑斓。逢此时序，山中所有的植物都走过了从生发到成熟的辉煌阶段。果实该熟则熟，该落则落了；叶子该黄则黄得尽兴，该红就红得痛快，该绿就绿到饱含光芒，绝不肯在秋阳里逊那红黄家族一分。前者以色彩夺目，后者凭光泽诱人。生物的智慧，彼此间各有所长，令人叫绝。所谓“秋光山色”，打量一下日月峰前方的任何一面山谷，就自有别样的感触。

说不上原因，若偶尔得在辽阔的野外邂逅一回落日，心头就必定柔情水长流，牵牵绊绊记忆长久不泯。只是如此幽微纤细的情感体验，并不适合于在尘世间外道于人。美的格局一旦大到超出常规，遇美者就有如遇上神启，他的不着一言难着一言，看起来与守护一个天机无有二异。这种经历若有一而再再而三，他灵魂的居所，必定因之而阔大庄严起来。我毫不怀疑，人海中潜伏着这样一些人，他们揣着与神明的约定，揣着丰足的美的见识，不动声色，行走于我们中间。

乙未九月十六的黄昏，空山杳无人至，两只不大不小的鸟儿，从云雾茫茫的虚谷中飞起来，飞向日月峰的某棵树。它们腹部的白羽，在斜阳里发光。我端坐于一棵姿态优雅的黄山松下，以平静的喜悦打开一本书。时候尚早，西边的云层尚有厚度，日头的踪影不见，故而不敢再抱观晚霞之愿，于此仙境，低首读几页书也是万分好。

一时，不知魏晋，物我两忘。读到兴起，掏出笔来在书之底页写记几行闲笔。突然，我看见自己写字的手影，在白纸上挪移。一个抬首，夕阳已经冲出云层，朝东边山谷射来万丈光芒。先前模糊一体的云轴云块，在太阳热力作用下，热成了朵朵碎白云，它们清晰的轮廓被太阳大方地镀上了金边。亿万年不变的风从谷底吹来，如同吹过万事万物。夕阳的余晖，把我写字的姿势，印在了身后岩石干枯的苔藓上，花花一片。

约莫一刻钟过后，正西方向隆起了一条又横又壮的乌云，日头再度回到与云的又一场搏杀。

山光顿收，周遭的一切变得暗淡，红叶黄叶绿叶不再各有风采。山风大了些，凉意急增，手有些作冷，老寒腰微微生疼，抽鼻涕了，长风破入松林。

目光越过西北侧的五道山脉，落在遥遥的武功金顶。侧耳细听，有秋虫在远方的山川深处嘤嘤作吟。我端坐大岩石下，黄山松边，一动不动，下山是断然舍不得的，西边的云天，可愿意因我的虔诚而打开？

静。太静了。大峡谷里雾霭茫茫，一个人的黄昏充满着远古而来的记忆。时间在这里了无意义。轻轻地，把两个手机全关了。这份深阔动人寂寥，容不下一丝干扰。大自然的美有自己的行程，不会等人。

除了庄严守候，我们别无他途。

乌云再度散开是在 17 点 15 分。

这一刻，落日红旺旺地发出人间最美丽的光来，光再度把我写字的手影印在了纸上，身上暖了些许。而夕阳下沉飞快，无计可挽。在它的四周，一种看不见的力量，辐散开半边天的彩云来。

我合上书本，克服近年突如其来的轻度恐高，尽可能靠近凌空的栏杆。此时，我的世界只有一轮圆圆的红日。它辉煌璀璨，从容优雅地往地平线沉落，而我的告别之仪，须得隆重纯粹才能与之相配。我挺直腰杆，屏住呼吸，不敢眨眼，伫立于峡谷半空中，目送着乙未九月十六的太阳走远。

明天的太阳是崭新的了。

2015 年 10 月 28 日，16 点 15 分至 17 点 45 分，我生命中的一个半小时，献给了羊狮慕大峡谷的落日。这一个半小时的守候，换来的是心灵深处的震颤。无以解释，为什么落日通常会激发出自己深深的激情？

有这么一个故事：

1894 年秋天的一个傍晚，夕阳格外壮美。美国画家莫尼斯心醉神迷地伸出双手，冲着落日呼喊：“我的上帝，啊！多么美丽！”

随后，他倒地再也没有起来。他仰慕一世的太阳，陪同他走向了天国。画家在自然中得到了永生。

日头落山，宛如圣贤辞世。莫尼斯的夕阳和我的夕阳，都是不可言喻的，皆有着圣洁超然的力量，把我们与庸俗之物隔离。相较于莫尼斯的生命之祭，我从生命中舍让出这短短一个半小时的祭献很是微不足道。但是谁能否认，我和莫尼斯，慕恋的正是同一个夕阳呢？

太阳落山了，独伫在峡谷深处，我内心充盈，欢乐如鲜花般绽放。

看啊，千山万壑的制高点上，一个女子屏住呼吸，在天地间辽阔的大剧场里，目接八方而不敢眨眼睛，她不想辜负了云的私自宠爱。

那神秘而荣耀的牵引

2015 年 10 月 29 日　星期四

农历九月十七日　阴雨大雾降温

早饭后独步山中，天气尚好，云雾且开且合。

网络很差，终于在山中某处，借用忽断忽续的信号，处理了一些事情。

所谓的“不问尘世”，在这个上午显出叶公好龙的伪饰。

互联网时代的归隐，更多地借助于“心远地自偏”的形式，而我却真切地感受到：邂逅青山，与现实“一别两宽”似乎随时可以成真。多少年以来，在寻找“自我”、确立“自我”的道路上，少不了经历跌跌撞撞鼻青脸肿，谁能想得到，就在我借助阅读和写作几近确定“自我”的达成之时，对生命的认知又翻开了新的一页：那就是，我相信了一个说法——人无法拥有一个单纯的自我，而只有一个与所生存的生态环境融为一体的自我。

那么，来到举世无双的羊狮慕，像爱着一个心上人似的，以内心之眼打量他，以内心之耳倾听他，以内心之语对话他，这是否意味着，我可以借这程孤旅，重新定义并找到自己在这个世界上的位置？

翻开手中的《寻归荒野》第五章，我惊喜地看到了一年前，2014 年 11 月 1 日夜，写在书页上的读书心得，是针对莫梅迪的一段话留下的。

莫梅迪说：

我认为，在人的一生中，他应当同尚在记忆之中的大地有一次倾心的交流。他应当把自己交付于一处熟悉的风景，从多种角度去观察它，探索它，细细地品味它。他应当想象自己亲手去抚摸它四季的变化，倾听在那里响起的天籁。他应当想象那里的每一种生物和微风吹过时移动的风景。他应当重新记起那光芒四射的正午，以及色彩斑斓的拂晓和黄昏。

我的注读是：读到心坎里去了。现在，我正处于这样一个时期。我的灵魂，在寻求一片更壮阔更优美的天地。今天，这个灵魂前行的方向如此清晰，真好。

现在，果然，受着一种神秘而荣耀的牵引，我又置身于羊狮慕温暖的木舍客栈了。下午 4 点，木格窗紧闭，灯光银白，屋外山风萧萧，一阵一阵凛冽地撞击着门窗。雾霭漫山遍野，自天接地，浑然无有人界。有凉寒的细雨自雾阵中落下来。这雾、这雨、这风，都来自一年前，不，是来自远古，带着亘古不变的音乐来与我无言对谈……

到此刻，我才意识到：多少年来，我始终没有放弃对一种宁静和孤寂的寻找。在现代文明的世界里，我看似沉静的外表，包裹的却是一颗动荡不安的心。这样一颗心，唯有自然才能给予最深切沉稳的抚摸和慰藉。

好的是，羊狮慕的岩石、阳光、雨雾、风声和山野，在我的面前开启了一个奇妙的世界。

对于羊狮慕，每一个访客都是过客。你的留和走与它无干，你 的悲喜离合与它无干，你山外世界的破坏与重建亦与它无干。

阳光自顾自地照耀群山，泉水自顾自地涓涓流淌，山风会奔往它想去的地方，云朵会在山谷和天空来往嬉戏。如果某处峭壁上或一堆乱石间植物们不幸枯亡死灭了，不用担心，会有鸟儿和松鼠（也可以是山风）来充当播种者，无论需要多久，总有一片生机重新出现。

自然世界并不需要人的介入。人类却通常以两种方法染指：或者多情，或者无情。

无情处处都在。江山风月毁于人手的事常有耳闻。多情如我，这朝圣般的对于山水的信仰，推而广至同类，如此匍匐的心意，充满了对大地和天空的热爱和忠诚。

美国杰出的自然文学家艾比曾写过：人有生有死，城市有起有落，文明有兴有衰，唯有大地永存……

揣着这句话，我早早晚晚徜徉于大峡谷时，心里就充满着神圣的敬畏。

多少年来，我始终没有放弃对一种宁静和孤寂的寻找。

云海和白鹇

2015 年 11 月 2 日　星期一　晴　冷

昨天很冷。山上气温大概低于 5℃。上午上山，下午又上山，十指冻成红萝卜。

昨天的收获是拍了 3 组云图，壮丽至极。如此天象，山下是无缘得见的。下午 4 点那组，彩云似凤凰展翅于西天，有吉祥止止的意味。

今天午睡到三点半，醒来闻到木头香味。客栈是座二层的四合院，每每雨后放晴，那沁入心脾、令人愉悦的木头香味儿，就袅然于整个空间。很奢侈。

进去山谷的山径不长，10 分钟就到了。一路上，意外看见三五成群的芦苇，举着柔软的花穗，沐浴着暮秋的金阳，安详清新如婴儿。一时，我目不暇接，含喜不禁：前些日的进进出出上上下下，竟不曾看见它们中的任何一枝。芦苇现身，加强了秋天的正版意味，深秋的盛会里，芦苇是当仁不让的主角之一，少不得的。

我没有为它们驻足，赶着赴云海之约。

在陆地上，我有过 10 年的观云测天经历，自信对于云雾变化，有比他人更准确的直觉。

早几日遇几个摄影人在山上守云海，是上午8点，太阳还没挂上石云峰，静风，雾沉在山谷里几乎一动不动。好不容易，那边缘的一些雾遇着弱弱的上升气流微微爬了一两米，又被坡上下沉的气流推了回去。远远近近，东西南北，整个壑谷都在上演着这样一幕推拉游戏，是山谷虚空中部有逆温层的缘故。“上午雾上不来了。”我丢给他们一句话就下山。果然，留守的人们几无收获。

由于云海生成需要合适的气候条件，故而匆匆的旅人们遇见的机会很少。更多的人，只能从幸运者带回的图片中，去感受其诱惑之魅。或者坐飞机，有心人也能隔了舷窗体验这神性缥缈的景致。可惜，这就如雾里看花水中望月，二手风景，要想拨动心弦撼动灵魂总归很难。

有些人懒得出门，总以为现代科技带回的自然看一眼就足够，我不知该为他们的审美胃口叫好还是叫坏。同样，我也不知，该为自己的刁深胃口感到幸还是不幸。不过，我以为，他人口口相传的风景，以及他人竞相拍摄的自然，传递的意蕴和信息是远远不够的。只有身临其境，一个人才取得了与自然对话、与自我对话的资格。造化万千，各有所属，各有所予，各有所取。正所谓，走向外界是为了回到内心。

一个人对待山水自然的态度，可测量其心灵的广度和深度，自然是天地间最大的教堂和庙宇。一个忠诚于山水自然的人，其灵魂的清洁度和自洁度皆不可小视，造化总是以无限的慈悲，洗礼每一个敬奉者。那些对自然缺少谦恭之心的人，气质和面目往往躁郁不宁。一群常常奔向自然造化的男女，与一帮在酒桌牌桌上打发日子的男女，不可同语。

细细分辨来，前者必有着独到的气质挺秀于人群。曾见过一个好女子，深冬在大山里转悠，见着崖壁上有枯枝压了杜鹃树，就捡了树枝，不停地跳跃起来，试图挑下那根枯枝：“它压了我的映山红，明年春来开不了花呢。”

顺便说一句，此女子面目沉静从容，是见过千山万水后的安详慈悲。

我上山的时候，与某外地男同车而行。他因工于书画，被友人好言约请至羊狮慕。谁知，其万分不情愿远出主人所料。山路崎岖陡峭令其失望恐惧，一路口不择言，其诤诤之声今犹在耳：“我最讨厌山了，一点看头也无。在城区喝喝茶逛逛街多舒服。”意犹未尽，他转向我：“我一个小时都待不住，你竟然待半个月，是有神经病吧。”

大本营午饭毕，他径自下山泡温泉去了，近在身边的大峡谷他再不肯加一步走近。

细观其字，果然一派狂妄，丁点静气无有，透几分魂无所依心无所定的凄惶流浪。荒唐的是，其人也画山水，据说“可以吃遍半个中国”。他的笔下山水我无缘得见，真不知这画里的山水又是怎样的气质面目？

西方人有名保罗·塞尚者，爱家乡的圣维克多山，长年在山前写生，一画20来年，最后命终于山前。圣维克多山经由塞尚的笔长出脚来，走向了全世界。

为吃的“艺术”和为爱的艺术，生命力不言自明啊！

想着这些，就到了日月峰前的平台上。山里人告诉我，一个人走轻点，运气好的话可以遇见白鹇，也有麻色的锦鸡。

如接神启，在平台上我犹豫了一下，选择了不走凌云栈道，而是往东侧一条斜径上行。想它崖高视野好，大概可通石云峰顶，在高高崖上，难保又有新的遇见呢。

果然，行至中途，右拐，有个宽2米、长3米左右的平裸崖面，凌空而出，崖上无有植物，视野一下阔大起来，整个大峡谷尽收眼底。

呀！呀！我轻轻地叫了起来，没敢大声，怕惊扰了大山的宁静。原来，是望见了云海。一望无际的云海，茫茫的云海，倾覆了平日里所见的道道山梁，唯在东南方向和西北角，余了几个山巅巅在云海中沉浮不定。云海之上，是高高的天庭，天庭上太阳在西斜，高积云、高层云、卷云，种种云类正在蓝天上各舒其袖，组合成了缤纷奇妙的云象。

我坐在崖上，往东南看，几条长长的卷云在天上画了几个大格子；往正前看，一段彩虹竖起在眼际；往西看，从斜阳里甩出一根长长的白云，像绳子一样牵住了彩虹；往西北看，一股白云正从峡谷里爬出，迅即变作一条壮猛的云龙。云龙自西往东越过山脊，顺坡而下后，又往东山坡上爬去。天哪，这是传说中的“过山云”呀！

空山无人，所有云演员的激情表演只有我一个观众。看啊，千山万壑的制高点上，一个女子屏住呼吸，在天地间辽阔的大剧场里，目接八方而不敢眨眼睛，她不想辜负了云的私自宠爱。

崖太高，上接天穹，下悬峡谷。久坐生怕：好几回，打量眼底下那壮阔无边默声奔涌的云海，把它们幻想成了天地间最柔软舒服的大棉被，隐隐有纵身跳入其中的冲动，终于忍了。是想起了云清雾霁时，所见的峡谷素颜：成堆的乱石、无序的植被、险峻的崖壁，哪处细节，不都是杀机潜伏？千奇变幻的云雾，制造了一出温柔乡的假象，让人忘乎所以，以为云海深处可以得到最温暖的抚摸。

这是大山玩的小把戏吗？人世间总有一些诱惑是要人命的，大自然也不例外，要有相当的定力做抵抗才是。

继续拾径攀高，走到无有路时，想那已是石云峰顶的尽处了吧。折回。没返几个台阶，见几米远的茅草丛中，有只白鹇在踱步。天，我没敢相信自己的眼睛。记起山中人交代的话，顿了顿，把脚步放得更轻来，就这一个愣怔，白鹇不见了。我并不失落，径自拾阶而下，走过十几米，在裸崖处的树丛里又看见了它。大概是听见了人的动静，它慌慌地沿着崖坡走进了更深的杂木林子。到这时，我已确认了所见之实，心里有极大的满足和喜悦。以为就此别过了，白鹇忽然又趁我不注意，在前方四五米处，跨过石径往另一边灌木丛中匿去了。

哦，在高山之巅，一个女人和一只白鹇捉迷藏呢。我独行，它也独行。"我一点也不寂寞，你呢，你寂寞吗？"

我问了问，它没有回答。骤然间，山野的黄昏里流动着几丝伤感：今夜白鹇身在何处，它会如何将一个女人来思量？我怎么觉得，此问一出，有几秒工夫，我不辨自己是人还是白鹇呢？

在远离人境的荒僻山野，加之暮色四合而来，心神恍惚情有可谅：此情此景，一个人和一只白鹇的遇见，谁能说不是多少劫世之累的约定呢？

云的孩子在嬉戏

2016年8月20日　星期六

多云转晴　黄昏骤雨

今天的重点，是观看云的影子在千山万壑间嬉戏。这又是置身世外获得的一个新鲜经验。

10点左右，天边对流已有所发展，从凌云台上望向西南方的武功金顶，那遥遥山岭上已经有浓积云大面积地发展起来，天空很干净。云朵的轮廓也极为分明，阳光为其镀上耀眼的银边，看起来，就像是被人一朵一朵贴在了天际。云若在头顶，形状就又有所不同了：云薄色淡，边缘分散模糊，更自由散漫的气质。再低处，云色就显得灰黑些，不是那么白。

还是这些云族，在上午10点，尽情地开玩游戏——它们用自己的体形身躯，借着阳光之力，在辽阔的山野里画着不同形状的暗影，由于光照的原因，云块在山岭上投下的暗影并不是跟云体垂直重合的，而是随着时间推移呈不同的斜角。我清晰地看见，东南方有一肥硕的云块投下那巨大的影子，正好与它成45度角。而西南方，一些不规则的云块，则横竖交叉地在山岭之上画下格子。

阳光嫩暖，云影轻淡，万物动静之间有自得之趣。

云，无中生有有还与无。

自古而今，云始终是人类追远莫及的梦想。

我立在崖岸上，静静地看着这一切。

恍惚间，我也变成了一个更羞怯的云孩子，在天幕的一隅趁人不注意，也练上两手活儿……

就这样，巨大的云影在山岭上缓慢地移动变幻着，像是一群调皮的云孩子启开天幕，在舞台上节制而有教养地演着一出皮影戏。

向晚，高积云，卷积云，正在天空中变幻形状和色彩，出山谷时，暮光尚亮，秋虫开始吟唱，山谷空气爽净，我万事不愁踱于山径。限于地形，左手侧是辽远山谷，遥望过去，西边渐渐沉入地平线的夕阳，就一直安静无言地陪伴着我前行。一时，我恍惚起来，好比到天地家里做客后辞行，天地委派太阳一路送行，这是造化给予我的最高礼遇了。

感恩吧，一不小心，这个黄昏，我代表人类成了天地间的贵客。

海市蜃楼

2016 年 11 月 4 日　星期五　晴

阴雨久矣，否极泰来。一阳来复，道之初动。这娇媚明亮的晨光，是我吟不出来的诗篇。

大道轮回，齐万物而等同。秋老了，草木也在老。老，可以是灿烂金黄，也可以是柔软洁白，更可以，是一派任性斑斓。农历十月初五，大峡谷初落清霜。万类霜天竞自由，多好的时节。冬天的冰雪远没到来，一切的恣肆纵情还来得及铺陈开展。生命只有到了这个分儿上，才有胆魄和资格举办一场自身的狂欢舞会吧！而我，只默默地欣赏就好。

我在羊狮慕。前世今生，我一直在羊狮慕。你在哪里？你远远的打量里，看到了什么？“睹有者，昔之君子；睹无者，天地之友。”（《庄子·外篇·在宥》）“有有”也罢，“无有”也好，以至“无无”。你我有情众生，亦君亦友，身心同鸣，共在此处、彼时，即是好的人间。

大晴，静风，平流雾层，层中空气密度上小下大，温度上高下低。今天的羊狮慕，四面八方具足了生成海市蜃楼的基本条件。然而少有人信：目极处，那道被断成三截长短各异的青黛山川只是幻象……山中人习以常见而不知，山外人受困于“无楼无市”而存疑。使“虚室

一阳来复，道之初动。

生白”，难事一桩。

是正午，暖阳当头照。与是亦居士，并立于北山峰顶，面对横亘东西天际的异象，喜极盈泪。天地有大美不言，自有磅礴威力逼降人心。是亦先生自云南来，研道入深。早中晚尽日频顾美景，兴奋不已，三呼“震撼”。其曰：除去海上、沙漠、湖泊等处所，三山五岳从来没有听说过海市蜃楼，竟然在武功山地区幸以得见 11 个小时！“中国福山”，名副其实矣。

长阔的平流雾层之上，生白云，长山川，造民房，栽树木。白云到黄昏不见了，民房树木忽隐忽现，来去倏忽。独有长短三道山川，神仙说搬来费劲，令其从清早待到了黄昏。是亦和我，皆无专业摄影录像工具，无以呈现真实所见。下山寻遇扛长枪短炮老夫妇，喜求与往。老妇眼含疑虑，凛然一正，后退一步：“海市蜃楼？不拍！”呵？恐是当遇俩骗子，提防着在僻静处失财伤命吗？罢了，罢了。大多数人跟那别致风景，注定无缘相逢。而文字和图片的无处使劲，令这场传布同样生出疑窦……难道，海市蜃楼，本来就应该无处以证？

黄昏，17 点 20 分，我再次前往北峰，见那山川幻影依然。想起这一天的虚虚实实，颠倒众生，大释执着：人生本如梦，来去无影踪。此时此地，有山可看就是好的，又何论真山假山。

夜寒徐生，新月不请自来，以小曰明。归路上，频频顾首以观其妙，多少随喜赞叹，终不成言。月亮和太阳，只拂照愿意被照到之人。我努力把美拿来分享，也只是因为世间有同好。

我确信，在你我的指间，流淌着共同的美的向往和光辉……

古时候的人现在不见了

2016 年 11 月 8 日　星期二　雨

昨天立冬，入夜，山中雾满，冬雨飘飞。六合寂静，八荒入定。敛神收心，敬意磅礴，开读《山海经》。

轰轰一声，启蒙开智：始知现世人们惯以忽略的历法，其中有弥纶天地，光照千秋之浩大功德。

历法含天道和人文，二者相生相济，相靡相荡，使浑朴宇宙，轮廓分明，井然有序。令天有分野，地有经纬，历史有编年，人世有人伦。使天地万事万物，各有其位各有其意。使世界和历史变得可以理解可以言说。天地之道，宇宙大法，无一不在历法中体现。

举节气而言，24 个节气，体现的正是玄远微妙的天道变化，也令人类生活由此改弦更张。立冬了，寒衣加身，静候冰雪。昼拜峡谷，夜闲读经。高山隔世，不问尘扰，恍如待在远古，甚是好！

然而，斯地斯境，当我读到这首民谣之时，沉沉山夜里，心绪忍不住荡了几荡，又悄然归于深深静默——

古时候的天地现在还有
古时候的日月现在还有
古时候的山河现在还有
古时候的人现在不见了

黄昏我安坐大风里

2016年11月16日　星期三　多云

现在是16点35分，坐在石云峰顶的木栈台阶上，这里避风，头顶有云朵。西南山谷起凄风，风很大，大到把云朵吹乱了。一张张云幔，在山中轻荡。四周很安静，我的心也很静，很静很静。唯有风声如萧萧擂鼓。

峡谷地形特殊，两岸山川夹一条山谷，谷地从西南往东北，在靠近日月峰时拐了一个弯，一个亿万年的风道就此形成。大峡谷的风，就是这样又苍老又年轻，想想就肃然，恭正。

向晚风急。上午还好好的，凭着神奇的第六感，独自相遇了云开雾散，相遇了祥瑞的佛光，相遇了初冬里的极致画境。在上午，大峡谷为我诵读了一部最经典的诗集。这一刻，风神却急得吼吼不止，贯穿山中万物，不知要去往哪里？他也是无地可去的，独特的地形不发一声，把他阻挡在谷地里回旋不已。按气象经验，这是10级以上大风了。

脚下有零星落叶在急旋。从容的是松涛。总是在风神稍安之时，就温和地细细森森缠缠绵绵应和起来，像一个绅士不急不躁，口齿缓缓悠悠地安慰一个发怒的老友。

松涛是有别于谷底风声的另一种声音，无以描述，节律单调，低沉有力，有内敛之德。不知从哪听到，世间至高的音乐就是节律重复，韵律永远不变，而且不是来自肉声。我以为，如同泉响、鸟鸣，松涛也是“神的声音”，是天籁一种，听起来，令心神归宁，如往远古……

风在远古备受崇拜。在古人眼里，风是有灵气的，充满了大地，掌管了一切。春风生万物，夏风使万物茂盛，秋风令万物成而有获。而冬天的风，则号令万物敛生收藏。《龙鱼河图》说：“风，天之使也。”是说万物因风而化，故称“天之使”。《白虎通义·八风》言：“风之为言萌也，养物成功。”风的语言就是萌发，它有养成万物之功呢。又有言，风为“礼乐之首，万物之首”，因之，人间的礼乐教化要遵循由风所体现的天道节律，故而，教化被称“风化”，习俗又名“风俗”。

我从来不曾意识到风是有神性的。无形之物的价值，古人比今人，大概更能懂得敬惜。素朴简单如初婴的人类意识形态早已不存，然而一旦有幸触及，自身也就享有了化为婴儿的种种妙好。

只是很显然，这一刻大峡谷凄风凛凛回旋不已，却不是要冲着万物的生，而是要把万物送往死境从而后生。

别说长成一棵树，即便是生成一株草、一粒苔藓，在这山谷里是有何等艰难？风和日丽时，你会意识不到生物们的险境，风狂雨骤时就会不自主地产生一种对万物的情感：敬佩、同情、悲悯、爱惜……

只是呀，我也是万物中的一粒，哪来的俯瞰悲悯他物特权？在羊狮慕，一花一草都舍不得采撷，看到有人为摧折的植物，心里疼得起痉挛。几个老友上来访山，有人伸手欲折一根杂枝，另有人急急出言：“不要折，安然会不高兴的。”

美国人爱默生参观巴黎植物园后，认为自己体内也生长着园中的狐狸、蜈蚣、鹰、鳄鱼、鲤鱼，我在大峡谷，亦是几近于这种物我互换。愈是去往大山的深处，愈是忽略了自己为人者的身份，一切自大和自满全然放下，更深刻地理解了何谓“众生平等”。这算不算修行一种？这样不拘形式以天地为庙宇圣殿的修行，恐怕才是最适合我的吧。

山风依然在以巨大的能量嘶吼，我安坐于高山之巅的避风处，就似躲开了一场天摇地晃。想起春天来，是在风道的尽处，日月峰的凌云台上，我竟在春天的飓风里呆坐了一个多钟头，做了一件事：录下了近 10 分钟风声遥寄山外。此等矫情之事，传出去恐落笑话，在我，却是自然而然地做了。无趣的是，我寄了三个人，无一回复。60 后不复，70 后不复，80 后也没复。稍有得趣的是，昨天 70 后建议我一处美篇，“以你自己在山中录的鸟鸣作配乐最宜”。我一乐，心中一个盘结已久的谜团算是打开：我寄出的，有鸟声，也有风声。就是说，她也是认真听了我寄去的风声了。

17 点 05 分，天光弱了些许，黄昏正在降临，有两个天使男孩小跑着把白天的毯子卷起呢。转首眺西天，云朵儿镀上了夕光，云隙处天色瓦蓝。太阳在去往昧谷，风神的音乐会依然激昂雄越，我依旧安坐于这奔腾喧哗的万古宁静中，在高山之巅，张开心灵的触角，捕捉每一丝神明传递的启示，以滋养心灵的豁口。总有一天，在这个又大又深的豁口上，会长出一片芬芳的花朵，在生命的深处摇曳不已。

17 点 12 分，停下笔，沿阶迎风而上，去问好今天的暮云和夕阳。

寒山安详，雨凇雾凇都是美谈

2016 年 11 月 24 日　星期四

多云转雾　有雨凇、雾凇

进山没几天，11 月 12 日，就接气象预告，23—26 日有自 1992 年以来最寒冷天气出现。

羊狮慕海拔高达 1766 米，这样的地理条件，冰雪严寒很是可期。就是说，有大概率见到冰雪中的大峡谷风情。

急急为自己准备防寒用品：

竹杖，山下浒坑镇有尊敬的师长颜德云在精心准备；

手套，山下朋友带了一双，几天后又是一双；

雪地靴和滑雪裤，网购后寄安福县城朋友处委托带上来。

多年不曾如此兴奋，是女孩盼着新年，多日来心田里始终有一群小鸟在起落。吃惊于自己对冰雪的期盼，又感动于大自然总有出手不意的精妙安排，令人对这个风雅人世留恋不已。

我还有些焦虑：见过前辈老师们的摄影作品，羊狮慕酷寒时零下 18

今天的大峡谷，就像一个黑白画廊，蜿蜒向南，蜿蜒向北，蜿蜒向西，东边有绵延山川屏蔽，正好作了一道廊墙。

摄氏度，流泉飞瀑直接冻结，此谓“冰瀑”。自己抗寒经验为零，是否经受得了极端天气？

就这样，我听任身心服从大自然的调遣，一日日独行在大峡谷，并在和它不断的深情低语中，激荡起对冰雪美景的神往。

有所期待的日子是值得颂扬的。最终期待之事是否落定反倒不太重要。

21 日，冷空气如期而下，然而网报京城“暴雪爽约”，气象部门忙忙微博致歉，称“雪是好雪但风不正经”，招惹世人笑声一片。

看来，人同此心，举国对冰雪的感情无有二致。冰雪到底有什么好呢？它给生活带来不便还有可能造成灾害。但每一回出现都会在世人中引发咋呼骚动。可能是因雪质洁净彻底改变往昔世貌，把人们带到一个新鲜感十足的崭新世界吧。只要冰雪分寸有度，那冰清玉洁的乾坤景象，的确人见人爱。

美丽的风景令人愉快，是因为它不仅过滤纯净了日常世界，更过滤纯净了人的心灵。我们对于风景的审美，其实就是对于自身心灵的观照，真善美的事物，对于人生的强大补益是具备普世性质的。

冷空气两天后抵达山中。昨天傍晚，寒流悄无声息就密布大山的角角落落，峡谷中已有少量结冰，迎风山口上的杂草树木结了雨凇。除了清灵灵的冷，山谷里一丝风也无。乾坤迷离，寂寥如莲，好像整座大山都修成佛了。我在佛的怀抱里轻行，希望遇到唐朝僧人寒山子可以执手谈玄。心中活泼泼地涌动着天机种种，待要捕捉丝毫，却又齐齐跑远。欲辨忘言，也罢。

最终，寒山子没有穿越到此，紫云道观的如吕晚钟，却一记一记遥遥入耳，把一座寒山送往暗夜，不用担心，明天的晨钟又会迎来寒山的苏醒。

盼了一夜，早晨营地这边除了地面结冰，别无新样。没有雪，窗前树梢上有些发白，应该是雾凇。因为雨凇是透明的冰，雾凇却是亚光的白霜状。

凇，水气凝结成的冰花。

凇有三种：雾凇、雨凇、雪凇。要分别它们有点难度，我 30 多年前学习了相关知识，往后居然没太派上用场。早期测天生涯里，除了雨凇偶有记录到，雾凇基本零记录，因为在南方，它多只在高山出现。

然后是雨凇在山下也看不见了，气候变暖，温度不够低，雨没法在草木上搭房子，淅淅沥沥直接就奔大地去了。雪凇尤其，没有雪，何谈雪凇。

进峡谷的时候，没敢抱太大期望。天欲放晴，山中有些薄薄暖意，上山的石径安全干爽。只是道边的一片灌木林，不断地有残叶簌簌扑落，林下一片凋零。

我打旁边过，也不忍听，也不敢看，一夜寒流，暮秋里挣扎过来的它们终于不能苟延。这齐齐作响的赴死动静有几分壮烈。

“天哪——！”

几分钟后，目光西眺，望向武功金顶，我忍不住站在凌云台上轻轻感叹。

是时，云海卧在山谷里好似冻僵。

近处草木挂着雨凇，更远处的山峰披着银装，无以断定是雨凇还是雾凇，后者的可能性更大，因为雨凇会反光，远景会致模糊。

栈道上多处落有轻雪，白花花的一片又一片。

金顶方向昨天是落雪了的，如今在晨光下看得分明，山棱线比任何时候都清晰可辨，山体轮廓如雕刻。

银装素裹，万物安详。即便是在滚滚尘世，寒冷从来都有吸纳尘嚣，令天地归于寂静的禀赋，何况这是在出离世间的高山。

相较于往日，这种安详清凛凛的，活鲜鲜的，令人神清气爽，如沐新浴，横泼泼的就置身于寒冷之外，似有无限的生机崭崭而出。冰雪凇花，以其新鲜之德，催人兴奋。

奇的是，千峰万壑，在白雪、雾凇、雨凇、云海的映衬之下，呈现出一种黛色，莫知是黛青，还是黛蓝、黛黑？雪洗青山山更青。原来天地间的白是如此霸道，它竟可以吞没视界里的所有色彩。

今天的大峡谷，就像一个黑白画廊，蜿蜒向南，蜿蜒向北，蜿蜒向西，东边有绵延山川屏蔽，正好作了一道廊墙。

我靠墙而行，痴痴在画里走，道路滑溜溜的，每一步都极其小心。庆幸手中有竹杖，依靠它，才敢穿着普通运动鞋走完全程，又走上石云峰顶。费时四个半小时，是平日的两倍，没敢辜负山外众多亲朋的安全叮嘱，我让自己好好的。

天终于在快 11 点时放晴了，凇花们经不住太阳的热力扑扑融落，山林里就如作雨。地面冰化了，积雪融了，我的胆子大起来，步子大了许多。

12 点 30 分出峡谷，日头竟然收了，云海迅速散作雾岚，被正午的强辐射威逼着向天地间一切虚空处进发，很快就雾满大山。看着这一切，想起清晨的安详清和，有些恍惚，不知到底哪个时辰的景象，才是大山的实像？

其实，大山的神秘莫测是常态，依偎久了，在特定的时刻，反而分不清虚实，就好比把一个熟人，突然看成陌生人。所谓“身在此山中”。

下午依旧大雾。

晚饭后顺山溪往东边散步，寒雾忙着生生灭灭。宽阔的谷底里，高低树木皆挂雾凇，下望错落着一片银白，可惜不能近触。再行一段，拐弯风口上下，草木无论大小，一律结挂雾凇，软软的白白的，一碰就落。一树一树，一株一株，一崖壁一崖壁，好不新鲜动人。

暮光渐渐冥暗，寒如清玉。凛冽的冷意里，我像只小鸟雀跃着打量这个新世界，忘记了“暴雪”的爽约，很是庆幸此刻“身在此山中”。

纯粹的事物才能抵抗朽坏

2016年11月27日　星期日

万里无云　道路结冰　湿岩处生冰挂

昨晚上来几十位摄影家，知道早上众人要分头去峡谷各处，放心地睡着懒觉。

摄影可以结伴，写作做不到。一个人唯有独自与风景同行，才有可能进入并读懂风景。

我始终相信，风景之后还有风景，“唯神而后能知神”。只有相信神性的存在，只有追随神性的所往，只有沉静宁止的身心，才有可能被引领去往那人和风景的欣欣契合之处。

镜头延伸了肉眼的视界，同时，也为世间那些双脚不能亲临现实山水的人们，制造了无数的二手风景。然而，对于一个已然尝到山水真味的人而言，二手风景缺了自己的心随物在，总不及亲自在风景的原路上闲逛来得过瘾。

其实，文字局限也是同样的，除非拜神力所赐，否则以凡人之笔力，如何做得到淋漓构建生动的风景原貌，引领读者透过文字得以领略风景神髓，从而领略天人合一的真意所指？

以我进入大峡谷100多次的经历，笔下所述远不及眼见的万分之一，更别说身心融合山水后，获得的那些微妙玄幽的变化和感受。

有些真意，是不便于也无力公开交流的。因为言出则破，文字一经吐出即如锤子，咣咣啷啷把心中那点盘旋纠结，似有若无似懂非懂的无上之法，就给碎了一地。在这一点上，我显然缺少养护心中那团尚待成形的妙悟的耐心。神明背着众生给了我一把花花糖果，领谢之余我能做到的，就是借助文字传布大山的恩德。这种着了文字相的后果，在现阶段我无力评判。

我只知道，自己心中有一束光，向着光明前行自古就是高贵正直之举，神明应该会照拂好一个追逐光明的人。

这就是我在大峡谷经常披星戴月出入而不知有怕的真正原因。

天大晴，万里无云，沐浴、更衣、洗晒、拖地、抹桌椅。冬日放晴闲的是天神，忙的是凡人。不做点体己事，太辜负好日头。

9点45分出门。天蓝得一无所有。明明是空无，又似存万有。迎着醉人的蓝，我敞开心门，从木舍走下300级台阶，一步一步，被这无垠之蓝掏空所有。当年释迦牟尼参透宇宙秘密成佛之时，不知是否连同那棵菩提树，打坐于这样空旷的蓝天之下？

一如不动。一尘不染。至纯之物，莫不如此。蓝天之下，大峡谷全天几乎不讲故事，无鸟语，无风起，无云相，无雾相，无落叶相……有细弱的挂冰若干；有晒太阳的金花鼠一只；四面山川尽处，有强悍的逆温层，层上有虚虚实实的山川绵延到天际。人和万物，都来了个素面相照，赤诚以见。

想起往日，天空中更常有的是云生云灭。今日苍天一念不起，纹丝不动，现出真如法相，才恍然记起苍天是真正的无形之物——大自然中，唯有无形之物才能得永生啊。长生的是无机物，速朽的是有机物，比如人，比如动物和植物。佛者取涅槃之境，以有形之身修无形之有，之无有，之无无，是为永生故？

我们寄身的这颗蓝色星球，雾霾哀歌四起，羊狮慕蓝，却以其纯正如一的庄严崇高，无声地宣示着：家园并不全然在沦陷。有一个神奇的大峡谷，充满了对抗衰败和朽坏的力量，置身其中之人，总有机会得到最正确的人生开示。

大道从无形处生，从无有中来，从羊狮慕蓝中流布……

白花花的太阳辞行了

2016年11月29日　星期二

多云转阴天

小雪过去一周了。今天多云转阴。

冬天就是这样，冷空气过后天蓝如洗，高远辽阔，空无一物，像涅槃一样。

前天，还有昨天，我都是走在白花花的阳光里。拍了湛蓝的天，拍了苍老的岩石。别的什么都没干，没法干。因为“我”被吸纳，我不存在了。好的是在“我”消失之前，我很有灵感地给这种蓝起了个名，叫“羊狮慕蓝”。

凭什么只有“希腊蓝”？“羊狮慕蓝”迟早也会名动于世的。

黄山松针落了很多，山地上积得厚厚的，阳光晒得它们散出香味，我路过时，脚步总是又轻又慢，生怕动静大了，把香味驱远了。你甚至于分不清楚，这是太阳的香，还是松针的香，还是蓝天的香。总之，这是世间独一无二不能复制的香氛。沉香名贵，只能在人世，寻一个小小空间品闻。而这里，天地作香炉，太阳当引火，温温和和地，就点燃了山谷里朴素又奢侈的辽阔香氛。

没有了云做伴，头顶蓝天万分闲寂，呈现出永世的静好。大峡谷很是纯洁，纯洁到一笔故事也不写。行走其中，人的四肢百骸，气息血流，心念魂魄，一一融化，再一一组装，整个过程，一个杂念都起不来，更别说故事——置身于这样的新环境，我一时并没有找到新的言语，词穷是可以原谅的。

我想说出“安详”，又觉得远远不够；

我想说这种“安详”是会杀人的，又怕引起误听误读；

我想说这种“安详”令我哭泣慌张，有谁听得懂其中真意？

我只好一字不说。似乎唯有沉默才有神力留住这一切。不是吗？我们有时候弄丢一些东西，往往错在随意开口。

这样的新环境，容易令人相信永恒，相信地老天荒。一直到昨天傍晚，我还以为这样的晴好就是世界的真相，仿佛永不会结束，仿佛永不会被遮掩。

有一笔得记上，这个莽莽原始大山林，从前再往从前是没有钟声的。斗转星移，白云苍狗，今朝有了人迹，有了道观，有了晨钟晚钟。最早我对人迹所带来的一切是抗拒的，比如我拍的片子里就不喜欢带上一点儿人工的痕迹。这个山林响起道钟，不过两个多月时间。然而，远远听钟的感觉很好。本来是纯粹的天地，道钟的加入，有了天地人三位一体的亲切和谐。天意人情都在，大自然就多了些柔情。

实话讲来，这段关于道钟的认知，九分半是真心觉得，它给本已无上妙好的神秘大峡谷锦上添了花，还有半分跟想家了有关。

山中日月长。一个人，独行大峡谷太久，身心皆会出离世间。游荡在世外，胆子既变得很大又变得很小。

敢在迷雾阵容里穿行，敢夜黑了还在崖顶上独行，敢在凌晨四点半去大峡谷赴约；同时，会很害怕听到哪怕一个电话响起，一个短信息接收声音响起。

只是，在死死抵抗住中途两次的身心俱疲后，一阵山林晚钟，唤转了俗世里的全部记忆……

人生是一场艰难的修行。向往山野，是心灵需要回转，转向世界和生命的起始处，只是越回走，往昔的世界越辽远开阔，每走一步，前面又有另外一步，求索的道路无尽无止。眷恋红尘，是因为现实的世界令人生充实又有着落。从山野出发回向红尘，或者从红尘出发回向山野，是生命的两面，二者缺一不可。一个是光，一个是粮食，光喂养我的灵魂，粮食喂养我的血肉。我在世间兜兜转转，寻找的就是这样一条活路。

一如不动的晴天维持两天以后，永恒消失了，地老天荒也没有了实证。上午多云，下午云增多增厚，天空灰亮，白花花的太阳辞行了，不知何日才会归来。

一切回到旧时风貌。而风貌也在缓慢笨拙生变：早在五六天前，我就发现群山老矣，植物一片墨绿，远近高低山林各处，颜容失色，那十几天前装点群山的姹黄嫣红，竟不知去往了哪里。起先只是注意到某一株树、某一片山林失色了，然后突然发现整个峡谷都美颜不再，在自然之力面前，微小的人，连挽留一片红叶也做不到。有趣的是，适此时，一艘载人宇宙飞船刚刚回到地面。

上午没出门，忙着让自己变成了一个小灯泡，想给一个在暗夜里走路的好女子照照路。

午后三点半，出门时光线不是太好，除去大峡谷里面的群山，周边其余方向，各有云河在山峰上轻流。不称其为“云瀑”，是因为它们从容静稳，不急不缓，有绅士淑女般的风范。这种情形，对比前两天的如如不动，倒是在寂静之中又添了些动静，令这万古寂静也带了些小小热闹。我头一回发现，天地间有事物活动起来了，比万物安详打坐要来得亲切些。

在石云峰顶避风处读吉根小说，坐着凉，就捧着书本不停走动。想起春天里，我这样走动着在山里朗读了不少诗篇，有些录了音，寄到了山外。今天没有读出声。对吉根的喜欢还是一如既往。

我在山顶走动读书是为了守日落。我没有守到，云层太厚了，懒惰的太阳盼着下班，不想下力出来。

下山时，右手边山林里竟有一小群鸟儿在愉快地唱歌。我很轻松地想：我流着鼻涕在山顶待那许久，仿佛就是为着在冬天的暮色里，听它们唱几声歌。只是，歌者和听者都互为隐身，这个山林剧场也太大了。

山中日月长，容易使人相信永恒，相信地老天荒。

一支思亲曲

2016年12月1日　星期四　晴朗无云

我父亲总的来说严肃有余，然而有一天他突然在柴楼上唱起了一支歌："我不曾见过你，你不曾见过我，年轻的朋友一见面呀，比什么都快乐。"

那年我不到20岁。怕他，远远地躲在灶房偷听，大气没敢出。偷看到父亲的另一面我又惊又喜，更怕弄出动静赶走了一个大男人的快乐。

今天一起床就上山。遇见志勇，他说：外面好滑。小心哈。

赶紧返回拿竹杖。没敢走木板台阶，绕到北面松林小径进峡谷。换一个方向进山有新鲜感。

峡谷今天却没给人新鲜感。道路有结冰，没想象的多，然而我还是走得太小心。有时候不安全感是在暗示下产生的。

呆板，严肃，鸟儿在这么好的冬阳里也不叫一声。

连一脉细流也不闻，是晴久了，山上藏水流尽，沿着山谷去了遥远的西边，要待下一场雨，一座山才又叮叮咚咚轻轻欢唱起来。就像我父亲四十几岁时，那天他一定遇上啥高兴事了，唱着当红歌手费翔的歌那么得意。

清早走在青山里，我从父亲往昔的歌声，想到一座山唱起歌来，会令万物更开心的。山里没有雾，也没有霞，阳光在世上游荡了好几天有些倦容，不像雨后初霁，崭崭的新鲜活力让人心里也有光芒一片。今天大山的样子有些平庸，于是我怀念起那些小山泉，一脉一脉的，简直就是在大山的肌体上淌过的众多精灵。

我承认，平庸容易让人走神。独行山谷，我不够昔时的专注凝神，杂念纷飞中，一只小小山雀进入我的眼际，它不出声，只是在树上飞来飞去，从这根枝条到另一根。翅膀没弄出丁点响动，安静得叫人无法忽略。我常在大峡谷遇到这样独处宁静的小鸟，看见一回，就似深深照见自己一回，觉得自己有一部分就是这样一只鸟。

显然，这样一只与我同在的鸟，止息了我的纷乱，让我瞬即宁止下来。于是，无上的静好回来了，我又在清寂中体味到了与万物同行的妙好。

走到最南端，太阳最先照亮的地方，这片林子上下，暖意烘烘。一片优雅的黄山松沐浴在朝阳里，青则有青光，黄则有黄亮，每一根针叶都发出光芒，每一根都在诉说着光明之德。我伫立依依，看到沉醉不醒……一株黄山松喊醒了我，它凌空悬在朝阳里，其形漂亮，状同一只孔雀开在我眼前。造化有深功，为而不争最是动人。

黄昏再度进峡谷，下午 5 点左右，西方逆温层突然就高高地立在了群山之后，又是一幅又一幅淡色水墨，有宋时画风。画里没有人，山中只我一人，但我在画外。斜阳掉进了逆温层，今天的太阳落山“提前”了 15 分钟。

有谁知道，我不断向世人描述的羊狮慕，我最想牵手一个人来看一看。他是我父亲。父亲近年晕车严重，腿没了劲，他上不了山。这个神奇的大峡谷，他来不了。这是我心中的憾事。我在山上闭关一个月，没打一个电话给他。今夜想起这个，突然心发酸，眼里泪花暖暖的……

突然读懂光的慈悲

2017 年 10 月 30 日　星期一　大晴

阔别一年后，我再次回到古远的家园。

是昨天，夕阳已落，暮光已深。山峡口望去，西北方山脊上镀有绛红光，道道山川轮廓已近模糊，视觉里衬托出一幅画。有架眼镜的瘦弱道士，正独自凭栏，伫于画前。

“不可思议”。人与峡谷刹那相照，一种无可言及的巨大安稳抓住了我，袭裹了我，让我舒软在其怀抱，像一个跋涉多年的流浪者，远远见到家门口慈祥的双亲。

“我回家了。”立于悲欣交集中，我不出声，把话说给山中神明。

天上一轮素月静静地挂起来。

月光下，有森细的山虫弱鸣，有动物归穴做细响。繁星是稍后些争共天庭的，以西北方最密。它们的出场，比之素月独守天门，更予独行在月光下的人以浩大虚无和深深寂寥。

此情，自是具足庄严正大的生命之重——是为着不小心跳出红尘，在浩瀚的天象之下，瞥见了人身的卑微渺小。

月迷高山，我迷月光，月亮和人，都走了好久。记得一路上，树影在苍岩上变幻不定。没有怕，一个人走在家里有什么好怕的。

黎明即起，去迎日出。6点出门，天已放亮，风不太大，微冷。四野寂静，新世界一丝噪声不起，在优雅自信的静默中到来。真好，自己又是被新世界拥抱的第一人。

这样的礼遇，在山下滚滚红尘里是无望享用的。

大峡谷晨光暖嫩，新鲜迷人。

漫游在大山里，看见光束变幻着、移动着、加大着，忽而打亮一块苍岩，忽而打亮某处山谷，忽而照耀独独一棵树，或者斜卧在遥远的群峦上，以光铺路，在暗黛里形成一束明亮的通道，这种种动人处，或幽微，或秀美，或宏阔，令我全神屏息，口不能言。

在红尘，我习惯于以为暗才是神秘莫测的，令人敬畏的，值得沉迷的。我习惯于光的霸道无畏，光的无处不在，光的寸土不让，几近无视于光的浩荡恩赐。在人间烟火里打着滚，一直不曾被光呼唤出感动，更谈不上对光的细致审美，为它倾心着迷。

比之烟火红尘，大峡谷的日月更有驰骋宇宙八方的自由和圣洁。这里的月光我写了不少，爱不够，写不够。人行天地间，少不了曲折莽撞，人的澄明静定少不得从迷狂蒙昧中沉淀而来。生命一旦意会到人世之美，懂得珍重天地之妙，哪里能够爱得过来，又哪里是一个爱字所能消解担当。所谓对人世深情，正是眷恋红尘香暖，对世间万物投注初婴目光。这其中，有懂得终将别离的缱绻依依。万分不舍，合成当下的眷恋倾慕，敬爱珍贵。有时候，我甚至解读为这是一种没有教义的无字信仰。天地就是大教堂，无须刻意礼拜，无须喃喃诵经，对一株野草儿动情，就是虔诚的礼拜；对一朵山花儿说话，就是最好的唱诗。这些别致的礼仪，正牵引生命去往光明之所。

迷人的还有晨光和夕光。今天我的“礼拜”，就是追随着大峡谷的晨光，留意它的脚步，是如何叩开山林的六合八荒叩开我的心扉。留意它的慈悲，是怎样抚过山林抚过在山林中发痴独伫的我。

大峡谷的晨光是奇妙的。它有教养，温厚从容，懂得进退。属于它的世界已经开启，它却并不急于将暗赶走。它理解暗的依依不舍，允许它慢慢消失。光不疾不徐地照进山谷里来，从壑缝里，从制高处，从开阔处；暗，则不疾不徐地退场。光成全暗的心意，其实正好成全了自己的荣耀——如果不是暗的同在，凡人如我，怎么有能力在大峡谷中找到光的影子，意识到光的尊贵？

晨光具足深厚的魔法。它点化平庸，制造高贵。只要它愿意，一棵不起眼的小树，会蒙受它的恩宠而在某一时刻独秀同类，变身公主。在万千族类中容光焕发独自起舞。这样的私宠不会维持太久，总会有一个时刻，晨光会“哗啦”一下弥满山谷——哦，暖场的游戏到此为止，神的旨意是要光满宇宙，造福万物。

上午 10 点，沿溪谷往东面去。秋阳昊昊，碧天莹莹。蓝天下的穹谷，盛大的安详里铺开轻薄一层无名忧伤。“自在飞花轻似梦”——万般存在，若有，或无；可有，可无。明知在人世，却分明，不在人世。

左侧，高高山岸上，芦苇一片一片抽穗了，不是新芦“成住”的粉紫色，而是去往“坏空”之路的米白色。一丛一丛小野菊陪着芦苇在暖阳下玩，小风吹过，轻舞若蝶。抬首相望，爱上了它们身上的光芒。

右侧是溪壑，壑边高大的风毛菊盛花期已过，蒲公英一样硕大的朵儿，一朵又一朵，已经耷拉下脑袋。不得已，逢面即成别离。手机镜头中，它们细弱的幽微之秀，像风中吹过的诗行。

就这样，细细慢慢走在一个平静的秋末，愉悦地与每一样野花野草认亲，给它们照相、美容，牵它们进“朋友圈”，让它们得到更多的赞美。蓦然意识到，对这高山种种，有爱不够的贪恋执着，独自洒然，微微笑开来。手机里，蒋勋正说红楼，讲着宝玉如何地对人世情深义重，连一丝醋意也起不了。近年自己也不知着了什么道，对人世也是深情依依，对人对事再无嗔怨，连一丝恨意也不肯起来——且将善缘恶缘一并了了。

就这么爱着蒲公英、小野菊、芦苇、风毛菊，爱着溪声、树色，走到了路尽头。意外听得对岸更低的山谷里，竟有群鸟欢鸣，循声望去，低谷里树色斑斓，惊红悚黄跃进眼帘。“事物再次出现，变得醒目。”万物行将去往“坏空”之劫，行前却齐齐转身对此生进行一次热烈的回访：各有方式，各有扮相，对天地宣示着它们最后的绚烂芳华。

日落时分，北奔山谷去。见素月已挂中天，风沿着地形通道呼呼猛起，芦苇在山岸上披着夕光急速起舞，场面柔软壮烈。

霜降已过，立冬即临，秋已老来，往后的事情将证明，人力连一片树叶都留不住。只是，世事倥偬，许多的人和事皆不再稔熟。对于自然之秋的依偎和赏读就别有了意义。万事注定徒劳，若在徒劳中能得到几分美的抚摸和慰藉，如此徒劳就值得任其发生。

山风愈发大起，有几处似要把人刮跑。我裹紧衣裳，加大步子往山谷里去。沉迷的，是急徐交替，大小不定的风声，奔走在这真正万寿无疆的事物里，竟听出来一种永世的安稳，把心在风里放得妥妥的。

霜降已过，立冬即临，秋已老来，往后的事情将证明，人力连一片树叶都留不住。

在野山，初时的秘密

2017 年 11 月 5 日　星期日　大晴

能够牵绊你的，一定是深深宿缘。

与大峡谷一朝邂逅，倾动三生，持久不息。在此间，我无比踏实地感知到大安稳、大安宁、大安静。

今天好晴，无风无雾，人很舒适。

早饭后，下意识往一年前废弃的危危山路上走，果然安静至极。有细细的野泉，流水潺潺；有快乐的鸟语莺歌，溜溜婉转。

阳光安详，走过 3 亿里路来陪我。我却安详不来——在一段陡滑至极的坡路上，不得已张开翅膀冲了长长一段，以避摔跤。

我想，任何一个事物独自走过那么长的路都会变得纯洁安详的。人也如此。一个人独自走的路越长，他越会独立于人海，卓尔不群。

今天我走了阳光所行长路的千万分之一，快 30 里路。

1 年前，每回进山我都走在这条路上。不可思议，3 年过去了！

3 年前，一个黄昏我蒙命运之神召唤进入大峡谷，第一眼就爱了个地动山摇，那无声的震撼久久不息，到如今依然在灵魂深处回响如钟……

神明起了诗兴，在山谷上下写了一卷明媚好诗。我打石云峰下轻轻走过，天和山，山和人，同在一个金色的梦里。

也是11月初，尚未立冬，久久下雨，比今年阴冷多了。我撑着伞，变回天真又大方的女孩，在山谷里走来走去唱歌。唱山歌，唱民歌，唱校园歌，唱流行歌，唱外国歌，把杵在山雨里候大片的摄友惊住了……有一天雨霁，山谷里出雪白云海，云海中黛蓝的山巅且沉且浮，又起又落，好一屏圣洁江山，纤尘无染！闺友青鸟喊住在歌声里梦游的我——我放眼一看，前方美得如梦如幻，无力言说，烟火尘间绝无可见！

鼻一抽，痴痴泪双流。

再后来直到如今，我总是一个人独行山谷，以十二分敬畏，全情倾听天地自然的奥妙天籁，再也没敢启口唱歌。

于是知道，生命里有些吟唱，一旦启口，必成绝版！

冲到拐弯处时，终于可以收拢“翅膀”安静下来。坐在岩石上晒太阳，在安安静静里想念一个故人——我今天走这条令很多人后怕的路，就是为了专门来想她。

我 14 年没见过清梵了。22 年前，弱小的她独自闯入这条山脉，爬到没有路。黄昏时遇见两个采药的，他们把她劝下去，说山上有豺狼虎豹。

可以确认的是，她和我爬的是武功山脉的不同山头。还可以确认的是，我们的登山，都是为着各自命定的寻找和安放。

清梵最终皈依了佛门。我想在这里给她写一些信，谈论一些比日常更阔大悠远的话题，却不知寄往哪里，多年前的“执手谈玄”已归沉深邃的记忆之海。或者不是写给她，而是写给另外一些人，比如从前的我，比如陌生的路人……

黄昏时进峡谷，本想续读《万物简史》，不意碰到神明起了诗兴，在山谷上下写了一卷明媚好诗——霞辉从天庭倾落，暮云流金，照着我打石云峰下轻轻走过。天和山，山和人，同在一个金色的梦里。

今天就此圆满了。下山时月光尚没为我点亮。

扑到云海里睡个好觉

2017 年 11 月 14 日　星期二

上午雨雾　下午晴好

在前天，中午 1 点左右有云河形成，洁白如绸缎，在日光下发亮，盘着山谷转了近 10 里。秋色转残的大山，因了这条“牛奶河”的点缀，平添了一种无以言传的壮美。

大峡谷神奇之处就在于此：论山势山体，其姿态样貌也算不得倾国倾城，青天白日之下素颜相照，偶尔也会呈现出稍有倦怠的平庸之貌。然而，以与大峡谷相依相偎三载的经验，不说四时风月季候变化所带来的景象万千，仅是日常的云雾光影，就足以把大峡谷打扮得常美常新，令世人缠绵向往百看不厌。

是的，云雾光影，这是羊狮慕如梦如幻、集壮美秀美于一身的独家秘籍，在已知的名山大川中，鲜有一地如它，年均云雾出现概率高达半年以上远远居前。正是无形的云雾，赋予了大峡谷独特的风韵气质，令其独秀于万千江山。

直到日暮，十里云河一动不动在山谷里微涨微消。太阳落山后，西北方向有云瀑生成，临了一堵几十米高的山墙缓缓流落。风静，没有

白云温柔地表达着对青山的依恋和友好。

外力，云瀑不疾不徐，落了40分钟，才勉强与谷底的云河无声无息相接连。我尽日临“河”，徘徊依依，一段一段地亲近她，细读她，一个抬首，天黑尽了，太阳收工了。繁星已满天，残月如镰。几只野鸡，在眼皮底下的山谷里扑扑棱棱，上树睡觉了。一只山虫，遥遥地纤声细语唱起了摇篮曲……

转而两天已过。

昨夜里大雨倾盆，寂寂山中，和几位山人喝茶，聊道，聊术，聊易，聊羊狮慕的奇幻灵异。谈玄遇故交，忽忽至夜深，竟似去天上做了一回客，归来已千年。

上午雾迷天地，夹有小雨。塌下心来，宅房中听蒋勋《孤独六讲》，竟不知有G先生苦守山雨中两小时，幸遇彩虹佛光。

大峡谷奇迹般的圣景，以暮秋初冬时节，逢晴雨交加天气，出现概率很大。

午睡后，天色透亮，有阳光打亮西北方山脊，快快出门。刚到日月峰平台上，又是云山雾罩。

奇迹是在3分钟后出现的！

在这个神奇山谷，谁也不知下一秒会遇见什么！

蓦然，山谷里一阵风起，势如摧枯拉朽，劈开了雾阵迷障。日头破云而出，谷底云雾闻风而动，挥毫研墨各司其职，云海是在刹那间聚合而成的，一群群激情充沛的水分子，此刻变幻为一群文豪诗人，浩浩荡荡，在我眼皮底下制作了一部幻美至极，吞江倒海，磅礴壮阔的天地锦章。

太繁忙了，太浩大了。我上看下看，左瞧右瞧，忙得像头拉磨的驴，呵呵。

但见六合八荒云蒸霞蔚，云团在剧烈翻滚，云雾在悠悠爬升，云轴壮了又瘦了，云海高了又低了。壮阔的云海各处，此起彼伏消消长长。

云海中，那云涛蓬勃四起，不作响动，就在人的身边眼前，却自有摄人的力量和气魄。记得有一回生云海，帅哥小黄笑如晴天，软语相告："看起来哟，好像一床大棉被，好想跳进去睡个好觉。"我一惊，暗叹美是一把杀人不见血的软刀子。所谓至柔成刚，这刚，倒更像一把无影剑，剑端高高挑起一个秘密——亲，温柔乡里有阴谋，小心为上。

小黄后来辞工下山了，不知他是否还会返来看云海。他不会知道，他以自己独有的情感方式，告诉了我，美会唤起怎样极端的回响和体验。

在云海与群山的接壤处，只见得云边儿起了，又落了；落了，又起了。是风推云浪，潮涨潮落。以这种方式，白云温柔地表达着对青山的依恋和友好。我立在高处，见那青山一动不动，真是为其坚强意志叫好——哦，到底是一颗颗石头心呀！不是所有的事物，都能几亿年始终如一，以无上坚硬对抗无限柔软的呀。

太阳更为西沉。云海依旧有起有伏，霞光投射在“海”中的朵朵白云上，几处云边镀上了一道金光，像一条天大地大的白裙子锁了裙边，“真是好看”，我默声轻赞。另有一些云朵披红带彩。天庭无声无息，山谷无声无息，我也无声无息。风景带上了一种神圣的静谧感。只是我的心，前所未有的不能安静，而是变成云海中的任意一朵浪花，激荡着，被圣之光抚照，一会儿蓝，一会儿黄，一会儿红，直到斜阳沉落，白昼收卷，暗夜铺开。到这时，云海依旧沉浮于山谷中，日月峰下，几只白鹇扑扑上树睡觉了。

好了。好了。好过就了。我心终复平静，大峡谷也归于万古寂寥。

冬天的歌声已经近了

2017 年 11 月 18 日　星期六

冷雨大雾

微信中偷听同事议论：要像安然一样，她永远少女心。

“她天天恋爱，激情满满。现在爱羊狮慕爱得一塌糊涂的人……好多，都是受她影响……”

我承认，在无关油盐烟火的一些无用之事上，我的目光有少女般的好奇，不，是有如初婴般的投入和专注。

我承认，自远古来往永远去的羊狮慕是个大谜语，任何一个兴致勃勃目光炯炯的猜谜者，都必定保持着一颗赤子之心。

我承认，这些年，从一片沙滩古林到一个现代花园，再到这座庞大而悠久的如磐江山，我的确是少女般在万物中徜徉，此生前所未有地，对宇宙山河的奥秘异常好奇：万一发现一个秘密，万一猜出一个小谜语呢?

这样的设问，光是一个起念，就令心跳加速，血液发热，手心出汗。可以确认的是，“与万物同悲欢，共进退”，这个世间不会有比此更令我着迷的了。

但是，托举起这些情怀的，远远不是“少女心”三个字能够承载。

记得自己曾经的少女心：脆弱，敏感，迷茫，眼泪比笑容多，有事无事愁绪满天。这样一个尚未长成的人，她没有资格更没有能力，来与江山岁月猜谜，学道，谈情，说爱。

这不是少女之爱。不是。

这也不是俗世意义上的“恋爱”。这个词，作用于一座神圣的大山，轻浅，不庄严，有些薄，我不敢。

美国女作家迪拉德回到其听客溪时说：“回到此地就好像一个人在战场上断了胳膊缺了腿，多年后回去寻找那战场。”（《听客溪朝圣》）

此言没有完全道出我的状况。一次次独倚青山，疗伤和慰藉，怀旧

岫谷幽寂，烟冷生凝。

和感恩，忏悔和宽恕，这些收获自然是一部分，但我，一定获得了更丰满辽阔、更温暖深远的赐予：比方犹如看到自身亿万年的流转轮回，比如万物都似在与我讲大道说妙法……

对了，迪拉德把依恋比作回战场，安然的依恋是回家：回到一个恒久的家园。这个家，以无常幻化繁复奔放展现天机，以宁静包容自由神秘书写道法。它不止于是安然的家，不止于是人类的家，更是收纳万物之灵的家。这个家是万物之源起，又是万物之归宿。这个家，是人的来，同时也是人的往。

在这里，流变中蕴藏永恒，死亡中孕育新生，古老中显现天真。有这样的家拥你入怀，给你巨大的安稳，无限的安宁，最深的安全。任是谁，大概也不会再想挣脱它的怀抱，而去往红尘翻滚流浪啊。

昨日开始降温，今天天气很冷。现在，我端坐木舍，就着温暖的油汀火炉，舒服地窝着，细细回忆白天在大峡谷的看见。一个新交的旅伴远在欧洲，相告我那款心仪的绝版名牌香水竟见着货了。我沉潜在山的世界里，错过了她的信息，起了一丝丝遗憾。

也罢。

我问L老师：学道年久，是否渐渐坠入空境？

答：刚好相反，越来越充实，该吃吃，该睡睡。

好吧，我也一样，山中的天机谜语要猜，世间的香水长裙也爱。

今天山中蒙昧昏暗，峭壁生寒，岫谷幽寂，烟冷如凝，我能看见什么呢？

我看见我走在大荒之境里，那是一种家常般的忆旧，却有着脱离尘埃的温暖洁净。

我看见寒山既毁既成。

冷空气是打着尖厉的呼哨一波一波侵入的。第三波呼哨响起之时，大家正在吃午饭。素来寡言的清红忽然发慢话，一字一字：像是一个妖精来了。“哗”的一下全场笑开了来，热议魔瓶烟雾和妖精。人世的有趣就在于此，一个不小心，就按下了去往童话的开关，唤转从前多少活泼无忧的日子。

就是这个“妖精”，一夜之间，让山中许多事物改变了样子：

前天一棵俏模好样尚待长开的“蒲公英”（后来清楚了是三角叶风毛菊）耷拉下了脑袋，它或许不会有活出生机的可能了；

低处山洼里的灌木林片叶不挂，只余一片黑乎乎的枝干；

山林全体疏朗了许多，是叶落林尽出的无奈；

寒鸡们呼呼啦啦在山谷里忙碌，不知是否在商量搬家？

前天还听闻欢快的山雀闹腾，今天一只也不见了，冬天要来，它们往后吃什么呢？一队长达两米的山毛虫，一只一只首尾相连，团结成一条结实无缝的生命之链，以肉眼几无可察的速度在山道上搬家，它们能去往哪里？这个问题令我操心得不行。

种种，种种。这些必然的毁败并不止于眼前所见，更多看不见的毁败一定正在山林深处秘密生发。

与此同时，我也看见：

各种杜鹃花已经顶起了花生粒大小的蓓蕾；

一些不知名的植物竟然冒出了新芽米儿；

最高兴的是各种地衣和苔藓，久晴遇雨，它们干枯的身躯因得到滋润而尽情舒展开来，其微小体貌中各种纤细之美也因之显现，令我愉快地赏了个饱足。

还有一分安慰的是，山林各处，上下左右，多少还留守些微残秋，到底是此去一年，有些不舍得，告别要慢些再慢些。

后来，我一动不动，倚在一处直面石云峰的开阔平台上，等着要看见点什么。

天色亮了些，混沌中有了几条雾缝，山谷呼啦啦起来一阵风，一团团一条条云雾充当了神的画笔，在我视线所及处，沿着石云峰旁的峭立山石或点玉或皴擦，或提或按，或藏或露，或转或折，种种无声忙碌，是为了画几幅山水小品奖赏我寒峭中的虔诚问安。毕竟，昨天尽日大雨，远了大峡谷一天。

大山在烟雾中开了又合了。几幅水墨画很快完成，冷雾重锁寒山。神明的现身从来都是迅速的，他要关照的万物太多，不能光为一个人忙。

到此时，我才知觉到了十指疼痛，红红肿肿的。我有些高兴，要是晚上冷些再冷些，明天有风雪冰冻才好。我不想错过大峡谷的雪景，我已经错过了多次。我想坐在寒冬的门槛上，迎守冰雪的光临，那会是一个新世界。

离家久了会变成一朵云

2017 年 11 月 21 日　星期二

阴雨　雾

近黄昏，停了 3 小时电。

山中入夜早，黑暗中什么也干不了。外出的话，则霜风如刃，夜岚有惊。只好安坐于黑暗，体悟光阴慢慢流过的滋味。

坐在巨大的静默里，如坐在世界的边缘，不起念，不打妄想，不去昨天，也不往明天。黑暗本已是个谜，我的静坐，就如谜上加谜。这是一种存心要把世界遗忘，更存心希望被世界遗忘的状态。这里有一种内在的深沉幸福，却无力言传，也无须言传。其实，对阔大而无形的事情避而不谈是一种理智，如果高山流水不能知遇的话。

语言是这样一种事物，一方面，它时时让人感觉无力；另一方面，它又被视作充满力量，无所不能。良言一句暖三冬。把三冬都能暖热！是怎样的一句话，有如此之大的热力？！想来人的一生，总是能听见远风送来一两声贵人之语，谓之“良言”。远古之时的日本人，更相信说出的话皆有神力，谓“言灵”。他们人人皆可以语言作咒，诅咒对手，许愿自身。而言灵，则让诅咒成真，让许愿开花。

我惭愧于曾经的自高自大，常常想化生为天地中的任何一物。

近几日我走在十里云山，不知怎么，就对大山说起话来了。这不同于以往的无言对话，这是以俗人的有声对话大山的无声。

一切发生得太自然，不过我不认为这种谜一样的启口是因为孤寂。事实上，这些天在人群中说话太多了：今年很奇怪地，一拨一拨的各路人士，在山中往来络绎。由于各种原因，无论认识与否，情愿与否，我抽出不少时间，跟他们谈笑打趣，聊的内容千奇百怪。

有一个夜晚，一个被称为“传统文化天才”的外地青年，拿着我的手机号码，发了一会儿痴。而后慢语相告两件事：

一是关于我的身体……

二是关于我的一本书稿……

恐他说出的很可能是天机，不详说了。

我还是日日独行山中。腰上贴暖宝宝，颈上贴暖宝宝，穿护腰带，穿防风防寒的专业衣服，有老师送的专业登山杖防滑，背粉红色的简易双肩包。以这个模样，我走在秋花繁杂中，走在秋色残余中，走在云雾苍茫中，走在初冬冷寂中。

走着走着，就听见自己张口说话了，声音甜润，一派朗阔正大，有欢喜意，有天真劲儿，像个没长开的少女：

哈，你一会儿发亮，一会儿转暗，跟我玩游戏呀？

哦，你越来越暗了，是要我回转吗？那好，我下山去了。你们都要好好的，我明天再来看大家哈。

咦，山雀叫了这么久，你怎么还不停雨开天来？

…………

就是这样，面对一座苍老大山，我竟然有了孩儿般的口吐娇莲，款款私语。这真是一件再好不过的事情：论偶尔的撒娇恃爱，天地间可能真的找不到比大山更好的对象了。大山既庄严如父温柔如母，又大度包容如知交挚友，更有巨大深沉的，神明对待万物的安详慈悲，来抚我入怀。我和大山的这些小秘密，说出来没什么不好意思的。

上午10点，独伫于石云峰顶。山色云气在若明若暗中交替变幻，成群的山雀用了最大努力呼唤雾散山开，久久而不得成。忽然雨落，滴滴答答的竟若春雨之声。温度是今天上来的，早晨去往山北边探访昨晚那片雾凇，齐齐消失不见了。

我打着伞，一动不动，立在山巅听雨，崖下四顾茫茫。万物隐身，天地间唯留雨声，慢慢地，三炷香的光阴里，听雨的人也不知去了哪里……

从前我努力把自己从众生中划分独立出来。读书时考试要争第一，工作时想做得最优秀，写作的话，当然最想与众不同。就连读闲书看电影，也一心要选择小众作品。

从前我不知道也不承认，自己与一朵花、一棵树、一朵云、一只小鸟没有不同。现在，我惭愧于曾经的自高自大，常常想化生为天地中的任何一物。我天天咀嚼“无为之为”“无用之用”的奥义，我深信自身掉落于一个超级大程序的运行之中，除了乖乖听话，不想弄出丁点动静。

听说一个人离家久了，她会把自己变成一朵云。

请许我鸡声茅店，许我万物圆满

2017年11月28日　星期二

阴天有小雨　傍晚起雾

真安静！真是安静。你在大安静里醒来。

除了3年前瑞士的那个小山村，此生你再没有经历过比羊狮慕更安静的黎明。

推开四合院长廊的木格子窗，望见北面山岭上雾岚缠绵。黎明前空气沉静，一动不动的雾岚脉脉含情，把大山的清早带进了无以言说的纯洁和安详里。

早起的人，也是纯洁和安详的。才6点出头，天光微微，有毛毛雨飞濡瓦檐。你痴望着这新鲜的世外，和大山融成了一个整体。想起黑塞所言："一切存在皆为至善，万物于我皆为圆满。"是的，就是这种况味，圆融饱满，无求无欲，像把所有的过去现在未来都经过了一遍。

就这样，你就这么陷进去，深深地陷进去，陷进一个与现实无干的理想存在里：没有对立，没有抵抗，不再坚硬，不再伤悲。

是一只打鸣的公鸡唤醒了你。

5年前，这里还是一片原始森林。如今，有了人，人在这里养了鸡，养了狗，在树林的空隙里撒了菜种子。山路旁偶尔有一株油菜花，一株紫云英花，去年看见了，今年同样得见。当然，开进原始森林的人还带来了老鼠，高高的山岭上，竟有肥硕的老鼠在林中流窜。老鼠们到底是怎样到来的呢？

大公鸡一声晨啼，狗儿也呼应着吠了两声，大山又归于寂静。站在窗边的你，不提防被眼前见闻撼了又撼，“鸡声茅店月，人迹板桥霜”。蓦地，一腔幽幽情怀“哗哗”决堤：

天哪，这个场面再熟悉不过，似有生生世世在其中兜兜转转。到了此生，历多少无以言传的曲折，难道要的就是，每一个早上，都可以在这样一个不染尘埃的情境里醒来？！

如果天冷下来，从营地通向山谷的那座简易板桥，自然是要结冰落霜的。去年此时好几个早上，你都在这座桥上差点滑倒。

“神明啊，请许我鸡声，许我狗吠，许我茅店，许我山月，许我板桥上的寒霜，许我独立遗世的生存时空，我愿意换去手上的所有。”

这个黎明，你对着北山，做着好梦，做得想发哭。

是更早几年的事情。

河北雾灵山。秋夜已深，一个文学沙龙在城里结束，你和一群诗人在野地里带露而行，要回到僻静的疗养山庄去。夜色漆黑，真正伸手不见五指。四面村庄远在不知处。先是一只狗吠起来，后是六合八荒的狗都吠起来，你们在一片吠声中行走，像走在一个奇怪的大梦里。你兴奋着狗儿们的兴奋，隐在大队人马中静默不言，心灵却像章鱼一般打开触角……

高一脚低一脚，不知过了多久，当山庄的灯火照亮你时，你有跌落凡间的怏怏失意——要是余生都能行在黑夜的狗吠声里才好呢。

会有一些现实，就如美梦一般令人不愿退转。就像窗前这个迷人情境，你的退转，只是因为理性的胜利。你没有法力永远留在这种类似禅定的真如之境中，说到底，你只是个凡人，而已。

你上山了。

天庭上云光和云色丰富多变，令你心情朗阔舒展。云和光提领了你的视线，把你引向了更远的天边，更高的天穹。那个小道长，也来看云。像是一种默契，怕撞开了大山的静谧，你们互不招呼。他来了又走了。余你一动不动，杵在凌云台上将近1小时，本有老伤的腰突然痛到发酸。到了下午，你觉得两条腿灌了铅。

这很公平，你不舍得云，就要舍得体力。

天气如小阳春，温暖潮湿。山雀儿一早就在低处山麓结伴出游，啫啫啾啾明媚动人。其时，太阳将出不得出，你在山中读云，云在远端舒卷。最好的，是南边屏列的山川变成了一幅巨画中的一组蓝色线条，壮阔又秀美。最奇的，是西边方向，有一座峰顶盘上了一朵云，那朵云，像斗笠，在峰巅上从七点半戴到九点半，中间被风吹歪了几回，又扶正了几回。斗笠云跟高海拔低气压有关，它的出现，意味着天气将骤然转冷。强冷空气的确是要南下了。

下午已经是满山大雾了。还是很温暖。几只乌鸦在迷雾里聒噪，它们真是从不晓得开心的一家子，叫声里尽是哀哀寂寞。

有人说，啥都看不见，你进去干吗。你笑笃笃地答，天会开的。

某些时候，你觉得你听得见大山的密语。

早上读云站得太久，伤了腿力，不像往日可以松快健行。你在苍茫雾色里走走坐坐，忘了归时。到晚钟响起，你告诉自己要回去你的“茅店”了。

也就在这一刻，大山如约打了开来，山雾绘了几处水墨，又是一份独独送与你的礼物。有了这一出，神明今天又完成了“万物与你皆圆满”的至善之举。你说过：“天会开的。”

你如此单纯地专注于当下，专注于行走在自然道场，“于是一切皆善，一切完美，一切即梵。”（黑塞语）

好吧，今夜我也为自己许了一个梦，请原谅我不能相告你梦的内容。

给我一首我能唱的歌

2017年11月29日　星期三

雨雾锁深山

一股漆黑的雾突然出现，我吃了一惊，身子颤了又颤，五脏六腑迅速团紧，血流加快，体温陡升。

这深山老林，接天蔽地的只有深灰色浓雾，今天是它们横行山野的日子。林中再没有第二个人了。

一路上，看见几只野鸡，一只说不上名的胖动物，听见一只鸟在深雾里啭鸣了几声。除此，就是山水哗哗奔去壑谷深处。这些伙伴们，关键之时可是一点用场也派不上，除非有仙女来帮忙。

大峡谷经常云雾苍茫，不曾只身行走空山的人，不能想象其中的百般滋味。这种蓦然黑雾拦路的紧张和惧怕，可谓刻骨铭心，已经不是第一次体验了。

突然记起来，双肩包里，有一盒朱砂，系好友从圣所求来。上半年身子百般麻烦，病容恹然。远在县城的她一见，二话不说，把随身的护身物递来，“能护身辟邪”。于是，这一阵，这宝物天天护佑着我独行深山。

下意识地，我摸向了后背。它好好地在。“阿弥陀佛。”我踏实下来，渐渐平了惊惧。没有退路，只能闯过去。

不自觉地，望了望黑雾的来源，分辨不出是谷底往上爬出来的，还是由山顶下来往谷底奔窜的。

“两个妖怪在斗法。”收住脚步，脑中不假思虑，冒出孩性思维。那《西游记》里，孙悟空保唐僧西天取经，不是经常遇见黑雾里钻出千年老妖来吗？

已是下午四点三刻，此处位于栈道中段，有一个深V形拐弯。这里有一股山水，只要遇雨就顺崖而下；这里有一棵老树带着一群小树，从长年阳光不至的谷底长出来。今天它们如常安在，它们才不管一个女人和上下两股黑雾老妖间的麻烦……

整个山谷，全天云山雾罩。雾色随风力而定，风大呈白色；风小则是灰白色；风再小，就是深灰色了。明知迷雾重重，午睡后，还是带着好心情进去山谷。

为的是山中那份奢侈的幽寂。

你进去干吗？

我去散散步。

散散步，就是散散步而已。履高山如履平地，经风沐雨如饮甘露。有人若倾听过雨打老林，体验过其中殊妙，就能领会此时的“散步”之好。梭罗一篇《散步》成为名作，我的“散步”，则是期待倚赖山谷的万古幽寂，去发现内心深处的静谧。为人者，需要体验加入一个更大整体之后的安全感。独行山中，我同时置身外部和自身的静谧之间，听得见比人为音乐更好的声音，听得见自我开花的声音，听得见内心智慧的低语，听得见悬崖上那棵平行于地面生长的黄山松在说话。

说个有趣的故事：

美国男子戈登·汉普顿，系声音生态学家，被誉为“世界上最好的倾听者”。有一回，他被一棵柳树层次丰富、声调优美的振动吸引，“着迷地驻足超过两个小时”。最后结论是：“那棵树是万物聚集之所，向天空咏唱着赞颂之歌。”

静谧正在以人所不觉的速度消失。根据戈登的研究，2007 年，全美“无噪声间隔期在 15 分钟以上”的地方只余 3 个。而在 1984 年，这种地方有 21 个。

山中日久，可以自信地断定，以羊狮慕的寂静之深，在某些时间段（早晚，雨雾之时），完全可以登上戈登的榜单。这样一份天赐的财富，大概是羊狮慕的旅人所未能意识和珍惜到的，更无从谈享受寂静。

戈登的存在，于我而言，有如天使驻世：他让我明白了寂静对于生命的意义，不亚于安魂圣所。而在大峡谷的最深寂静时段“散步”，就成为自己最私密最奢侈的行游享受。

已经很多次了，受着静谧的导引，听着自己的足音，我在高高的山棱线上散步，在蜿蜒曲折的栈道上散步，在雾锁深山时散步，在晨光幼嫩时散步，在斜阳深树里散步……可惜啊，静默之夜不敢去到山谷里散步。以这种方式，我亲密着我的大峡谷，依恋着我的大峡谷，在最深最深的平静里，体验着愉悦与静谧的狂喜。

就是这样，一边聆听寂静，一边唱着一首自己的歌，同时走向了天地自然和自身心灵的最深处……

写着这些，夜已深，周遭是无边的静默。我在这静默里舒展四肢百骸，舒展心灵，听到生命自身的喃喃低语。我已然成为一个向静默朝圣的人，这本是我最隐而不宣的荣耀，但是现在，到底是把这份荣耀张扬开来了。

也好，或许人海中的某一位，因了这份荣耀之光，也加入了寂静朝圣者的队伍呢——这就是这段文字的小小功德了。

一切从聆听寂静开始。一个人开始了聆听，就离安放心灵的圣所不远了。

人生中有很重要的一课要补上，那就是，听到并吟唱属于自己的那首歌。

雾里山林大静，生起颠倒梦想

2017 年 11 月 30 日　星期四　大雾

我和大峡谷最亲密之时，是其滴雨吐雾之际。

论起来，云海林霞，日出日落，彩虹佛光，春花秋色，它们也是来大峡谷做客的。自天玄地黄起，它们就是这里的超级贵客。不似我，流转了不知多少劫世，才迟迟来访。

每一回它们到访，就是大峡谷的盛大节庆。它们自带光芒，具足神性：佛光是惊世的，彩虹是惊世的，云海是惊世的，一树繁花是惊世的，甚至于峭壁上的一枝红叶，也令人心旌摇曳，不能自已。

而我这个少见世面的女人，这个大峡谷教堂里的过客，少不得被它们迷醉诱惑，却忘了对真正的主人示好。

山谷里的定居者：苍岩、青苔、繁杂的草木、幽谷、峭壁、各种动物……它们的存在朴素无华，没有惊世之姿，本质家常厚道，不招摇，没有能力招摇。只有当繁华风景落尽，它们才能与我素面相照，产生以心换心的交好。

人与山的素面相照有两个时辰：

一是晴空万里，大峡谷无遮无拦，山风一缕不起，鸟儿一声不啭。

二是云山雾罩，大峡谷披上一件暗袍，三分灵动，五分神秘，十分幽寂。

第一种情形，我认作“大峡谷禅定了”，它一笔故事也不起。

这时的羊狮慕，天蓝得圣洁，山静如涅槃，真是有“法相庄严”的样貌，“虚幻静空”铺天盖地，洗心夺尘，令俗人在其中连个妄想也打不了。

我多次领略过这种庞大悠久、辽阔无垠的安详虚静：心里似有滋味，似无滋味；似生妙喜安乐，又似带了薄愁离绪；正待含笑开颜，又欲低眉轻泣……

横竖左右，是一种无法言传的“走失”。这种一如不动的真境，由实入空，由有入无，一个世间俗女子，如何在其中定得住皮囊身心？非得通了“以实观空”的修行，才能无怨无悔地消解自身于这大法界吧。《心经》有言，“是诸法空相，不生不灭，不垢不净，不增不减”。

沉潜山谷四个暮秋初冬，这回终于领悟：大峡谷就是一部无字经卷，我的任何一种解读，皆出自宿缘里的视角，源于宿慧的存在。山谷万象奇幻，在我，犹如聆听庄子、老子、佛祖一一讲法，无在，无不在，是以名在。

回到云山雾罩里来。

细细慢慢品赏，山韵旖旎，具十足幻境。

云气或轻或重，雾色欲浅欲深，树色若见若非见。忽而聚了，忽而散了；灰白转暗黑了，又转亮了。走在云雾中，产生一种奇异的沉寂的兴奋感：前景未卜，真相不明，谁也猜不透随心任性的神秘云雾，今天会在山谷里忙忙叨叨端给世间过客何样景象。

情形如此，不如沉下心来，好好打量身边能够看得清晰的一草一木，一峰一石，情态恳切，倾听它们的静默。

也或许，一棵青松从崖壁上横泼泼斜在眼际，背景干净，云幕隐去了其余杂景。端望它，久久，惭愧于平日里因其周边繁杂的存在，让你忽略了它的风流美态，它生存的不容易！这回，你忍不住站在人类的思维上，要称美它。

还有那些峭壁，你好像头一回发现，其石肌质理是如此清晰好看，就如外祖母额头上的皱纹，让你想亲爱抚摸。其实你想亲近的是地老天荒，沧海桑田。恍惚间，你闻到海洋的气息。

据地质考，32亿年前，此地曾是汪洋大海。今天，你历万劫转千难来听海，海却不在此间了。

一处又一处峭壁，看似永恒，放眼无量过去未来，不过是无常里的相对有常，向你低语宇宙的演化。

空谷响足音，一只悠悠在栈道上觅食的山鸡，被你惊动。它加快了脚步，远远地看，走姿如同家鸡，就突然想学家鸡叫上几声，以示压惊。它太像山下人家田畴里的一只鸡了。只是，这深山老林又没谷子青草，它到底是怎么活到这么大的？你想到了它最早的样子——一只野鸡蛋！

哑然间你失笑了："所有生命之源，样子都不会好看的呀。"

你想到你的孩子，精灵秀慧的她，竟来自一颗模样无奇的受精卵？！

好了，你且打住妄想。

又一株相貌美好的黄山松在眼际崖下。它枝繁结盖，盖不大，但秀

又一株相貌美好的黄山松在眼际崖下。它枝繁结盖，盖不大，但秀气经看，像一只孔雀。

气经看。经过它，记起上午读到的一个故事来。

1200年前，唐朝有禅师名道林，持钵云游四方。某日抵秦望山，见有一棵老松枝繁结盖，遂栖于松巅，结跏趺坐40余年。其间有鸟儿于他旁枝垒巢生儿育女，两两相安，做了好邻。因此故，人称其“鸟窠禅师”。有传《心经》就是他相授唐三藏的，此说亦真亦假。但禅师确有其人。

真好，真奇。在人生的盛年打坐高枝上，远离颠倒梦想，静看云卷云舒世事无常。

繁华终有落幕。就如大峡谷那些且来且往的惊世风景，生了，又灭了。近了，又远了。留下我深情的回味和痴念。

这云雾山中，唯有眼前咫尺所现物相种种，有着相对的常在，它们的驻世，与我无有隔阂，令我得以与之亲昵示好。

只是呀，观自在菩萨有言，“色即是空，空即是色”。到了，我所依偎亲爱的这些，终归也是无有无不有，无在无不在。

不如放手。不执，不爱，不嗔，不贪，是以成就已心莲花。

那就放手。

我想留在这世外寒山，为自己种一朵莲花。

愿在寒山种一朵莲

2017 年 12 月 19 日　星期二

大晴　严寒

打算沐浴更衣，水是凉的。天极寒，空气能热水器武功尽废。湿衣服晒到太阳底下，迅速结了冰，手一摸，硬硬邦邦。屋内毛巾也结冰了。

中午小方喊我看木舍侧旁的三桶水，一桶大若水塔，一桶小如冬瓜，一桶又脏又黑，全是冰。一桶冰两桶冰三桶冰，拿了铁棍，怎么都戳不动。小方说，板房有温度计，早上读是零下 16℃。

啊？！哈？！零下 16℃？

我像孩子一样兴奋，很有些成就感：这是平生首次经历的低温，想想这些天在严酷寒林里走来走去，肉身保护得安然无恙，真是像战场上完好无损的英雄值得暗暗自傲一下。

那些亲如家人的朋友，一声声叮嘱此起彼伏：小心，保重，注意安全，都穿了些啥，不要乱跑，加强保暖，多喝姜汤红糖水……世上有这些相伴，哪有抵御不住的严寒？

去紫云观，已近黄昏，太阳朗朗，天空虚静。寒山无有人踪，唯我独共。

晚钟刚刚响毕，大殿里道长小邓在抑扬诵经，有梵香弥沁寒林里，我对着观后两壁冰川发痴……再被梵香熏醒时，没戴手套，手疼起来，一朵莲花似乎已在心中开过。

斜阳已落，天空暗下东半边，西半边泛着无际暮红，继续往峡谷深处走。

一场雪后，这天地不交的寒山，呈现出萧索气象来，把这山中经历过的所有惊心动魄一一忆来，心里寂静得一丝不乱：山也是有生命的，我既爱它的过往风华，也爱当下的萧索寂寞。

绿窗说：现在你已经是羊狮慕的女儿了。

我答：一开始以为是女儿，后来以为是朝圣者，再后来以为是爱人，现在，我想我是山中一个微粒子。

绿窗又说：真融进去了。充满谦卑，人同万物！！

对，融进去了。

那么，爱我的人们请忘了我吧。

那么，恨我的人也请忘了我吧。

我只愿，只想，留在这世外寒山为自己种一朵莲花。

万物肃穆，齐齐向这玄荒万古的寒流致敬。

寒山叩雪

第一天：落了碎雪

2018年1月26日　星期五　阴有小雪

几天来，全国都在等一场雪。我也带着腰伤，上山等雪。

已是大寒第二候，雪前群山萧索，不见人踪，寒流在山中细细回旋，天色灰蒙如一个巨大的谜语。等雪的我，也陷在无以言诉的空寂里。

雪是清早六七点开始下的，细细小小，硬硬的，夹生，没焐熟，不具备让人兴奋的气派和韵致。我有贪念，想要一场铺天盖地的鹅毛大雪。

一夜冷雨，山阶覆冰。难以觉察的细雪依然带着美意，结伴雾凇雨凇，静悄悄地，就染白了山林万物。

从容踏雪山谷中，打量高低远近，满目素银，山气清灵。鹅毛雪能否到来依旧不明。然而心头萦生感恩：这一刻，天地人三者浑然一体，相依相亲，无有阻隔。所谓世间正道，正是这般模样吧。

向晚，轻旋的寒流冷意更重了几许。栈道南端，有几只小山雀叽喳了几声，西边深壑里冻雾连作，竟然从那茫茫里传来两只犬吠……

群峦之西，武功山系错落往远，这烟火深处的犬吠，从何而来？

鸟儿安静下来，犬声也止息了。默然踏雪，与寂寥天地亲昵的我，依旧牵手自己，行走在了无限的远意里。

第四天：雪落大了，封山了

2018年1月29日　星期一　下雪　阴转多云

半夜推窗，见天空布有寒星，唯路面雪白。树是本色。屋顶瓦色正常。

后半夜可还有雪落？晨起果然，白雪皑皑。

上午，日头将出难出。雪气弥漫山林，举目群峰尽白，树树琼枝，雪凇、雾凇、雨凇各竞其颜。山道上积雪两厘米左右，质似干粉，雪踏着单调有声，响动不小，嘎吱嘎吱。

今天竟然封山了。为安全计，武功山管委会发布了官微。留守员工寥寥。这个意外，令我成为唯一的山外人，独拥雪山，窃喜莫名，好比得到全世界。每一个踏在雪上的步子，皆庄严喜悦。

雪状若粉尘，忽而忽而飘浮在寒林中，我在最高的石云峰上静坐，细细捕看浮飞的微雪，悠悠喝着香浓的普洱，一口一口，小小地来。念及这雪山之巅的独饮一杯茶，孤独的样子是多么好看！跟这银白的世界一样出尘，好看。

向晚，西天略微开了几下。山里饭早，匆匆食毕，紧赶慢赶再度上山。雪气和阳气在山谷上下交织，一团明月，在东边发蓝的天际里静悬。若不是云雾掩了斜阳，这一刻理应日月同辉。

很快，月亮也不见了。山林迅速暗淡下去，雪风骤起，风口处，雪树吃力地响，硬硬邦邦，如受刀剑，听来心疼……

山林日久，对万物的牵挂日深。因了今天的独“占”雪山，友人笑说让做“山大王”。我答，“山大王”不敢，做山中一分子可以。

话有多诚恳，心就有多诚实。天地人相亲的好，其实是不好言说的，无力言说。那就不说。

第五天：雪融了，现云海

2018年1月30日　星期二　多云转雨夹雪

一夜雪融，雪凇雾凇尽数消融，唯山阴面存有残雪。

早起放晴，峡谷中生云海。这寒雪后的云海，比之暖季云海，观感上更细腻更柔软。山气如洗，山色妩媚在雪日下又现一番新好。

今天依然封山。今天依旧独拥一座雪山。

诚实地讲，我独“占”过大峡谷的春之烂漫，夏之清凉，秋之绚丽。那么，造化可不可以，赐我一个更大的恩典——独独给我一座雪山，让我一个人听雪、闻雪、看雪、品雪；让我一个人，在雪山之巅喝茶，两袖寒风，一身抖擞，坐忘尘事，柔软如婴？让我一个人，出走红尘，独伫山岸，去经历一个不染尘埃的纯净的雪冬？

谁能预见呢，我竟如愿了。念及此，身心匍匐再匍匐，怎样的倾倒之姿，于大造化的恩宠，都是谦卑不够的。

近暮，忽然间，又落雪籽儿了。闲逛在空山里，放慢步子，听雪动山林，其声汹涌，锵锵锵，沙沙沙。生命里有此一段，多么心满意足。

第六天：严寒的寒，冷酷的冷

2018年1月31日　星期三　极寒大风　向晚转晴

没有温度计。不知怎么来讲述今天的冷！

双手无以出袖，一出即疼，痛到锥心。饭碗里盛水及半，在睡房结成冰坨。碗底略带湿气，放走廊木柱上三五分钟，再取，冻粘了。水珠不小心落在屋内木地板上，一会儿再看，成了冰珠儿。

一周下来，凡有檐处、木舍、石屋、亭子、岩角，皆挂冰凌，一溜一溜，一根一根。太阳乍照，滴滴答答变短来；雨雪一落，又悄悄摸摸长长来。到了今早，所有的冰凌都长个儿了。最长的，约有五六十厘米。（补：两天后去最冷的东山门，最长的近1米。）

是1月的最后一天，大寒三候即尽，"水泽腹坚"。即凡有水处，冰结至水中央，坚硬厚实。一方硕大的蓄水池硬若水泥，输水管冻僵，抽水马桶按钮纹丝不动，山上紫云观以最原始的方式，凿冰取水。（补：到2月6日，变熬冰取水。）

几天来性子还算温和的寒流突然疯癫如魔，带着刀剑，骑着飞毯，粗野嚎嚷，在虚空里流窜。山中事物，房屋，草树，道路，人，狗儿，还有藏匿于深树岩壁里的野生动物，无一不肃穆如敬，齐齐向这玄荒万古的寒流敛容致意。

我也不例外，手接触到室外空气瞬即领教了冷的酷力后，忽忽即拢身心，庄庄敬敬，不敢一声抱怨：不到羊狮慕，不经历这样一个上午，

我怎么可能领悟，极寒之冷同时是一种稀罕之美，更是一桩伟大非凡的事物。舒适愉悦之美人皆美之，而极端的事物，虽说不能带给肉身美感，但经历过后唤醒的精神感悟，对于心灵，何尝不是一种美的滋养？

上午寒流如同战神，没敢劈面相迎。我窝在 3 床被子里打网牌。好在，有紫云观邓道长不停发来小视频直播，弥补了不在现场的缺憾。视频里，风雪弥漫，寒声轰隆，震震作响，群山皆惊，天光灰暝，山色晦暗，光阴如止。这绝世寒冷，摧枯拉朽，把往日里的画意江山，风花雪月，一并吞噬，连一点点情面也不肯给。

面对蛮寒，凡人是连一声叹息也发不出来了。微友们都因视频惊呆了。

到傍晚，斜阳冷照，寒声作减，我进去山谷，终于直面迎对了风神大半天的“战场”，但见处处山骨黑瘦，瑟瑟若亡。心头浮起其昨日的妩媚和柔情，悲欣交集：江山残败，竟是如此，不堪相见，不忍相见啊！

夜间，山风依旧飒飒然，冷雾连起，据说152年一遇的天文奇观红月亮，没有光顾这里。

第七天：解禁了，山外来人了

2018年2月1日　星期四　晴天多云

山已解禁，山外来人了。

午后，发白的阳光带些暖意，感觉上不那么冷。石云峰下走过，阳光牵着云雾正在其周围嬉戏，清新明媚。32亿年前，这里是湘赣深海。6500万年前，此峰受新生代喜马拉雅造山运动形成。它法相庄严，自有岁月的无尽魅力。亘古的日月宠幸它，春天的雨燕依伴它，四季的云雾装扮它。因为它，我喜欢上了一种新的色彩，岩石灰。它内涵十足，含蓄持重，历千万劫而默声不语。谁的世界里不会下场雪呢？面对磊磊巍然的它，就会坚信：所有那些落下的雪，是休想着附于它寸岩的。

在最南端，崖壁上有一丛杜鹃树，枝叶上仍有白雪团结。仰看，好像开着花，一树又一树。栈道中间段，有一处宽阔垂直崖岸，岸上山峰较四周低矮，汹涌的雪水聚流而下，终于没能落下岸，而是被冻住，把崖岸美化成了一道几米宽的冰墙，连着路面也成为一条闪光冰径。

面对它，我读了许久，像读一页经文。

面对它，我读了许久。

像读一页经文。

傍晚，推开西窗，见屋檐下冰凌融尽，只余一根最长的冰种。暮云薄薄，仓促乱度，冷日退远，严冬也在退远。早春的阳气，正谦逊地袅娜于大山各处。

造化之德正在于，无论什么样的深寒都有尽时。那些寒彻骨髓的日子，就这样埋葬在大山里了。

第八天：咪咪，明天的早餐在哪里

2018年2月2日　星期五　阴天多云

竹子一开花，国宝熊猫就断炊了。大雪一封山，野生动物就没粮了。

竹子大面积开花，古遗动物熊猫在饥荒中挣扎。这是1984年，川地发生的一桩大事情。“天上的星星真美丽，明天的早餐在哪里？”彼时，熊猫咪咪在歌中一声轻问，揪紧了全国人民的心……

熊猫终于没有灭绝。万物有时。而《熊猫咪咪》的旋律，却在这个寒夜化为柔肠剑，在记忆里骤然萦响舞动。

落雪头日，乡友“武功山人”在微信里提醒：“小心野生动物雪后出来觅食。”他是有经验的，意在要我注意安全。

在这座大山里，我见过白鹇野鸡漫步，遇过金花鼠遛弯儿；见过神奇的苍鹰飞向斜阳；春天里，听过一种不知名动物发情，它们漫山遍野唱情歌；而短尾猴子，啼声如悲，像一群婴儿在哭。有一回在山巅苍岩上读书，一对灵猫（又说是云豹），悄无声息地，结伴路过我身边。还有，至少有两起遇过蛇的人打问：你就没遇到过？我摇头：“4年，一次都没有。”

《武功山志》有记载，此山中有“念佛鸟”，发声同“阿弥陀佛”。百度查，此非虚言，世间果有此鸟，我倒是想遇见它。

史文有载，大峡谷有野生动物几十种。这个寒夜，它们正藏匿于大树岩壁间。它们当然也有幼崽，仰面寒星如豆，小幼崽是否也会相问爹娘：明天的早餐在哪里？

雪落后的第一个清早，在不曾破坏的雪径上，我发现了几行类似鸡爪的脚印。心头一紧："武功山人"说对了，白鹇、野鸡们没得吃食了。想象它们探头探脑挨着崖边行走的样子，面对白茫茫的雪世界，可是有多么无助？

雪落后的第二个清早，日月峰前的平台上，我发现了一种不知名的动物脚印，圆蹄，梅花状。脚印很长，蜿蜒曲折；很多，大中小都有，大的体形有两条家犬大。小的，则是它们的宝宝崽子了。喊住留守巡山的龙师傅，两人冒着雪寒，沿着脚印左右分析，半天说不出个所以然来。只是叹息复叹息：可怜哟，这至少是一家子，昨夜饿得不行了，这样走来走去找吃食。

龙师傅摇过头后，去了别处。我好奇，沿着脚印找头尾。是从日月峰平台往南，约七八分钟路程的一处岩壁上下来的，岩石堆里长有一棵高大的青松，松冠结盖如伞。这个地形大概是一个好的掩护。

就是如此：一队不知名的大型动物，在寒夜就着雪光，饥肠辘辘走下藏身的峭壁，沿着山径，经日月峰平台往北，顺山阶绕过日月峰下去了凌云台上，又一无所获地集体返程。

这一去一回，它们都是挨着山崖边上行走，步子看起来带些犹疑，透出小心。

第三天，山径上雪已硬化，难以看出它们是否进行过觅食行动。

第四天，雾凇雪凇雨凇都化了，山林多少复归原貌，它们大概找到了些吃食，不用冒险出穴了。

第五天，我默唱着《熊猫咪咪》，带着动情的少女记忆，把雪地上它们留下的脚印，写成这个故事。

冰雪高寒，于猎奇的人类，可适度作风景细赏；于山里动物，却是生存的真切劫难。

山中凡水流处皆固冰。凿冰取水。

咪咪，明天的早餐在哪里？

第十天：山巅迎春

2018年2月4日　立春　星期日　晴

连晴两日了。

今日立春，日头艳艳。照我高山，唤我春回。

我心中有新柳轻拂。一早，春山不见闲人，迎面朝阳，我洋洋迤逦于山谷中。这海拔 1700 米山巅的独自接春，别有深意远韵。看，一个人高高行走在早春的光芒里，滤心洗尘，独立遗世，是有多么尊贵和幸运。

昨天下午两点半，立在山径上，面对那道壮观的冰墙，看了又看，听了又听。冰墙迎面午阳，冰光闪烁晶亮。冰体表面凹凸起伏，像大鱼的鳞片。受暖后，冰始作融，细流在冰墙里头，从岸顶相争往下，一道一道，淙淙淙淙，淙淙淙淙，脆声作响，像一支手风琴欢奏，令寂静而薄暖的山谷，起了轻舞之意。

这是春水在流，这是春水在响。记起来，美国有人写过林中溪谷的声音：新溪急躁尖锐，老溪圆润浑厚，原因在于溪中石头被水修磨的程度不一。真是如此，这深山细响的迎春之水，自异它时。活泼泼的，新崭崭的，有天真意，有烂漫意，有欢乐意，是一个水的婴儿，无畏无惧，无怖无恐，不顾去往海洋的道路既艰且阻，忙借太阳的助力冲破冰封，淋漓痛快先为自己轻奏一支壮行的悠悠小曲。

淙淙淙淙，淙淙淙淙，一位世间过客，竟偷听偷看到这全部，施施然间，她的身心也似有春水流山花开——为了这一幕，她缺席了山下一场繁华有余的春节联欢。这是一个人的联欢会，是一个人站在春山的门槛上，等着和一个盛大的春天联欢。

就这样，素履以往，叩拜寒山整 10 天，倚一段雪落无尘，铭刻骨深寒至美。蜿蜒在青崖之下雪林深处，送冬往迎春来，真是好。

倚一段雪落无尘，铭刻骨深寒至美。

对云朵的深情

2018 年 8 月 19 日　星期日

晴天多云

羊狮慕万里无云的日子一般出现在深秋。

那时节，天色纯蓝，万物宁静。人闲闲行走于山中，有莫名的出世感自高天布下。我把这样的日子，称为“大峡谷涅槃了”。此念一起，就像恭身于庙宇，内心肃然，颜容虔敬，如同神游于木鱼和诵经声中，止不住想流泪——那是臣服于一种神性力量的泪。

“七夕”刚过，尚未进入处暑，现在，严格说来还处于长夏。夏天的羊狮慕，相比深秋的一如不动，以青山白云为主打的山景，倒不像牵人进入庄严庙宇，而是像引入一间寂静清和的茶室，可以彻底放松下来，有慢慢吃杯茶的散漫闲逸。

上午 9 点，拾径往高处去，穿过一片树林，坐在高高崖上。手机没信号，包里没书，也没笔记本。这块高崖，最是视野辽阔，可以高高在上俯瞰瞭望群山万壑。

在过去的三四年间，此处常常被我奢侈地当作“私家书房”，有熟悉我羊狮慕文字的朋友，甚至依着文字远来寻找它——哦，这已经很接近一段人与大自然的佳话了呢。

今天不读书，今天只是慢慢吃茶，专心读云，连一丝心事也不要起来。茶是金峻眉，云是淡积云。茶在手中，云在对岸武功金顶。茶有一杯，云有两朵。人，就被这一杯茶两朵云带进造化里迷了路。

那两朵云，牵着手，着白裙，横卧在山巅上。她们一动不动，也不长也不消，也不融合，也不分离，就好像生生世世要这么友好，友好到连姿态也要固定下来，不做改变。其实友好的是空气，他的安静，对于白云姐妹的心意是一种成全。

我也不着急，今天的时间，就这样全心全意交给两朵云吧。我不相信，宇宙里会有不消不长不生不灭的云朵。

古印度和佛教观点相信，积云在地界是有化身的，这化身是大象。梵语的创世神话中，大象会飞，可以随意改变外形，会造雨。而科学则是这样的：一朵中等大小的积云总重量相当于80头大象。事实上，一朵积云飘荡在空中是多么轻盈，她让我很难视同于笨拙的大象。

比较起来，我更接受云和神有联系的传说。

英国人平尼在《宇宙的答案云知道》一书中，幽默地说："积云就像天神才能拥有的家具。"上帝，孙悟空，观世音菩萨，过海的八仙，哪尊神不是腾云而来驾雾而去？最有趣的故事则是《武功山志》所记载的，几百年前有某女子竟由此地乘一朵云化仙而去了。

我小时候，对神仙住在云端里深信不疑！到了而今，即便坐上了飞机，也还是会盯着舷窗外变幻莫测的云海，构想出很多画面，想象着众神依然住在那里。有时，我会激动于这种想象，顺便把自己也投进了那苍邈空茫的虚幻"仙城"……好在，我并没有当神仙的念头，云海无边，无有他物，住在其中实在太寂寞了些。

我在高高崖上，读书之时，吃茶之时，发呆看云卷云舒之时，常忍不住打妄想，觉得这是只有神仙才可以过的日子。凡动念至此，惶惶就有惜福之心生起。是以为，一个人，不可以独自从大自然中消费受用太多。

没有比今天的云更缓慢的事物了。一朵积云的寿命只有10分钟左右。而山对岸的那两朵云，在我耐心愉悦地凝视之下，少有动静，颇有悠悠万载的自信和从容。意会到这一点，我突然脸红：在山下，自己日里夜里赶着的，都是些什么了不得的事呢？活成一朵云，大抵算得是一件美好的事。

后来，天上更多的云朵互相呼唤着诞生了。太阳爬得更高时，体形肥胖的云朵在群山之巅投下了巨大的云影。云影和阳光分踞着群山，光明和清凉同时在视野里呈现。这些云的影子让我倾心又讶异：在城郭平畴里，是有多久没看见过它们了？此前我从来没有意识到，红尘喧嚣，嘈嘈杂杂，连一片云的影子都留不住了吗？原本最平常不过的风景，现在只能抽离日常时空，去往更高更远处才能邂逅了。

再看，两朵云终于彻底改变了模样，远远地，她们合为了漂亮一体。而我，竟然说不出来，这距离初见她们，到底过去了多少时间？

这就对了，美好的事物，总是令人浑然忘机。

秋山烟雨又几重

2018 年 8 月 26 日　星期日

农历七月十六日　全天雨雾

昨天中元节，为着某些敬畏，忍住没进山。上午天好，朵朵白云在群峰之上巡游。去了一处幽静的山溪岸畔，就着溪声，读了半天书，是文化大家钱穆的《湖上闲思录》。该书探讨的是中西文化比较，说是“闲思”，却行文缜密，逻辑性强，读来有些费脑子。然而，此样超拔于近 2000 米红尘的书香静好，却十足怡情、迷人、悠然，令我溺陷其中不知魏晋。这倦鸟归林般地放下、松开，心无一物，单纯只是循着大师内心的光辉神游，按钱老的话来讲，是“真的人生”。

处暑已过，伏天宣告终结，羊狮慕乘节令之信而动，一朝一夕之内，就算真入了秋。我是从一树叶声始知秋意的。前天向晚，静坐一处岩下发呆，身边有一株贴紧岩壁生长的树。是时，天蓝如绸，日色明亮，山林也葱茏。岩树却经不得微细的山风撩动，飒飒然，旋起一阵一阵萧凄叶响。初听不以为意，几遍之后就心生愀愀了。要知道，就在一天前，林中叶响全然没有这种寂寥之意。欧阳修夜读之时，骤闻秋声而悚然叹问“噫嘻悲哉……胡为何来哉？”我这青天白日的岩下静坐，却也没能端正多久，念着正是中元前夕，诸多不安就被一树秋声搅动，早早回到木舍之中。从岩下早早退场，是一种怯，更是一种对天地祖先的庄严恭敬。

中元节下午，日色晦暗。端坐于木舍窗前，临抄欧阳询的小楷《心经》。抄经之事，偶起于两个月前，被人鼓舞也被人哂笑。我全然不在意，无为之为而已。在中元节的特殊时刻，临抄《心经》，时空是有多么安稳妥帖。

雨落雾起是昨夜的事。睡床上记起两年前的七月十五，也是在此间，也是早早出山。那夜天朗气清，山风拂动，明月彩云追逐嬉戏。实在舍不得错过，就于木舍前平台上，坐在月光下，陪了她好久，直到她转过另一山峰不得照见。而今，青山还在，独倚青山的人也如期归来，旧时之月却不见了，窗外只有无声的山雾和淅沥的年内第一场秋雨。这提醒我，生命中的告别，不仅仅发生在红尘里，同样也会发生在红尘外。我们在人世作别的不光是一些珍爱的人和事，也会是大自然中某些刻骨铭心的风景。

一夜虑神，睡到晚起。一睁眼，山已转成秋山，雨也已属秋雨。万物依然并育于此时此刻，苍天的好生之德并未损减。尽管十分清楚，随后大峡谷的草木生灵会经历些什么生死大考，我依然相信，大道轮回，生由死出。

下午雨小，大雾依旧。一日不见，三秋之煎。惦念着峡谷万物，我撩开了一帘帘秋山烟雨。

这是上山第 9 天。事实上，经历了一周连晴，我非常怀念云山雾罩的况味。果然如愿了。

雾弥群山，空谷茫茫，山色暝昧混沌。有成百上千股水流，自岩壁上的纵向肌缝向下流注，在壑谷的不同位置，汇成若干条山溪，轰轰去向未知。满崖壁的苔藓尖尖上，齐齐吐出一粒粒小水珠儿来。不见了捡果子的金花鼠，听不到山雀啁啁啫啫，那岩头上的小鸟思想家，此刻也不知蜷在哪个窝中做些什么。勇敢的是我，闯入这空寂的世界里，仗着有山溪唱着秋歌做伴，沦陷在一山烟雨中。

独倚羊狮慕日久，这是一种切身经验：云雾山中，当万物消隐于雾障里，世界会产生失真感，会被清空所有。这种失真和清空，有吞灭世间嘈杂纷扰的力量，它能带人加速逃离你想逃离的一切，忘记你想忘记的一切。

毫无疑问，我们无力清空挤挤攘攘的外部世界，偶尔，却可以依赖一场弥天山雾，让自己的心上空无一物，以便抵达“虚室生白，吉祥止止”。

嗯，秋山的一团混沌里，实则有一条明确的道路，指引我们去往清明之所。前提是，你要用心去寻找。

阳光走了三亿里来照拂山林

2018年9月13日　星期四

多云转雾转晴

黎明5点，推窗望见天很黑，没敢出木舍。等天亮。

5点41分，天亮了。山坳口堆起云团，不似往日是一道红霞。但还是很动人，心想就看着这云消云长也是神明的眷顾，凡有遇见，都是好的，不要挑挑拣拣。神说过，让有的还要更有。

越往前走，天色越亮。有零碎的鸟语啾啾渐起，虽比不得春天的丰盈，但却让寂静的群山生动起来。

秋虫则相反，鸣了一夜，累了，随着晨色转亮而弱了下去，用心听，山林中偶有几只弱弱地发声，想来是一宿辛苦，求爱不得，把一腔心事在黎明将尽里托付。造化令有情众生，皆要成双成对。那独孤的生命，落寞得令偷听者怜爱。

6点零4分，天文学上的日出时间。一分不差，准时到达观日亭。几乎来不及喘口气，十几秒工夫漫天大雾。

“啊，这么不友好吗？不要这样啊。”我轻言细细，也不知说给谁听。

独行日久，此类事情已不奇怪，有时会蛮多情地揣测：这是神明高兴，在和我开个小玩笑。

想着1分钟前的天色，判断今天有戏。日出关键点上拉起大幕，神明以这种方式考验我好几回了，要的是你献上虔诚和耐心。

就闭上双眼，立定，伫于清凉晨风中，细辨云雾深处的鸟语……

这回进峡谷，不知怎么，不同以往，比从前脆弱些了，防不住，时不时地，就被孤独轻轻重重击打几下，频率比从前高了几倍。逢此，人就微微伤感：初时一念，命我在一条不同于日常的道路上越行越远，走到如今，竟好像力气不够用了吗？

往后，真的只能仰仗神明护佑加持。

只是，既然眼下依然还在这里，依然还在做着这些喜欢的事情，毫无疑问，这就是神明对我的恩奖！

还要什么呢？所有的力气都在拿来对抗庸常和虚无，没有什么会比一座大山能给予更多。

一地鸡毛的人生那么长，家事、国事、天下事那么多，这个早上，就现在，抽几分钟逃逸在这个特定的时空里，一念不起，身心归一，等云开，等雾散，也是修行。

10分钟，13分钟，14分钟，一睁眼，雾渐渐薄了，散了，东方露出一丝亮光，一道亮光，一片亮光。突然，太阳破云而出，霞光万丈连接起天庭和山川，它的热力温暖了整个山林，温暖了手脚冰凉的我。在高山迎候过日出的人都知道，只要新太阳跳出地平线，就如救世主出现，必将驱散所有的寒意。

远方，群峦上生起大块白云，山林里蒸腾七彩雾岚，无声无息，袅袅娜娜。日色澄明清透，晨景优美吉祥。青山披彩，高天流云。四处林下，一家一家的白鹇咕叽咕叽，这事不常有，大概这些林中仙子，也是被这个美妙得无以言传的早晨给惊动了。

注目着眼前美好，静默悄喜，心在荡漾，血在发热：江山神圣，如此多娇！人生有此一遇，有如天地为我写下一页无字经书，那种种福音，就藏在寸寸霞光中，丝丝彩云间，棵棵树梢上，声声鸟语里。

一个美的早上，让全天有了个好的开始。

归来，没忘记在山道边采上一束野花，放在木舍里，全屋都亮起来了。

下午起雾，晚饭后天又开来。再次进去山谷中，正好看见武功金顶方向，不知不觉，涌起一座云山来。

18 点 50 分，天一挨黑，月亮就在西天亮起。农历八月初四的新月，身形修长苗条，我比她作亭亭玉立的豆蔻少女，有不染尘埃的洁净。几分钟后，一颗星星在她正下方出现。再过十几分钟，繁星陆续争共天庭。

我下山时，山谷如沸，遍野秋虫煮开了声。昆虫界又一场盛大的相亲晚会正式开始。

万物都要有亲有爱。愿早上那少数落单的秋虫今夜结得良缘。

秋分记

2018年9月23日　秋分　星期日

上午雷雨　午后多云

今日秋分。8点进峡谷，忽作细雨。远方闻雷。初，雨中且走且停，目光时驻岩坡，慢慢腾腾，又识草药3种，喜而不知鞋湿。

近10点归木舍，途中忽惊，六合八荒、上下左右皆为云雾所障，人和屋，树和路，齐在混沌茫茫中。物在世外，如坠万古。一时，恍惚如梦。少顷，进屋。窗外已是骤雨瓢泼，如天之将倾。

向晚，山色作亮，斜阳相远。谷中云雾相逐，变幻多姿，雾抬云，云赶云，静谧喧腾，如千军打马山中，一一化羽升仙。我静伫西山岸，面东而立，得见一幕又一幕，真是有语道不得。

暮至，落日余晖，映射云天斑斓灿烂。山中水流万注归壑，秋虫启鸣，却已稀了弱了，不似前阵沸稠。有白鹇一只，在林坡上探步、觅食，我仰头引颈，目送至不见。它的优雅一如从前，而观鸟人心里的光，像明月一样皎皎，照得她看世上的所有皆是美和好。

雪山安静得没有一点声音

2018年12月30日　星期日　大雪

我举着一把大灰伞，站在北山山门前。

雪突然下大起来。

雪花纷纷扬扬，沙沙沙沙，凌空轻蹈而下，落到山林里，落到工棚顶上，落到衣袖上，落到伞面上，落到我的心里……

白雪集成一束光，雪光用力推开了紧掩的心房，徐徐之间，门开了，心亮了。

雪是从上午10点左右下的。弱弱的，来得有些轻，都是些微粒子，像是白雪女神派到人间的前哨，谨慎又小心。

到正午12点，雪落已成势。

冰爪、登山棍、手套、大围巾、雪地棉鞋、两件羊绒毛衣加羽绒服，我全副武装径直到了北山。站在山门前，几分钟内，雪粒子已转为成团的雪花在眼际飘舞。我更激动了，心情陡然亮堂，轻盈，空旷，像立在世外。

这是2018年第四场，也是最后一场雪。四场雪中，第一和第三场雪我是在雪后忙忙赶过来的，第二和第四场雪，则是用了等的姿态。

这期间，隔了整整 11 个月。

门锁已冻僵，打不开。一个守门人建议我换方向走。我强调就想走这个方向：“换个角度看看雪山。”另一个守门人让我等等：“烧点热水来，试试。”热水来了，一瓢滚烫的水往大 U 铁锁上浇注，钥匙一捅，成了。

山门内，是一条通往沈家大院的待完工栈道，平而宽，积雪尽覆，雪径一平如水，一丝多余的痕迹也无。我执意到此，目的很明确：此径尚未开放，平日里无有人至，我肯定是此段山林的踏雪第一人，也会是唯一一人。

此一生，无以分辨是从哪一天起，懂得雪爱上雪。可以确认的是，从懂了雪爱了雪开始，就有了一个梦想：在某片白茫茫雪地里，踏雪而行，留下那第一行也是唯一一行脚印！

多么小的一个梦想！多么大的一个梦想！多么让人不解的一个梦想！

梦想的原点，源于人性之私：对，我总是自私到要尽可能地，多做几回江山风月的主子。

试想想，一大片初雪地里，印记的，唯独只有你的脚印。若论渴盼私有一场雪独霸一场雪，还有比此更合适的方式吗？细论起来，这样为着一己私利的作为，并没有丝毫损害普罗大众的利益，不用承担任何道德之重。所要做的，不过是比世人往事物边际多出走几步。

恰恰就是这几步，把你引向了梦想成真之地。

然而，任何人都知道，在全球升温的现在，身处版图之南，要成就这个梦想是有多艰难。

今天以前，就十分稀罕的迎雪赏雪而言，我从来不曾找到过比常态

“多出走几步”的时机。一个梦想，似乎在生命里种了千秋万代。尤其如此，2018 年倒数第二天正午，当羊狮慕北山山门为我独自开启，望着眼前蜿蜒光洁的雪径，大梦告成在即，我周身发热，不舍得踏步其上，那每一个开步，印记着的，既有深深的圆满自足，又有薄薄的不安难诉。

——雪径之上，带着冰爪的脚印很不美，我连打量一眼的心情都无。素雪之径因之显现零乱。既成既毁，世事大都逃不出此理。我对美的贪婪，到底损伤了美的自身。几行浅薄的自省，又透出破坏者的虚伪来。

于一棵大雪松下，面南驻足，眼际是一条山谷，谷中雪气充盈，雪花竞舞。沙沙沙沙，沙沙沙沙，雪之声既柔又刚，既动又静。放远大青山，雪空迷蒙，千林佩瑶。我丢开伞，任由纯净的山雪落满青丝、双肩、两袖、长巾。立即，雪在衣袖上冻僵，成了冰粒；在长巾上冻僵，也成为冰粒。我顾不及，忙的是安静下来，放空所有，听雪……听雪……听雪……

沙沙沙沙，雪林里没有一点声响。沙沙沙沙，听雪之人随之回到鸿蒙之始。这是世界的起处，亦是世界的终处。这是事物的生时，也是事物的死际。这是喜悦的来处，也是悲伤的去处。这是世间之雪，又是世外之雪。永恒的寂静四合而来，渐渐地，吞没了听雪之人。她安静了。她安宁了。她安心了。她安怡了。她安然了。

忘了那些雪径上的冰爪印吧，一个人倚着高山雪林，静听一场天籁雪韵，好奢侈，好朴素，原来，这才是私有一场雪的最好方式，唯有这个通道，你才能真正去往雪的深处，抵达别人所不能达的地方。

后来，我转道去了高高的山棱线上。雪径由低至高，高到最高，又由高转低。起承转合之间，想起上午在木舍里看的几条视频，说的都是大宇宙之事。换一个视角看人间，心境苍茫寂寥，苍茫到不知说什

么才好。

宇宙之大，再一次映照了人生的荒唐和荒唐中的挣扎沉浮……所有的作为都是尘埃之舞罢了，难得的是还乐在其中，假装有存在感，哄骗自己带着醉意深情活着。比如，冒着酷寒，转两程公交车，风尘仆仆攀到高山迎雪。

山脊上无有人至。雪径洁白无染。已经4个小时过去，我渴了，握了一盈雪，细细舔尝，雪入口即化，温柔地把我感动。

在这条山脊上，如同在北山，我留下了雪径第一行也是唯一一行脚印。足够了，今天领受了足够的恩典。

在这条雪脊上，我捡根粗黑的柴棍子，在洁净无损的雪面上，写下“别了，2018”。辞别的，何止是一个年份？但是，就让一切止于一个年份吧。明天一过，新的一年就来了。

踏雪，听雪，品雪，私有一场雪，以辞旧，以迎新，以祈福，徘徊在这风雅的人世，尽可脚踏实地，那头顶的宇宙星辰，暂且忘了吧。

就这样叩开新年之门

2019 年 1 月 1 日　星期二

雪雾弥漫

新年第一天，羊狮慕依旧封山，隔绝尘世。

昨天晚间，任芳和我商量早上吃什么："你这样天天不吃早饭对胃不好。"

我想到粥。一碗白米粥。

在山上，我的行动时间从来不确定，天好可能黎明就出门了，否则就懒在床上。无法赶早饭是常态，所以干脆不吃，几样零食对付，省大家的事。

分开时，任芳帮我洗净碗筷并带到自己宿舍，我奇怪她这么做。答："我用小砂锅熬粥，明天早上给你送过一碗来呗。"

"哦，那也许我早早去看日出了呢，怕吃不上哟。"心暖了几下。

岁尾，30 日，天降除尘大雪；31 日，也即昨天，雪后放大晴。羊狮慕一派诗情画境：蓝天素雪，玉树琼花，云海雪泉，美得绝尘。昨天我只身在大山深处转了七八个小时，如同种种山间动物，也把自己的足迹留在了荒僻而无人去达的雪地上。3 万步行程令任芳又惊又赞：

昨天我只身在大山深处转了七八个小时，如同种种山间动物，也把自己的足迹留在了荒僻而无人去达的雪地上。

“我可做不到。我有一天陪朋友去某地，14000 步，差点要了我的命。”一个“命”字，由她拖得长而重。

我拍了一组奇怪的动物脚印，长长的“丫”字形，微信圈中少有人认识。任芳来了一句：“野山羊带着崽。”我在雪林里读到，扑哧乐了：她有可能是对的。

一台又脏又黄的破旧烤火器散射着薄薄暖意，我俩围炉而坐。她看着我吃晚饭，茼蒿绿绿的，猪脚香香的。忽又心疼起我的双腿来，说要帮着按一按。

“有些人以为你是在这里玩，我讲他们真是太天真了。”

“天真”二字，用得真是活泼，有元气。

封山了，人去楼空。偌大的木舍，留下她和我。想办法尽力让我吃得对胃口，是她朴素的心意。

而我心并不在吃上。

2018岁之尾，高山之上，俗界罕见美丽非凡的雪光晴色，给予了一个自然朝圣者足够的礼遇，一桩超凡脱俗的结绳记事，一程多么漂亮的送行！

但这不够。人在天地间，对旧光阴的辞送和新光阴的恭迎生生相续，绵绵若河。如果明早有日出，如果我能独伫雪林高处，迎接初阳吻上群山，此一番特立独行，藏身高山茂林，恭对岁月的一送一迎，才会具足圆满深意。

这一些，我不对任芳讲。她的世界才不会如此复杂。认识5年了，有时候，我是真羡慕她爱恨如风。

寒流在大山里轻旋。茫茫人海，在一个特别的时间刻度上，她成为我唯一的同伴并用心照顾我的生活，偶尔陪着说说闲话，命运的这一安排，真是蛮温情。

这些感激，我也没有对任芳细细讲透。讲多了，矫情。

天亮后，吃到她熬的一碗砂锅白粥，米香四溢入口即化，忍不住又添两勺，简直把个寒胃熨帖得滴下暖泪。就约下明早再来一碗。

新年第一天，没有日出日落，没有云卷云舒，满山雪雾弥漫。不知何故，旧年关门时的澄明清新没能跨过年关。一夜过去，山雪消融不少，屋檐亭角挂起长长短短的冰凌。四野满布亘古的宁静。这种宁静，总是令我深为迷醉。

而我居然没有兴致走出木舍，一是昨天往金牌山访雪问泉体力大耗，二是略嫌了元旦样子长得平庸。无惊喜，不浪漫，严寒之下，倒不如闭门读爱默生的《论自然》。除了任芳，先知的陪伴更是少不得。

自然的热爱者，即使进入成年，他仍能保有童时的心灵。与天国和尘世的交流成为他每天生活的一部分。面对自然，即使他正经历苦痛，却有强烈的愉悦之情滋养身心。自然在诉说，我是他的造物主，不管他有多少痛苦，跟我在一起，他就是快乐的……

“跟我在一起，你就是快乐的。”

蓦地，我听到羊狮慕又一次召唤。向晚，实在没忍住，冒着冻雨走进了山林，只要身在此间，哪里真就舍得下朝朝暮暮，就如舍不得山下的万丈红尘……

回到木舍，伞一收，从伞尖到伞沿，一层碎冰“咔嚓”落了一地，我立定，惊诧了好几秒，这是有多冷？任芳忙忙端来一碗热气腾腾的泡饭，饭香令我落地——这是从一个人的仙界回到两个人的尘世了。

抛开历法和世人赋予的情感，元旦本质上就是个平常日子，它素颜相照人间有何关系？大自然的美德从来不会损减一分。它伟大的光芒，就在你的周围宁静散发。只要心中有诗有爱，每一个日子都是出发。

就这样，安倚在羊狮慕的怀抱里，爱默生温暖的大手，牵着我，轻轻叩开了新年之门……

一只鸟在寒山里念诗

2019年1月2日　星期三　阴

天气如昨，雾弥不散，林中残雪斑斑，景象潦草。念及前日，雪晴里的诗画江山，天和地都是好样子，节日一般，那喜庆却偏是安静万分，清雅绝尘。今天把那寸寸风光细细回味，说不出的千般滋味，由不得生疑那一切是否真的为我幸遇？事物常性，乃好景不长，美总爱稍纵即逝，留给多情人的，总是一地鸡毛。可以想象，融雪已二日，今天的山道一定溜滑，而居于壑谷中的，除了雾还会是雾，不会有奇迹发生。安守平常，也是大山的美德。即便如此，不上山道个日安，心虚难宁。人在这里，就要时时回到“家”里去，一天不去大山怀抱里靠一靠，一天心就悬起来。人和山的故事写到此一笔，只能用宿缘作注了。

一座这么大这么高的山，一本这么大这么长的经卷，以我鲁钝，怎么能够为它做出不负神意的注读？而这份倾心注读，意义又在哪里？当一件事物由浅入深越来越深，那出发时的简单初心，也会轻盈不再，而是越来越沉。“生命就是戴着镣铐跳舞。”这勺老鸡汤，我从来不曾喝过，今夜尝到，真是滋味浓。

勉强午休后，人清醒了些。午后三点半，赶紧出门。山道上，向阳段的雪已融尽，背阴段残雪湿滑。今天继续封山，在寒山王国里，我是他唯一的公主。山谷寂静如禅。有人说，语言出现后，寂静就在消失。他主张要用心去倾听声音出现之前的寂静。大山给我的经验却是，那史前的寂静无须倾听，因为你已经归化寂静其中，你就是寂静本身，寂静就是你。

同事来信谈工作，寂静破了。暮光暗淡，巡往北山。

北山同样山雾茫茫，一派混沌。混沌是这个星球最初的样貌吧，这柔软无形的事物却有着时间的永固质感。我漫行在千秋混沌里，有比在人海中更深稳的安全。

不知行了多久，一只叫不上名字的鸟藏身低林里，用悦耳清雅的声音喊住我，然后，它为我念了一首长长的诗。

它从哪里来？在时间史上它来自哪一段？

我脉脉含情录下它的诗声，取名《雪林鸟语》。我要把这诗带出山去。我要去问问世间人：寒林里那只见不了面的鸟，为我念的，到底是首什么诗？

看见白云恋上青山

2019 年 1 月 3 日　星期四

上午大晴　下午起雾　黄昏落雨

积雪融尽，迎来新晴。天蓝得像临世的初婴，新鲜清明，比四季中任何时候，都令人柔软温存。

这是头一回，我细察到了同一个蓝天，在不同时节有不同意气风韵。打个比方，蓝天也像人，有柔嫩和成熟之分。记得李白说过秋水，用了一个“老”字。而雪后“天之蓝”，用一个“嫩”字蛮是妥帖。人哪，只有彻底把自己安放在孤独中，才有可能真正读懂同样孤独却永恒的事物。

阳光带着动人的暖意，诚恳地拂照道道山川。群山沐阳复活，千林青青不老。牛奶一样细腻的云姑娘们倾世而出，从一条条壑谷吻上了一座座青山腰。她们静静依偎在青山怀抱，屏息聆听大山心跳，偶尔，她们动了一动，终于是平和下来，千言万语，欲说还休，像教养极好的深闺女子。这份默然的爱，缠绵于千峦之间，放出丝绸一样的柔和光芒，也令山域整体，在视野里变得比日常更加辽阔、博大、坦荡。

爱就该具足这种神力：让平常的变好，让好的更好。

牛奶一样细腻的云姑娘们倾世而出，从一条条壑谷吻上了一座座青山腰。她们静静依偎在青山怀抱，屏息聆听大山心跳。这份默然的爱，缠绵于群峦之间，放出丝绸一样的柔和光芒……

整整一个上午，我在山径上默神、漫步，庄严守护着青山白云君子般的爱。尽管心里已经为它们折腰多次了，还是一直挺着腰背，假装不曾为它们动容。

不知过了多久，我听到歌声在山间荡漾：

蓝蓝的天空银河里
有只小白船
船上有棵桂花树
白兔在游玩
桨儿桨儿看不见
船上也没帆
飘呀，飘呀，飘向西天
…………

呀，是我唱歌了吗？！

歌声停下，昨天的那只鸟儿又滴滴溜溜念起诗来……

蓝天是孤独的，鸟儿是孤独的，唱歌的人也是孤独的。甚至，当下缠绵着的青山白云也是孤独的。

当一只鸟儿的孤独呼应着一个人的孤独，当白云的孤独吻上青山的孤独，当这诸般孤独呼应着蓝天的孤独——世界没有变得更孤独，而是更明亮，更辽阔。

相信我，此言是真的。

红糖馒头，以及耳鸣

2020 年 1 月 3 日　星期五

大雾转多云转阴天

惦记一年难得一次的稀饭馒头，觉还没睡够，就起床吃早饭。

小兰有些不好意思：馒头没发起来，还要等半个小时。

于是吃了三个没发好的红糖馒头，小个，不太差，开了花。味道是地道的家常，略酸。对我而言，这已经好过天天不变的面条。

饭后进山谷。念起久违的紫云观，折身去看，竟是荒寂寂的，大殿已闭。忽忽，曾经的道钟洪动之声在记忆里回鸣。仅仅 6 年，这万古洪荒之地，竟渗入了人世的悲喜聚散，那令我迷醉不已的山谷野性，因为人类文明的介入，同样亦有削弱，令我黯然怀念初见。一时，人不好了，心灰了一天。

沿着山梁攀了两小时。抵悬崖“私人书房”上远眺了一会儿 群山，天色若明若暗，放亮时山峦黛蓝，几缕云纱柔柔轻覆。记起 8 个月前，路易斯曾在此石上打坐，亦学了他，坐在石上合目冥想。听到气流在山谷间细碎的乐动，竟似还有寒虫轻切之声。一时没敢肯定——都深冬了呀。晚饭后往东山去散步，路上果然真真切切闻虫声轻鸣。遂大以为异。今冬天暖反常，旧岁此时正是寒雪冰冻。

早上在食堂，似突发耳鸣，刹那即无，将信将疑。晚饭时，听人说话，声在很远，若有细钉子划过铁皮的呼哨声浪，浪声轻细，然而一浪一浪相叠而来。自己说话也同样划着自己。不知何故？高海拔？还是这两天工作紧张熬夜了？山神，你要保佑我呀。

23 点 12 分，不敢再熬夜，正睡点上，赶紧睡吧。

寒户家中的女儿戴了花

2020 年 1 月 4 日　星期六　多云转晴

昨夜提早一个钟睡。5 点 30 分醒，眯了会儿手机，又睡，8 点多醒，磨蹭到吃早饭已快 10 点。留守的委征私人熬的八宝粥，一大碗要我清锅。行啊，那不吃中饭了呗，就着点霉豆腐酸辣萝卜下了。悠悠哉哉进山谷。天气暖煦，云雾将开，没有赶饭点之虑。干脆，今天把凌云栈道全程走完，上山 5 天了，要把诸方山神皆作问候。

一路往南，又由南折回，回到木舍已午后 1 点。

途中，仔仔细细把岩石中的树根又问候了一遍。这不知是第多少遍了：每读一回树之根，就会为万物生命之坚忍默默怜叹。

对，怜叹，不是颂赞。岁数见长，情愫微妙有变，情感的烈度要低敛许多。这“怜”里，当是怀有几许慈悲心意的。甚至，这番心意，也同时送给了在人间闯荡的自己。

山谷里处处岩石，树木花草生长万分艰难，几乎所有的植物，不计大小种类，都是从石头缝里蹦出来的，或者直接就长在石头上，依托薄瘠的一点苔藓供给养分。极端恶劣的生长环境，造就了植物们不屈不挠的品性：为了能够长成一棵树、一根草，或是一朵花，它们的根

系，总是尽可能地在崖壁上、在乱石堆里抓附、伸展。哪里有点营养，根就往哪里抓延过去。见到有棵高大的云锦杜鹃，围绕树体的不同方向，三四条长达十几米的根，又粗又壮裸露在山地上，抓取可能的养分，供母体一年一年，开出一树又一树娇艳的繁花来。最动人的是，它们这么努力地活着，并不为开给人类看，而仅仅是为了执行造化的意旨，自美其美。有些时候，树根走到无路可走，就主动分开叉来，抱着岩石再活命，并且，木质经漫长岁月的磨砺也变得铮铮如石。如此，根和石缠绵一体，生满绿苔，无你无我。

读懂它们的生长，就懂得了老子说的“无为而为”是怎样一种境界。大峡谷中，道无处不在，无时不在开启着访客的心智。

野山茶开了。这个发现让我小喜，这是山谷中每年开在第一序位的花朵。途中见到两株，南端一株落花三朵，树上开着两朵，树高过头顶，看不清有没有更多花苞。行至中段，山岸下伸出一株，因在眼下，一树的花苞就端详个仔细。觉得萧瑟寒山中，有了这一树红山茶，就像寒户家中的女儿戴了花，为她高兴。

没忘记查看杜鹃树。那云锦杜鹃，孕了很多花苞。春来花景值得期待了。

下午大晴。午睡后开写《本草随喜》，查了些资料，不过写下三两百字。

傍晚进山谷，守落日晚霞，阔别一年的景象依旧恢宏。遗憾的是很快挤来一堆访客，激动于美景，咋咋呼呼的，打扰了我的清静。我真有定力，愣是在这片喧哗中长出翅膀，和大青山交织融汇了。

今天好像耳鸣不严重了。

在金牌山听泉

2020 年 1 月 6 日　星期一　大晴

一晃新年已 6 日。昨夜终于在 12 点前入睡。一觉五点半，歇会儿又睡，再醒七点一刻，窗帘拉开，天大晴，叹悔错过日出了。

今天精神头不错。按计划，在明天降温前去访金牌山。此刻，近正午，果然在溪泉边晒太阳发呆了。溪谷无有人至，山水潺潺作鸣，是我真切想要的：又独自拥有一段与山水做伴的妙好流光。

今天腊月十二，小寒，天气暄和，春天一般。云白天蓝。云朵在山巅、在树梢缓缓流动，比身边溪流慢了很多。阳光从南山之巅斜照过来，我坐在此间，有出世的安宁。

来金牌山时，让车子送到九福楼路口，执意徒步而下。途中想着一年前的雪中独行，问雪访泉，心境平和不起波澜。经世日久，习惯了离合悲欢。历劫重重之后，生命里没了一丝丝恨和怨。恨是不舍得随意给出去的——其实恨这种情感，和爱一样，给不给，要看值不值。

进溪谷的途中，遇有群鸟在暖阳下联欢。领唱的一支，歌声悠扬婉转，那低声应和的一群，则是用低调的态度来成全领头鸟之美。路边沟中有一脉泉动。我立定，合目。安静中倾听的不仅是鸟语水流，还

有头顶流云的细微之声，内心的无言之声。我消融于环境里，内眼角有细泪滴流。

在山中，我一无所有，只能以清泪回应造物的美德。

12点20分，出来已久，得归去木舍了。

簸动山魂的风

2020年1月7日　星期二

寒潮大风降温　夜雨昼晴

昨夜睡前，闻有冷雨敲窗。不大，疏落。晨起见只湿了地面。风是越来越大，到中午时分达到最大。上卧龙阁吃饭，见酒店门前帐篷倒了一地。行走的人似要被刮跑。木舍中风流四窜，四面八方无一处可落脚。

风吹众窍，万物自吼。呜呼，天摇地动，罡风力大簸山魂，平生未曾得遇也。

记忆中，6年来山谷中遇罡风有3回，此回最烈。

一是某春日。在日月峰风口上安坐，听长风在山谷里横行流窜，山窍齐吼。我矫情，录下风声发往山外3人：雁子、兔子、狐狸。

二是2018年1月大雪，某日天寒地冻手不能出，冷风怒咆，吓得蜷在3床被子里没敢出屋。

三就是今天了。尽管天作大晴，扛不住风力，只好不出屋。正好完成中药题材的《本草随喜》。羊狮慕是一个中药库，此一笔，绕不过去。

稿子写得艰难，前后4天，才4000字。难的不是怎么写，而是缺乏与所写之题相关的知识。还不是简单补课能够解决。极度无知的我，就如一只蝼蚁，背着大山一样的负重，在艰难蚁行。

午后 3 点左右，罡风力衰，天透大蓝。进入山谷，还是偶有强风起旋，比之午时则温柔太多。边网上处理工作边闲逛，守到日落。今天无晚霞。

栈道上遇 3 个工人在处理电话网络。上午风大缆车停运。无奈从大峡谷徒步 4 小时上来。说要到晚上八九点才能修好故障，还得徒步下山去。算了算，到南福门停车场得半夜了。辛苦呀。

突然也想挑个日子再走一走大峡谷，从这往沈家大院再往下。

应该会比 2018 年那次好很多吧。

今天腊月十三，月亮不错。要早睡，明天看日出去。

记去年旱情，还有晴天飞雪沫

2020 年 1 月 11 日　星期六　阴转晴

上午没出门。温度很低。写《你的天空充满云彩》，很慢。

午睡后进山。见树枝尖尖结了冰，判定温度肯定零度以下了。很冷，一下午十指冻僵，钻心疼。午后三点半左右放晴，天开时，蓝天白云里竟飞下雪沫子来。初时不信，站定看了又看，辨了又辨，真是白雪沫子。这大概类似于“太阳雨”的原理。

转而，又是风起云涌，高山流云，看着这一切，心里也奔涌着风云。

一直看到太阳落山。

听毛秀、小兰说起去年夏秋大旱，山上除了卧龙阁，其余各处皆水不够用。好在有个蓄水池，每天专车接水送水近两个月，算是熬过了旱情。山上有不少松树干死。

此事重大，特补一笔。

摘野茼蒿记

2020 年 9 月 11 日　星期五　晴朗

昨日阴雨，一早放晴，山谷如洗。蓝天蓝，白云白，青山青。

山里晚饭早，饭后天光依旧好。毛秀邀我去南山上摘野茼蒿。一周一次下山买菜，绿叶菜不好保管，新鲜的野菜对于我们是一种口福。

羊狮慕一千五六百米的海拔，正宜生长各种野菜药草。苦菜、蒲公英、车前草、苦苣菜，这些，都是既可食用又可药用的草本。

有一天，我在山路上采了一把苦苣菜，请小兰炒给大家吃。焯过水，加姜末蒜末清炒。味道有些苦，口感有些涩，但毕竟是换了一种口味，几个人说笑间把一大盘吃完了。

于是，大家记住了我爱吃野菜。

又过了几天，小兰在木舍附近山坡上发现了野茼蒿。量不多，采了一小把，炒到盘中一撮撮。那天我在山谷里转悠，赶饭点晚了，她们没忘记给我夹出一筷子，留着让我尝一尝。

后来的日子，她们在山路上来来往往，就没忘留心哪里有野茼蒿，一心想要好好地让我饱吃一顿“山珍”。

我略有迟疑，今天的写作日课有点紧呢。艳红告诉我：“是小兰在南山上踩好了点，有好多呢，足够我们几个炒一大盘。”

我心一暖，就跟伴往南山去。

山光明净，天幕灰蓝，气温刚刚好到让身子舒舒服服，一山秋虫开始嘤嘤细鸣。顺坡往南山高处走去，谈笑间，小兰蹦跳着打起了火辣的情歌，“哥哥我是你的人呀”，哗啦一下，一把火苗，忽忽就燎暖了伙伴们的心，快乐迅速在 4 个人之间发起烧来。

毛秀、小兰、艳红 3 位，眼力尖尖，深深草林里，她们东寻西觅，不时欢呼着又发现了几根绯嫩的野茼蒿。

顺便，艳红指着一种野草相告我，这种草，端午采来烧水洗澡，可祛一年体毒。“我外孙子月子里，我就经常给他洗这种药水澡。”

野草我是认得的，叶片等边三角形，藤蔓细嫩幼长。山下菜园边荒地头到处长，叶有酸涩味，小时没零食，会采来嚼着骗骗饥饿的胃。打开“形色”App 相认，学名“杠板归”。旁有 8 字注解，“救人无形，棱角分明”。

野茼蒿多到装不完，等到袋子不能再压了，暮岚也已悄然而起。晴朗天气，雾岚是薄薄的、灰白的，像一张透明的纱幔，由山地高处向低处缓缓盖下来，也不知那双温温柔柔的织纱玉手，藏在山林里的哪一隅？

小兰 3 人，在山路上说笑歌舞、演鬼子进村的小品，把个寂静的南山闹得像过节。那灰白的纱雾，无声无息，就在她们身后徐徐飘过来，如同舞台上的幕帘子，营造了一种梦幻氛围。记不得有多久不曾开怀大笑的我，看着这一切，蓦然一种浓浓的别绪预演而至：我舍不得你们，怎么办呢？

回木舍，各自报上斤两，赌野菜分量。小兰说是 2 斤 3 两，果然一两不差。她赢了。

野茼蒿，南方山地常见，曾救红军游击队于缺食断粮中，别称“革命菜”。武功山一带山民称它“野苋菜”。和多数野菜口感苦涩有别，它细嫩幼滑，有茼蒿香，但香味更浓更烈。清热利尿，润肺化痰，还可降血压。宜清炒，宜凉拌。

这天采的野茼蒿，够我们吃 3 顿。

而几位山里善女子关顾我的绵长心意，绝不止于这 3 顿。

野茼蒿，细嫩幼滑，有茼蒿香，但香味更浓更烈。宜清炒，宜凉拌。

第四章 神谕

行走的女人猶如初嬰
沉浸在謎一樣的青山裏

神谕

一

人活着，需要找到一条与大自然相通的路径。她一俟全身心去触摸大自然，新的故事就已经开始。

而我，只需淡淡微笑，与故事中新的自我相遇就好了。

其实，故事的原点在小时候：久远的从前，我总在想，高山之巅会有什么？

现在，命运把我送到这山巅，寻找答案。

二

大自然丰美缤纷，其多变的语言写就了天地间的一首永恒之诗。这些有序的诗行，向世人的心灵谈及了秩序、比例和宏大，而人类在其启发之下，懂得了崇高与美好。

三

翠色烟老，花木芃芃。有美一人，独倚青山。断崖凌空，岩石渐渐。地久天长，沧海桑田。

她在人群中已经越来越默言了。所幸还有文字，不离不弃，可以记载她剖心沥胆，一丝无挂，与大自然赤诚以爱的点滴细微。

四

午后，春山寂寂。峡谷中无有人迹。无花要开，无云要流。我在空山里。有细雨潇潇。有山风且起且息。有山雾浓了淡了。有岩珠击打新芽老叶。有山泉白白细细，淙淙不知所往。有鸟仔欲啼破这苍然空溟。鸟仔惊醒了我，遽然驻足，就看见了一片岩石，一丛野花。

暮色愈来愈重，空谷如梦。我加快步子，稳稳神，壮起胆子下山了。

五

在自然界众多的动物中，不知为何，绝大多数没有被造物主赐予美好的发声器官。相比野山羊，鸟类真是太受恩宠——它们动听百啭的歌喉，不光迷倒同类，就连我也会在其轻快优美的歌声里迷路呢。

六

春将尽，该开的花儿开了，该绿的草木绿了，该相爱的生灵相爱了，那些粉墨登场的，也把戏演完了。晚春里的落崖惊风，庄严悬挂神的布告：让花继续开，让树继续绿；令那相爱的，更加相爱；令宇宙的欣欣向荣，是纯粹的欣欣向荣；命一切的虚张声势，都不得登上夏的舞台！

七

今天黄昏，在大峡谷深沉庄严、浩荡不息，四围而来的万古长风里，面山寂坐一个半小时，也不看云雾，也不看春山，也不听落花，如趺坐虚空里的莲花台。却口不诵经，指不结兰花，情不知何起，心不知所往。此一坐，是三生也。其后被几声森细的鸟语唤转，一时兴来，录风声两段，遥寄山外，名曰“大峡谷的春之声”。

八

空山不见人，日头倚着西岭徐徐沉落，暮光收薄。林深不知处，秋虫叽叽开吟，零星三五只倦鸟，在遥遥轻啼，天地间的摇篮曲就此启唱。择高高山阶坐下，万事得休，浅浅吟唱着人间的《摇篮曲》，和着天籁，我深情依依，把大峡谷送往他的好梦。

九

今日凌晨有星月。月是满月，星是太白金星。上午开始起雾，偶见日光。午后雾大，接天闭地无有人界。近黄昏，东南方山脚下传数记短促雷声，恐该是年内最后之雷了。旋即，峡谷里大风呜咽冷雨细作。木舍客栈杳无人至。夜渐深，孤灯只影，倚楼阁栏栅，静听风声雨声，沉迷生喜。犹坐莲花台，与佛对语。万古山韵，千秋风雨。过客一枚，倾动于高山之巅，朝圣于石云峰下。所谓出世，莫若此景此刻，青灯之下开黄卷之味也。

十

冬天就要来了，林中每天有落叶箦箦，凌云栈道中部拐弯处有一树猩红，早几日看望了几回，浓烈得要烧起火来。今天再看，片叶不存，是把自己烧完了。

植物每一个生命的关口，都是在激情四溢中转换的。见过城中螺子山上的几里金盏花，在结果的前夕突然有逼人的灼灼光华。

人要有着这样勃然的姿态去迎面生死轮回是有多么好。可惜，人不是植物。

十一

只有归为“无”，人才有可能真正融合于峡谷中的千秋风雨，万古风流，才有可能从日月山川里得到最彻底最饱满的照耀和庇护。梭罗说，只有独立于生死循环之外的生物才能获得永生。

十二

神要对人说的话，尽在头顶的明月和彩云里。

十三

这些天，日日在大峡谷中领取不同奖赏的经历，实在刻骨铭心：彩虹是我的彩虹，云海是我的云海，凤凰云是我的凤凰云，那一树秋红也是我独个的，寂寞也是我的寂寞。这一切，没有人可以染指和介入——即便有人赶巧也在峡谷深处遇着了这一些，他也只可能是个过客式的旁观，可否有我一往情深的追慕和敬畏？

十四

清早 7 点，我和山花、灌木、青苔、大树，还有松鼠、锦鸡、雨燕、山雀，以及滴泉溪流薄雾淡云，同时问候了山谷里的太阳和月亮。这样一件美好的事情，我忍不住要大方地说来与你分享。

十五

端坐于茫茫群山之隅，不辨天地，任一只鸟儿的孤鸣把我送往遗形忘世的太虚之境。我在回向一个地方，它不是我的身躯，也不是我的内心，而是一个古老的无涯之处，我在那里。我就是混沌中的草木、岩石、晨雾，抑或是叶尖上沁含的一滴山露……

十六

坐在大荒崖上，一时无事，记起这个传说来：

太白金星，每天早上推着日头上山，晚上又推着日头下山。

此即“太阳出山”和“太阳落山”的由来。

这个古老的说法，对于岁月中的每一天，每一个人，都充满积极而美好的意谓。说出这几个字，就好像看到先祖们在大地上嬉戏劳作的远古生存图景，当尧帝唱出“日出而作，日入而息”，那时候的人们，是有多么关切和牵挂日头的起起落落……

现代人类进了办公丛林，离“日头”越来越远了。我们与“日头”的疏离，正是与大自然疏离的典型特征。

十七

对了，今天上山时，见到一棵倒下的小树上挂着一个形状很丑的果子，比前几天捡的果子更丑，是进化的需要，故意长成这个样子，不让天敌摘了吃吗？

这树也太警惕了。

十八

冰云丝任性地布满西天，沉入地平线的日头红艳艳的。夕阳之红，是揣着巨大安详的红，是鸿蒙之初时的红，是远离世间喜庆的红，是通往另一个黎明的红。

同样的色彩，在天庭和在俗世，有着不同的气质。

天上的红是安详的，人间的红是热烈的；

天上的紫是优雅的，人间的紫是俗气的；

天上的蓝是个例外，即便落入人间，它也同样明净深邃，从容淡然。

十九

云又沉又厚，山色平庸，风景无奇。我从南到北巡了个遍，除了肚饥无力，心境倒是格外地悠然。一步一步慢慢地走，好像时间取用不完的样子。到栈道最南端，心情有过几分钟低落，觉得生命在天地的大秩序中有些多余和无力，一时顾虑到同类无助的未来，灰败了一下下，如普里什文所言：这么义无反顾地往前活的确有些奇怪。

二十

下午三点半，走到南山。一个拐弯，耳畔就响起了秋虫的鸣奏。大概是光线不好，昏昭昭的，秋虫们读错了自然钟，以为太阳下山了。再往回走，就整个峡谷皆沸腾着虫声了。与往昔不同，今日像是新出现了一个家族，它们的鸣声特别粗犷苍厚，万声齐发，就似整个山谷变成一把巨型木吉他，而它们，拨动的就是吉他上最粗的那根低音弦，一下一下的，把我孤独的心弦也震起了共鸣。

二十一

细思，大峡谷有三种宁静。

其一，山雨潇潇，古岩滴水，小鸟仔在雨幕中轻啼。

其二，长风破阵咆哮如雷，黑雾助威，铺天盖地，其余，皆无。

其三，风和日丽，天蓝云白，千堆青黛，素颜以见。落花寂寂，瘦泉潺潺，鸟语似有若无。

二十二

有一株小苗，长相潦草，叶形肥厚，叶色墨绿，木讷讷的，比不得那些新绿飞扬、沁着春光春雨的妩媚之苗。我几乎把镜头对准它了，又迟迟疑疑不肯按下快门：何必呢，浪费内存的事一桩。于是就狠心移开了。离去时心里有愧意，似乎是拿颗糖，将给未给，哄骗了一个长相欠佳的孩子。不过，接下来如此三番，我都是在灵动妩媚和朴实憨痴间选择前者，一个停顿的间隙，我意识到了这个分别心。吃惊之余，竟独个在峡谷里讪讪不已。

众生平等，说来简单，可落实到具体的生物之时，我的心意是如此经不住诱惑，不由自主地倾向了美的所在和方向。这样美丑分明的本性，也实在不想去借“修行之道”而改变。进一步而言，会不会正是这种“分别心”，促进了天地间“优胜劣汰”大法则的建立呢?

二十三

晚饭后沿溪谷散步，目光越过宽宽的山谷，落在对面山坡上，见有一树杜鹃在一片墨绿的杉树中兀自开着。淡淡的，在暮色中分不清粉玉白紫，却自有一番内敛谦逊的花韵摇动人心。

我很怜惜这一树山花：

她开得真不是地方——那些苍老无趣的杉树，如何配得起她的柔雅花姿，又如何解得了她无言的花语。

这么想着，整个山林都落寞了起来，一只野山羊又开叫了。今晚，它的爱侣会应约而至吗？

二十四

读书，写作，听音乐，参拜，倾心交谈，对了，还有独行自处，遗形忘世，一切美好的事物，都出自安静的地方。

二十五

山雷滚滚中有大寂静。

咆哮晨雨里有大寂静。

一切美好的事物，都出自安静的地方。

百鸟喈喈里有大寂静。

吵吵嚷嚷，嘤嘤嗡嗡的，

是我妄念纷飞的心。

二十六

初阳抚上大地，

新月静照西山，

繁星争共天庭，

最有大音的无声之美。

二十七

山露稍晞，嫩阳初透，一只大蝴蝶，在喈喈鸟语的深情护送之下，闪着黑色光芒，正飞越一条近百米宽的壑谷。我紧盯虚空，柔柔怀爱——就如生怕自己孩子不小心掉下深渊。

二十八

只有日夜面对一座山，才会知道人的心中可以藏有多少爱。

二十九

无以言述的事物要么美极，要么丑极。所有可以讲述的，多是平庸事物。

三十

这个概念值得思量：“人均在大自然中享受孤独的机会。”惭愧的是，我占有了很多人的机会。

三十一

那天看到硕大的云朵在千山万壑上嬉戏，节制又有教养，优雅地投下巨大而缓慢变幻的云影。我想起了童年玩闹的小伙伴们，差点扑到山谷里。

三十二

近黄昏，大山里六合八荒尽是云海，细雨且飞且止，晚风忽大忽小，夕光由暗转亮又从亮往暗。我独坐云端上，痴痴望着这全部，安详如磐，在悠悠天地里神游不歇……

三十三

人性之弱，总想做江山风月的主子。有两回有人出我不意瓜分了我的日出——这严重损害主权的事件让我尽日不太自在。要知道，一个人默然虔诚地恭候一轮新阳和一群人闹喳喳地“喊”出一个红日，那是截然不同的情感体验。

好在，太阳落山目前依然是我的专有风景。

三十四

有一天黄昏我要下山，神明竟委派夕阳在无人的空谷里一路送行。这至高无上的礼遇，我是否该宣告于你？

三十五

我总是不小心惊飞山谷里的白鹇锦鸡还有小山雀，对于它们，我的行走是很没有教养和风度的。

三十六

美丽的白鹇随便一个抬步，一个转身，一个飞起，就是一首美丽的诗篇，我费尽脑子却一行诗都写不出来。

三十七

从不抛头露面唱歌的鸟，比起在最高枝头唱歌的鸟，更容易提起人类的好奇心。

三十八

如果你见过一个虚静无物的黎明天空，是如何因红日出世而渐渐演变出有一、有二、有三……你会意识到，这是神明在传给你智慧。

三十九

山中秋早。然而“往生”和“在生”正同时演绎。我看见有样子端庄的一棵树红了十分之一叶子，又看见有一种小树猛烈地抽出了一两米长的新枝。这一去一来的“看见”，让我面对寂寥的山川切切不能出言。

四十

攀爬到山谷里的制高点，面东而敬，一轮红日一点点正从晨曦里升起来，一道道山梁上蒸腾起牛奶丝般的雾岚。天地一派吉祥。恭迎太阳出山，心中荡漾着期盼和兴奋，如同迎接一个孩子出世。想到这轮新阳，走过了三亿里路来照拂我，真是无以致谢。许久，心里涌出一句赞美诗：“她年纪很老，但面容很美。”

四十一

要说的，是一束圣之光。

那一刻，鸟雀噤声，草木发梦。

东山岭上有孤蝉，鸣声苍厚有岁月之重；

西山麓里有秋虫，叽叽吟唱有古琴之韵；

凌崖岸上有独行者，颜容肃穆若朝圣之态。

万古寂寥的黄昏里，

六合八荒的昏暗中，

这束自洪荒而来的遥远夕光，

既宣告着神秘，更宣示着永恒，

在心灵的战栗中，

我看见造物主正御光飞来……

四十二

道之所在，贵在无形。

四十三

14 个短句——

在青山和落日，云霞和云海之间，看得见宇宙的美与道德。

我在人群里什么都不是，只有独倚青山时我才能知道自己是谁。

我不敢爱不够老的事物，但深爱古老的事物，比如蓝天和白云。

山谷里有支古老的歌谣，我一边听歌，一边陪精灵在里边玩游戏。

但凡古老的事物，多有沉金般的故事。

新月静静的，星星出来陪她了；一条白缎子盖在山脊，一山虫声如沸。

青山在眼，小轩窗下，置山花一捧，抄《心经》几行，想要的，全在这里。

每有雨停，必有一场雨滴芭蕾在山中进行。

在光与暗同在的时空里，更能读懂光的慈悲。

青山在眼，小轩窗下，置山花一捧，抄《心经》几行，想要的，全在这里。

假若神不在了，你怎么可能有力量定波渡劫？

那等雪的人儿，在寒山里妥帖安详。

每一根冰溜里，都含有春天的远意；每一枝淞挂里，都葆有轮回的诗情。

没有迎接过日出的芦苇，不足以谈草生。

在黎明里发光的芦苇，不知道自己有多美。

四十四

阳春日，一场春雪落了又融了，我看见山林倏忽坠入梦幻。它是不舍得相信，白雪仙子很忙，匆匆飞来又飞去了。所谓“阳春白雪”，原来是这般样貌。

四十五

夏天的云是这样玩的：一朵推着另一朵生生死死。

四十六

来吧，舞会启幕，画廊开门，秋天徐徐开屏。一切的恣肆纵情，皆出自神的旨意，五色裙裾，在虚无中竞相摇曳。最后的狂欢，正屏息于六合八荒，等你。

四十七

暮光里的山谷，小鸟在沉思，太阳在辞世，秋虫唧唧忙恋爱。那五彩祥云，呼唤出一轮皎月。天黑下来了，天使将星星依次点亮。这些无用的事物，令下山之人，心满意足。

四十八

冬天的山，就像一座被掏空家底的仓库，空荡荡的，等着春天给它搬来宝物：鸟语、花香、发情的动物、勃发的草木、充沛的云雨、叮咚的山泉……

四十九

黑暗中走山路，一刻钟如同一年。

五十

落雪了。闲逛在空山里，放慢步子，听雪。锵锵锵，锵锵锵。终于等到了，一个人，一座汹涌宁静的雪山。如果神不存在，你怎么可以

如愿，得到这份贵重的厚礼。

五十一

没有水汽这个化妆师，再壮阔的江山，也只能以素颜示人。万物都是互惠以成，这个世界，成全和完美于各种联结。

五十二

太阳升到更高些，从无到有，山林某处袅袅生起一道紫气。在阳光的爱抚下，温柔而庄严地抒情。原本平庸的山林子，因此一笔而自带吉祥宝意。我隔了远远看了久久，不知把自己丢去了哪里。

造化总是出奇，我在其中迷路多回。

五十三

午睡起来，看见一只大蝴蝶，嫩黄的翅膀上缀有好看的图饰，造化真用心，这么小的生物也不忘打扮它。

五十四

诱人的，是抄经之时，心上不着一物，空空荡荡。空无所有之心，才能致广大会通。就像一支烛光点在了静庭，光辉照耀里，有刹那永恒的宁静。

五十五

道长小邓在薄薄日头下转悠。单薄的他总是穿得很单薄。大峡谷进入严冬，你常常看见他孤独的身影。他一个人做饭吃饭，一个人敲钟诵课，一个人在山谷里走走停停。他轻轻告说，几根新鲜出水的莴笋，任是放成了空心。他好像与世有隔。当然，他也常常看见“孤独”的你。有时你们只是点个头，有时你们说两个字，“你好”。有时你们不点头，不问好，只顾各自脚下的路。

五十六

青崖之下，世间熙攘皆为昨日故事。山林深处，红尘纷扰尽作明天笑谈。

五十七

立秋三日的红叶，像青山派往季节的女间谍，招摇在静默的我跟前。惹我心湖微漾，一波又一波，有蚕丝般的厚度和光泽。

五十八

无法想象，由此往前的无涯岁月里，这座原始荒山，四季里唱过的那些情歌，演绎过的那些芳华，竟是水流云在的顾自生灭起落。

五十九

有一种邂逅，真的需要动用海誓山盟。

六十

我在雪山拈花一朵，你在暖尘微笑不语。这样的交好，神明看了都笑眯眯的——慈悲，大概就来自高兴着人和人的深切相知。相知的人们不会制造深寒。他们只会互相温暖，他们，是彼此永远的春天。

六十一

连续好几回，独坐缆车，望见一只硕大的苍鹰在穹谷里静静翱翔。又某个黄昏，在日月峰上空的穹谷里，有一只更大的苍鹰向着斜阳飞去。端卧高山雪夜，突然浮起这些画面来，心头有涌动的诗意要献给它们。

六十二

安坐雪山之巅，于纷飞细雪中独饮一杯茶。也只有自己约自己来此开席了。生命的走向无非是完成自我，走到自己和自己品茶。

六十三

身披万道霞光，记起一句话来：“好像有圣洁的光照在我们身上，洗尽并原谅我们所有的业。”

六十四

“你当像鸟飞往你的山。”

你当默然含喜与孤独自在相逢。

你当在如烟暮色里，相认旧岁今日在雪林中为你歌唱的那只鸟雀。

你当在它今日的新歌中，抱抱空幻的人生然后致敬还在空幻中迎风逆行的你……

六十五

秋夜，睁大眼睛，沿着溪谷寻找萤火虫……

你盯着那点点荧光，就如回访童年一个又一个旧梦。

六十六

新月挂上西天，几只不知名的小动物在脚旁跑来跑去，响声惊了我好几下。“朋友，别吓我好不好。”我轻声祈求。果然就安静了。一阵狗吠，却从远山脚下传上来——冬夜如此清明。

六十七

意外见到南岭山岸上，有流水处皆固冰，触目可及。“逝者”不逝，光阴被困在了一条条冻川里。

六十八

当晴日，苍穹深广，乾坤朗朗。林中千象并作，素雅青山与绚烂霞色共惠，“初发芙蓉”与“错采镂金”并美。

六十九

风很大，刺骨。手冰冷，十指尖尖疼。俯瞰壑谷，一派憔悴，灰扑扑的。像一个人跋涉了山千重水万重。我的心扎实地疼了一下，就如心疼一个亲人。

七十

雪霁大晴。我看见，峡谷各处的雪，绵延起十里烈焰……

七十一

正脉脉含情，致意眼前一壁诗画江山。两个女人走过：“你好，啥都看不到哦。”

我吃了一惊：她们有眼睛，为什么看不见？

七十二

空气干净得像冻冰。行走其中好像是在追随一样事物，洁净高贵，不知其名。

我们总是会在不知所以中先走一程，耐心等待了知所以。

七十三

家园如磐，所有的远行就有了底气和勇气。有一座青山可以相依相偎，生命最是有了稳稳的安全和吉祥。

七十四

沉默是最大的声音。

七十五

读云也如读情书，是一件太私己的美事。

七十六

有人在匆忙赶路，更多人在大山里聒噪。我混迹于他们，在细嗅山林的清香。

今天是黄山松的节庆，穹谷里飘扬着它们的体息。在普世能见的风月之外，大山总是会另外递交我一个秘密。我悄悄领下奖赏，又把它分享给我爱的你……

七十七

珍贵的四种礼遇：

一是溪谷边读书，有金花鼠怕你寂寞，在身边树上爬上爬下玩耍。

二是太阳落山了。天光迅速转暗，月亮早已守在天宫，一步一步照亮你下山的路。为了护送地球上的一个女人，月球竟然大方地点亮了自己。

三是走在山路上，各色小野花不时跳出来，缠住你的脚，微笑着跟你相认，令你恍惚间回到自己漫长的演化之路。

四是在已经透亮的山巅上，静静坐等初阳抚上山林，跟他说几分钟话。你和他的距离是 1.4959 亿公里。但是，他比身边的任何一个人都照亮你。填满你。

七十八

天地有好生之德。他接纳万物的生长，也接纳万物的悲苦。世人在山水自然中普遍感到自在舒服，就出于此理吧。

七十九

午后三点半，有大队云马从武功金顶方向嘚嘚翻过山来，说是闻听大峡谷风月无限好，赶来凑个趣。

八十

云是山中最神秘的魔术师，恰好遇到最爱看魔术的我。

八十一

所有的在场，都必须是一个人的在场；所有的观察，都必须是独自的观察；所有的情话，都必须是人与大自然的私密交谈。

八十二

人去山空。一两只山虫开始低吟，小动物在山谷里玩窜，寂寥中，神明出我不意，在山谷里写下了一卷明媚优雅的诗歌。他大概希望借我之手，把诗意分享于你……

八十三

生命太过偶然，而我们在这苍茫的偶然中却煞有其事地活着，给自己很多束缚，命名很多意义，心甘情愿地以相互羁绊的方式壮胆走过有生之年。真正的懂得和意会却少有发生，所有的生灵自有命定的孤独，闹腾或静默，只是方式不同罢了。

八十四

山林道钟，就应该万事皆空地响，慢慢悠悠地敲，让听钟人循着钟声的指引去往太虚大荒境里待上一个时辰才合宜。从前那九九八十一响的道钟，真是令人怀念。

八十五

内心始终都有一个巨大的空洞，依靠这种寂静中的说话：与太阳说话，与野草野花儿说话，与苍岩云雾说话，与月光说话……一点一滴，填补着这个洞。

八十六

天心月圆之时，万物在月光下慵懒无为。

八十七

冰雪皑皑。缆车上，面对窗外的雪山玉树，含着泪花，使出几辈子吃奶力气，大喊大叫，又唱又笑：那些起伏在快乐之巅的尖厉又清亮的声音，让你知道大美可以逼“疯”一个人。

是的，素以语言谋粮票的你，此刻一切的言语都软绵无力。你的所有细胞，你的四肢百骸，被一座又一座洁净雪山催开，被一树又一树玉树琼枝激活，它们发着高烧，滚烫似火，这把火逼得你拼上性命，呼喊、尖叫、欢歌、哭泣……

八十八

一弯新月，一颗星星，一抹彩云，正引领着一个望月的女人，拔脚出尘，出离爱恨，出离悲欢，出离烟火，出离，一切的梦幻泡影。

八十九

山风骤起，呼呼含霜，峭寒沁骨。摸黑出山谷，高一脚低一脚，深一步浅一步，惶惶如晃独木。抵四合院平台，举目繁星点点，叹天际浩瀚，

任神游八方。大峡谷静谧如婴，而我的满足，恰似归宁。问今夜，坐那南瓜马车，御风疾行，我可否，抵达山川的秘密和核心……

九十

夜已很深，木舍里的女人们做客未归。独守大屋，自己煮面。想到从来不曾停歇地寻找，顿下首去，矜伤薄袭。那就走吧。从此所有的出发，都有一座青山在护佑你。

九十一

风景有宏细之分，美有大小之别。物物各以其独有的品性和风范，成全了大自然的丰饶和繁复。

九十二

比鸟儿更早起床，侧起耳朵，静静地蜿蜒于十里山林，去捕捉清晨的第一声鸟鸣。这桩无有其用的事情，我总是乐此不疲。

九十三

新日徐徐而出。一个没睡醒的孩子，被一群人急急哄着照相。

“好崽，用手托起红太阳来，太阳公公会保佑你以后考到清华北大。”

有多少地球人，在等着借日神之光实现生平大愿？

我迎接日神不计多少回。我从来不求日神什么事。我唯一的心愿就是：感恩他走了 3 亿里路来照亮我，温暖我，填满我。

九十四

我不认同这种说法：孤独是生命中的黑暗事物。其实，孤独是自由的代名词。无限和永恒喜欢奖赏安于孤独的人。

九十五

把耳朵放到花朵、鸟鸣、山水自然的灵魂中去，能够听到神明在其中喁喁低语。

人和天地有了共情，生命就会站上别样的维度，看见更高更深的风景。

九十六

黎明，天庭打开了大门。澎湃绚丽的祥云，排山倒海展示着一种宏阔伟大的美，令我瞠目结舌。亏得有一只鸟儿，在林子里尽情地唱起歌来，把我的心声和赞美一并表达了。

九十七

大山醒来，林径深处，全是植物的体息。并不是那么清新，各种混杂，像是劳动者的味道。我有些不好意思，就如闯进了邻家的睡房。

九十八

山居的日子，总是执念于日月星辰，云霞天色。是觉得，这些事物里有古老的无声歌谣，只要一个人的心足够空静，就能从中听到最美的旋律。

九十九

告别朝阳，折身进山谷。初时山谷空荡荡的，突然就腾起两朵云。把你乐得扑哧一笑，道：“哈，真会玩。”

一百

已是黄昏 5 点多，天光更暗下来。山色沉郁，像个硬汉。风从北来，和你一样顺坡南去。风走得真是太急，手中大伞鼓成了一张帆，迫令你的行走，轻快得像在滑翔。

一百零一

在我看来，天地间最贞静的事物当是月亮了，大山里的月亮尤其。

先是明月爬上山来。继而，山风呼呼，云雾也爬上山来。爬到和圆月齐高了，变成一帧又一帧七彩云幔向北急驰而去。天幕深蓝如梦，陆续，东南和西南天隅亮起星星。这明月，这彩云，这星子，就如梦境里永开不败的花朵，热情无声地一朵一朵开在我的眼际。

风那么急，云那么急，唯有明月从容高贵，一派贞静。

一百零二

黎明时分，晨鸟的圣歌，一声比一声透明，比新阳更先照亮整座山谷，亦照亮了我的心。

太阳升得更高了，一只小画眉，打坐高枝上，用声音为树下的我，写下几行玉一样的诗。

一百零三

空山不见人，结伴游戏的小松鼠，吱呦呦呦，从一棵树玩到另一棵树，再玩到第三棵树。新鲜的晨光穿林而过，照着我也照亮它们。躲在林中的鸟儿看见这一幕，大声唱起歌来。如此温存的片刻，值得用深邃的记忆来握紧。

一百零四

坐在高高崖上，几只小松鼠就在身旁觅食，玩耍。一只乌鸫眼热，也飞来加入游戏。锦鸡没有这么大方，总是择僻静处进餐。若是撞见了，它们也比从前胆儿肥了些，不再匆匆飞遁，而是一边小心着，一边继续自己的晚餐。

音乐徐徐作响，正觅食的小松鼠突然被吸引。它安静下来，溜到高台边沿，和我安静相对。它一动不动，竖起耳朵，眼睛亮闪闪，小嘴时而微动，陪我听了两分钟。那专注深沉的表情令我相信，它听懂了歌里的一切。

这是庚子年初秋，山里的小精灵开始不怕人了。

坊间传说则是，小精灵们不是不怕人，而是不怕我。

一百零五

大峡谷是这样一个地方：可以清楚细致地，静静守着一朵白云出生，成长，变化，升天，消亡。

一百零六

十几只花蝴蝶，伏候在山道上。等我走过时，她们齐齐飞起，盘旋，给我带路，去到白云出生的地方。

一百零七

最初的最初，觉得大峡谷很大，很陌生，大到我行于其中难免薄薄不安，陌生到可以在山谷里迷路。后来的后来，某一天辞行下山，经过最后一个山垭口时，心扉突然照进一束明亮神奇的光：天，怎么一座大峡谷，忽忽一下全装进来了？一草一树，一山一石，十里山径的蜿蜒曲折，四季山色的深浅浓淡，松鼠白鹇紧张又安闲的姿态，日月星辰变幻的颂歌……

直到今天，这束光依旧照亮着一个庄严的问号——发生了什么？到底是一个大峡谷变小了，还是一个女子的心，变大了？

天机幽微难辨，独倚青山的人，她低下头，诚诚恳恳，不敢生有一点点“春服初成”的喜悦和自得。

一百零八

这很奇怪：多年来，在山谷里，我从来没有看见两只结伴的乌鸫。这种啼声深受世人待见的鸟，总是独自出行、觅食、踱步、发呆、唱歌，就好像它是独自从同类中走失到了大山里。

当然也是偶有同伴的，寂寞了，乌鸫会找小松鼠或者锦鸡一起玩耍、溜达、进餐、爬树。它和它们总是相安无事，上上下下，左左右右，和和美美，没有争闹打斗。

人也同样：有时候人更愿意从陌生人，甚至是通人性的宠物或柔媚的花木身上寻找慰藉。

一百零九

日月峰北侧小径，临一堵崖壁。

昔年，密岑岑布生藤类植物。春来藤芽芃芃，夏日青叶葳蕤，秋时红黄织锦，冬季满崖藤条。一道藤织巨墙，成就了四时风月。后山谷访客日多，多有拉扯，藤渐亡毁，岩石裸现，仅趴留三条枯根，一两株小草野花相伴作慰。

一个仲秋日，午后打崖岸下过，再次照见石壁尽裸，密密山雨中忽忽感伤难抑，遂倚崖而坐，追思过往心爱，念及无力替同类赎罪，黯然久久，不知湿脏衣裤……

一百一十

庚子年之秋，不同于去年大旱，山中总是雨雾缠绵。沥沥晨雨中起个大早，去拜访山谷万物，遇见一只锦鸡在岩林中吃早饭。见我来，它也不惊，它也不走。依旧笃笃啄食进餐。第 7 个年头了，大山给我的奖励是小动物们不怕我了，金花鼠、乌鸫、锦鸡，总是随我在一边。看它们游玩，看它们进餐……我着迷的正是这些：在山谷里，你能遇见的总是自己不能预料把握的。

未知有迷人的美德。

一百一十一

正午时分，大山徐徐挣脱迷蒙云幔，渐渐透亮，空气清新似有薄甘之味。这样明媚的好时空里，飞来一只小小鸟儿，体形细长，羽生铜蓝之色，有典雅淑静之貌，在不远的树枝上跳来跳去，似一束光芒跳跃着，牵动着我的喜悦。

这是庚子年八月初三，7 年来我在大峡谷首见铜蓝鹟。忍不住，要把这桩美事传扬开来。

一百一十二

笑谈起最初之时，夜半，寓舍木门被弄得大声作响，惊惧莫名。四合院女人们说多半是小松鼠，我似信非信。

她们进一步讲，无论白天黑夜，四合院经常有小松鼠排着队溜达进出。某日委征在宿舍，有小松鼠进来，视其不存，啃了她的苹果再啃她的梨。委征也不声不响："看着它吃得去。"

山里的人和小动物，和平共久了，就能产生这样的交好。

好柔软的小故事。

一百一十三

何止于人和人的离散，人和风景的离散，亦有着万般不得已。

舍不得山花朵朵，舍不得鸟鸣啾啾，舍不得新芽芃芃，舍不得彩云织锦；舍不得新月如弓，舍不得木星灿烂，舍不得初阳神圣，舍不得落日熔金；舍不得白鹇、竹鸡、金花鼠，舍不得雨燕、乌鸫、野山羊；舍不得水青冈，舍不得鹅掌楸；舍不得苍岩，舍不得山泉；舍不得天，舍不得地，舍不得如梦大峡谷，舍不得道再见……莲花轻吐，泪已盈盈。

一百一十四

大峡谷至高点，有块相对平坦的凌空悬岩，俯瞰武功山系的千山万壑。见到它的第一眼，就起意要把它当私家书房。6 年了，在世外山巅，它果然成为我的露天书房。喝茶，出神，读云，听松风，闻鸟语，读书，写笔记……

远在日常之高的这一切，高于生命的梦幻，深深满足了内心之需。命运的这份恩典，每每思量起来就觉得神意不可揣摩。

然而，再深的情，也会消解于无常幻化里。我终将别这间书房而去，而它，会在天地间万寿无疆。这亿万年造化而成的石头，在无量光阴里，接纳过我真诚的亲近和热爱，收藏着我幽微的情愫和暗伤，给予了我巨大的安宁和收获，我卑微的生命有过此一段，实在是得了造化的千重恩典，这一己私耀，值得铭写颂扬，独独不宜用伤感来画下不舍的句号。

一百一十五

无边风月织锦绣，叫我如何说归去？

一百一十六

庚子年，秋分后 5 日，寒雨连作，绵绵不绝。云山茫茫，空寂虚静。湿寒沁骨，抽着鼻涕，在混沌晦暗的山谷待了一下午。要下山了，此一去，归日无期。真言轻吐，辞别深林万物，感恩它们给了我最深沉的爱，以及安宁。

3 个小时后，咳嗽不止。受寒了。

这样痴迷地把肉身投入山林中，是因为，造化在人类的生命体内注入了沉睡的植物基因。我只是被唤醒了的那极少数。我心甘情愿，和它们缠缠绕绕，纠结不清。

是拿它们，当了荒谬人生中最有意思的玩伴。

一百一十七

我承认，我抵挡不了在孤独中悠然独处的深沉魅力。这里有骄奢的幽寂，有亘古的苍茫，有醉人的宁静，有动人的天籁，有磅礴的自由。别催我回家呀，我已经置身久远的家园了。

每天近 20 里路的行走，就是为着一个前世的约定。那生发于生命内部的安详喜悦，深沉浩大，无力言说。

我在高山之巅，不问尘世。一些心灵的呼应和倾动，令我们跨越陌生和疏离。我内心之眼感受的风景，因为分享，而有了更深长的意味。

一百一十八

那就走吧，用更大的深情，走向更深的未知中去……

2016 年 9 月—2020 年 9 月

后记

慢慢唱骊歌

一直想抓准一个人，对坐在时间的荒涯里，不管不顾红尘几丈，只想要，慢慢细细，开讲一个女子和一座青山的故事。

一切神性的存在和遇见，一切纯真的私语和吟唱，终了，皆需要与世人分享，需要从同类中得到呼应。

丙申立冬第二天，井冈山上冰雪聪明的女画家舒仪致短信，说做了一个好梦。

“昨晚梦见姐姐在山中弹琴，是一架玫瑰紫的钢琴。姐姐弹琴的时候，那些琴键跳起来，全部在空中舞蹈。琴声美妙无比。仙乐飘飘，只应天上有。”

舒仪所言的“山”，正是羊狮慕大峡谷。自然，兰质蕙心的舒仪成了最好的倾听者。这更像是我和她之间的一种合谋——她的懂得以及契合，就是对于我孤独反抗庸常事物的无声鼓励。

世界动荡不安，找到属于自己的一座山很难。离尘世越高，离自己就越近。幸运的我，通过大峡谷，逐步理解了永恒之物的根本意义，整个羊狮慕，成为一本在我面前打开来的无字天书，一轴藏有宇宙奥秘的巨型经卷。

大峡谷一定记得，曾经有过一个女子，朝朝暮暮穿行在其怀抱中，把自己也消融在了高山之巅。无可置疑的一点是，独坐羊狮慕的那些个日子，那些与山中万物的一场又一场无言对谈，到如今，此刻，依旧在女子的心中响如洪钟，一记又一记……

然而，除了说出爱和安宁，对于羊狮慕，我真的一无所知。

2020 年 9 月 26 日　秋雨寒密　山空人静

14 点 28 分　于羊狮慕卧龙阁

華獅纂攬勝圖 丁酉年初夏作於安徽

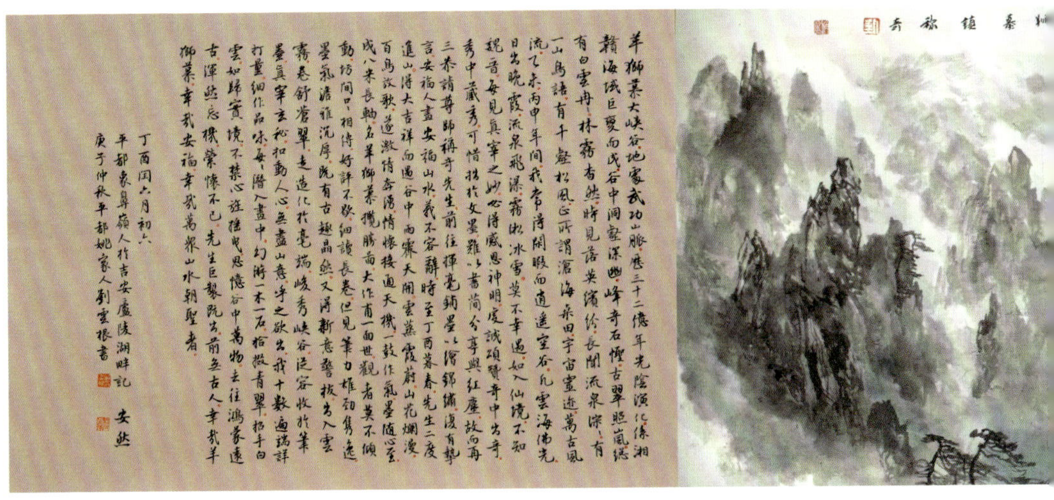
慕鎮稱奇
羊獅慕大峽谷地處武功山脈歷三十二億年光陰演化係湘
贛海域巨變而成谷中澗壑深幽峰奇石怪古翠照嵐繚
有白雲舟林霧杳然時見落英繽紛長聞流泉淙淙有
一山鳥語有千疊松風正所謂滄海桑田宇宙靈迹萬古風
流乙未丙申年間我常得閑暇而遊遙望谷底雲海佛光
日出晚霞流泉飛瀑霧凇冰雪莫不幸遇如入仙境不知
魏晉每見真宰之妙必得感恩神明虔誠頌贊奇中出奇
秀中藏秀可惜拙於文墨難以書簡分享與紅塵故而再
三恭請尊師稱奇先生前往揮毫鋪墨以繪錦繡復有摯
言安福人畫安福山水義不容辭時至丁酉暮春先生二度
進山得大吉祥而遇谷中雨霽天開雲蒸霞蔚山花爛漫
百鳥放歌遂激情奔湧情懷接通天機一鼓作氣墨隨心至
成八米長軸名羊獅慕攬勝圖大作甫一面世觀者莫不傾
動坊間口口相傳好評不歇細讀長卷但見筆力雄勁隽逸
墨氣清雅沉厚既有古趣晶然又得新意謦拔出入雲
霧卷舒蒼翠走造化於毫端峻秀峽谷從容收於筆
蓋真宰玄秘和動人心無盡山意呼之欲出我十數遍端詳
打量細作品味每每潛入畫中幻游一木一石拾掇青翠招手白
雲如歸實境不禁心旌搖曳思憶谷中萬物去往鴻蒙遠
古渾然忘機縈懷不已先生巨製既出前無古人幸哉羊
獅慕幸哉安福幸哉萬衆山水朝聖者
丁酉閏六月初六
平都袁鼻嶺人於吉安廬陵湖畔記 安然
庚子仲秋平都姚家人劉雲根書

華獅慕大峽谷。地處武功山脈。歷三十二億年光陰演化。係湘贛海域巨變而成。谷中洞壑深幽。峰奇石怪。古翠照嵐。繞有白雲冉冉。林霧杳然。時見落英繽紛。長聞流泉淙淙。有一山鳥語。有千壑松風。正所謂滄海桑田。宇宙靈迹。萬古風流了來。丙申年間。我常得閑暇而逍遙空谷。凡雲海佛光。日出晚霞。流泉飛瀑。霧凇冰雪。莫不幸遇。如入仙境。不知觀音。每見真宰之妙。必得感恩神明。虔誠頌贊奇中出奇。秀中藏秀。可惜拙於文墨。難以書簡分享與紅塵。故而再三恭請尊師稱奇先生前往揮毫鋪墨以繪錦繡。復有摯言。安福人畫安福山水。義不容辭。時至丁酉暮春。先生二度進山。得大吉祥。而遇谷中雨霽天開。雲蒸霞蔚。山花爛漫。百鳥交歡。遂致青奔勇。青囊妄迴之筆。一支乍氣。[illegible]直[illegible]。

《羊狮慕揽胜图》 刘称奇 绘 安然 跋 刘云根 书

成八米長軸，名曰獅慕攬勝圖。大作甫一面世，觀者莫不傾動，坊間口口相傳，好評不歇。細讀長卷，但見筆力雄勁雋逸，墨氣澹雅沉厚。既有古趣，晶然又得新意，警拔，出入雲霧，卷舒蒼翠，直造化於毫端。峻秀峽谷，從容收於筆墨，真宰玄秘，扣動人心。無盡山意，呼之欲出。我十數遍端詳打量，細作品味，每每潛入畫中，幻游一木一石，拾掇青翠，招手白雲，如歸實境，不禁心旌搖曳，思憶谷中萬物，去往鴻蒙遠古，渾然忘機，縈懷不已。先生巨製既出，前無古人，幸哉羊獅慕，幸哉安福，幸哉萬眾山水朝聖者。

丁酉閏六月初六

平都象鼻嶺人於吉安廬陵湖畔記　安然

庚子仲秋平都姚家人劉雲根書

独坐羊狮慕
DUZUO YANGSHIMU

图书在版编目（CIP）数据

独坐羊狮慕 / 安然著. --桂林 : 广西师范大学出版社，2021.9
ISBN 978-7-5598-4015-8

Ⅰ. ①独… Ⅱ. ①安… Ⅲ. ①散文集—中国—当代 Ⅳ. ①I267

中国版本图书馆 CIP 数据核字（2021）第 142519 号

广西师范大学出版社出版发行
（广西桂林市五里店路 9 号　邮政编码：541004
网址：http://www.bbtpress.com）
出版人：黄轩庄
全国新华书店经销
天津图文方嘉印刷有限公司印刷
（天津宝坻经济开发区宝中道 30 号　邮政编码：301800）
开本：880 mm × 1 360 mm　1/32
印张：13.75　　字数：253 千
2021 年 9 月第 1 版　　2021 年 9 月第 1 次印刷
印数：00 001~10 000 册　　定价：98.00 元